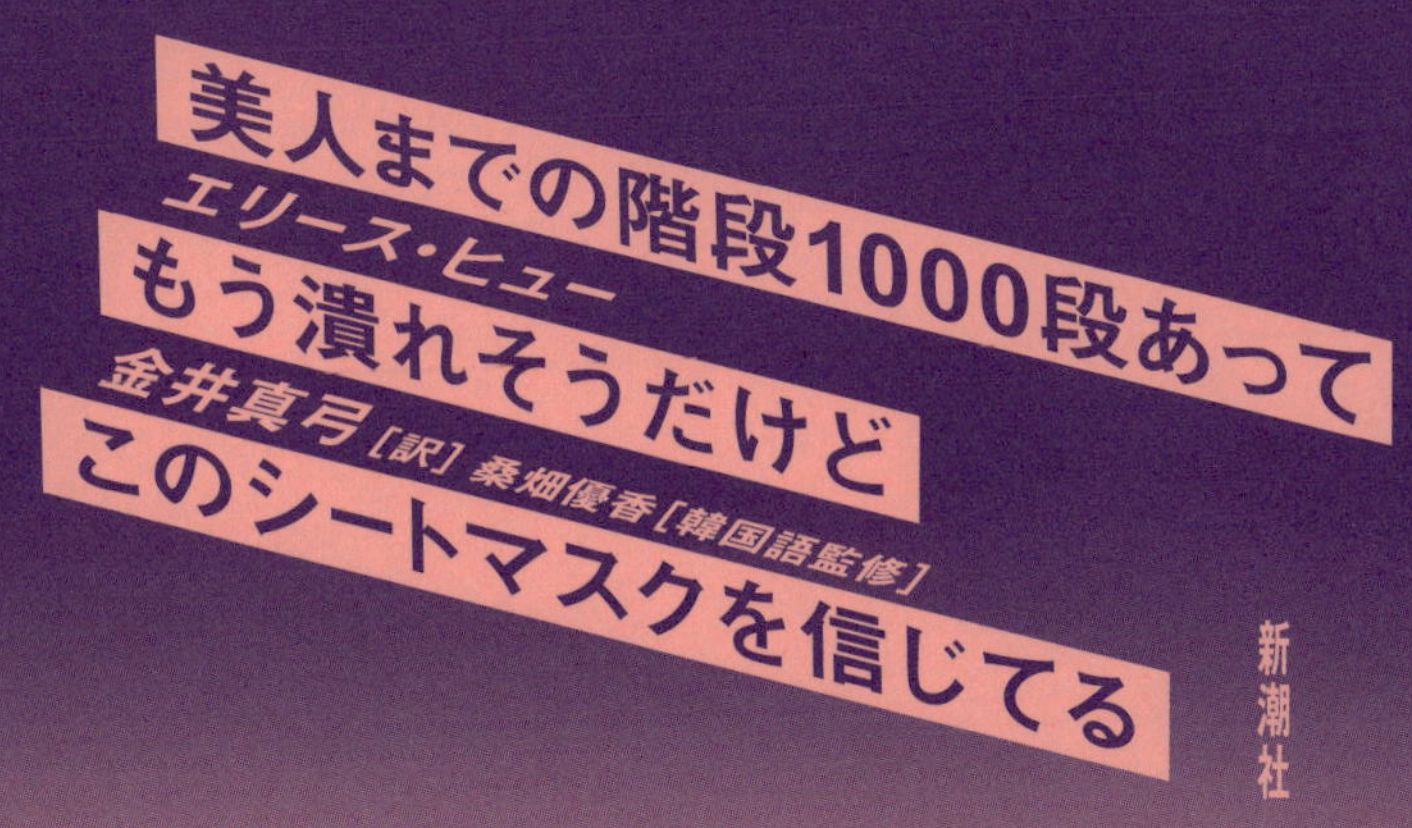
美人までの階段1000段あって
もう潰れそうだけど
このシートマスクを信じてる
エリース・ヒュー
金井真弓［訳］
桑畑優香［韓国語監修］
新潮社

問題になっている美しい女性はあなたなのだろうか。強いはずなのに、
あらゆる詮索やあらゆる要求、あらゆる侵入に対しては脆弱な力で何
をしようというのか？　どんな愚か者でも道がわかるような地図へと
自分を変えてしまう力で、あなたは何をするつもりなのだろう？

ゼイディー・スミス[1]

「女に生まれるということ――
それは学校では教えてもらえないが――
美しくなるためには努力が必要だと知ることだ」

イェーツ[2]

エヴァ、イザ、ルナに捧げる

美人までの階段１０００段あって
もう潰れそうだけど
このシートマスクを信じてる

目次

第3章 BBクリームとK－POPアイドル 64

第4章 わたしのそばかすを見ると韓国人は 88

第5章 肌を改善すること＝自分を改善すること 110

美人までの階段1000段あって
もう潰れそうだけど
このシートマスクを信じてる

＊本文中の括弧の種類
（　）〔　〕著者による
［　］翻訳者による
《　》韓国語監修者による

＊邦訳にあたり、原著 CHAPTER 6 Selfie-Surveillance は著者の了解を得て省きました

＊著者による原注（1）、（2）、（3）……は左の二次元コードからご覧頂けます

まえがき

毛穴が存在しない未来

わたしは未来を見てきた。毛穴なんてものがない未来を。２０１５年、わたしはワシントンD.C.から、それまで一度も足を踏み入れたことがなかった韓国のソウルに引っ越した。アメリカの放送局であるＮＰＲ［ナショナル・パブリック・ラジオ／米国公共ラジオ放送］の海外特派員となり、同局で初となる韓国・日本担当局長を務めるためだった。

ソウルに着いてほぼすぐに、自分は未来へタイムトラベルしたのだと気づいた。未来ではどんなふうに暮らしているのか、人々がどのように見えるのか、そして互いの関わり方はどうなるのかという問題に直面しているとわかったのだ。

韓国の首都では常に、そしてどこの街角にいても、絶えず映像の攻撃にさらされる。映像の多くは顔だ。摩天楼の側面から光を発する電子看板に映し出された顔に見下ろされていたり、地中深くにある地下鉄駅で一瞬目に入ったり、やたらに大きなスクリーンを屋根に載せた車がさっと通り過ぎるときにそんな顔の映像が見えたりする。ジャーナリストの夫と幼い娘、年老いたビーグル犬、2匹の猫とともに移住してから知ったのだが、ソウルは財力を誇示する消費行動が、生きていることの記念碑のように感じられる都市だった。

高級なショッピングモール、目がくらみそうな照明、まばゆいほどの富――すべてがその高さや大きさや新しさで人々を襲ってくる。さまざまな顔を呼びものにした、床から天井までの大きさのあらゆる広告を見ながら、わたしはどれも同じようだと気づき始めた。そういう顔は、ひとつの原型のバリエーションにすぎないように見えたのだ。

活気のある**明洞**(ミョンドン)のショッピング街や、**江南**(カンナム)の超クールな通りに沿って、スキンケア商品やメイクアップ商品の店がこれでもかとばかりに並んでいる。ある街角で**〈ザ・フェイスショップ〉**の店が目に入ると、その向かい側に**〈ザ・フェイスショップ〉**の店があり、そのまた向かい側にも**〈ザ・フェイスショップ〉**の店があるという具合だった。

美容整形手術のあとらしく、シリコン製の鼻カバーと医療用テープをつけた女性たちを見かけるのは珍しくなかった。もっと劇的だったのは、包帯を体に巻いた旅行者たちを見かけたことだった。手術後のマスクをつけたホラー映画のフレディ・クルーガーみたいな格好の人たちが、ソウルの混雑した空間を動き回っていたのだ。

外見へのこだわりは根が深い。さまざまな業界の履歴書には写真を添付し、身長や体重を記入することが求められる。デジタルテクノロジーが発達していく早い段階から広範囲でそれを受け入れたため、韓国の社会は自撮り文化と、「セルフケア」の大量消費主義が重なり合ったものになっている。韓国は先導役となって、こういうトレンドを世界的な規模の消費者にもたらしているのだ。韓国の化粧品の輸出額は、わたしがこの国での勤務を命じられた2014年から、アメリカに戻った18年までの間に16億ドルから63億ドルへと4倍に増加した[1]［2023年の輸出額は85億ドル〈約1兆3040億円〉で、フランス、アメリカなどに次ぐ世界4位。アジアでは第1位。また2025年1月、韓国紙「中央日報」は韓国の2024年の化粧品輸出規模が初めて100億ドル〈約1兆5800億円〉を上回ったと報じた］。全世界でカルト的な愛好者を獲得した結果、Kビューティー業界は2027年までに、139億ドル相当の価値があるものになると推定されている[2]。

韓国の成長には、すべての人を対象とする、消費的な美の熱狂的な受け入れと、意外性のない均一な「顔」が関わっている。どの「顔」にも、シミや吹き出物、無駄毛は一切ない。

韓国で同様に受け入れられているのは、完璧な容姿をしていれば、画像のデジタル加工があまりいらなくなるという考えだ。一時的に欠点を隠すのではなく、いわばキャンバスを永続的に変えてしまうという手段、つまり、体そのものを変える方法を用いるということだ。科学やテクノロジーの進歩のおかげで、それが可能になっている。スキンケア商品や美容注射、美容整形によってできるようになったのだ。けれども、美しくなるためのあらゆる方法の中で引っ張りだこなのは、まったくなんの手だても施さなかったような仕上がりになること。わたしが垣間見た未来では、人々の顔や体の表面に技術革新による変化がもたらされるいっぽう、消費者にはすべての過程において「選択」と自己表現が約束されていた。

欠点が大げさに扱われる

ソウルでの1年目に、ひとりで鏡の前に立ったときしか気にならなかった欠点が、絶えず大げさに扱われることに気づいた。見知らぬ人から顔の欠点を指摘されたり、きれいであるために重視されるものは何かという基準をひっきりなしに思い出させられたりしたのだ。同時に、わたしも美に関するこの地の大量消費と無縁でいられなかったし、逃げたいと本気で思うこともなかった。

ソウルにいた間ずっと、メディカル・スパの施術に抵抗しないで挑戦してみようか、ボトックス注射に手を出そうかと迷い続けた。なにしろ、みんながやっているのだから。

ある時点で、そういうことは自分が選んでいない選択肢ではなく、拒んでいる命令のように感じられてきた。わたしはフィラー注入や手術には手を出さなかったが、さまざまなフェイスマッサージや毛穴吸引エステに行き、贅沢なパッケージで誘惑してくるスキンケア商品を買った。起きたときにはいきいきした目に見えるお手頃価格のアイクリームが欲しい？　イエス。赤ちゃんのお尻みたいに柔らかな足にしてくれるフットマスクが欲しい？　12パックちょうだい。

外見を最高の状態に近づけるためのお金がある人たちは、自分との、そして互いのどんな関係を最終的に求めているのだろう？　消費を通じて自分自身をケアするという考えと、実際のケアとはどう折り合いをつけているのだろう？　テクノロジーや医療によって、より「美しく」なれるとき、人は見た目を良くするための努力をどこまでしようとするのか？　美しくなったあとは、その状態を維持しなければならないなら、なおさら線引きが難しいのではないか？

わたしはこういう問いに何年も取り組み、今も取り組んでいる。本書で示しているのは、国境を越えた文化的勢力として見過ごされがちな主題を考える試みだ。それは自分自身との関係、または他人との関係を考えるうえで重要な手段だ。美容製品の超大国として急成長した韓国は、美容業界の支配と、基準となる外見の支配が無限ループで相互に影響する国である。だが、美の追求は世界じゅうの現代の女性が経験している重要な要素なのだ。人が自分や他人をどのように見なしているかは、美の追求によって明らかになる。

過去15年の間に、美容やパーソナルケア用の製品やサービスに費やされる金額は、全世界で2倍近くになった。[3] 美は「総合ポップカルチャー支配」の段階に移行している。現代の能力主義や位置づけ、ある程度の容姿になるべきだという圧力にいちばん耐えている女性たちの経験に美が与える影響については、もっと検討してじっくり考えなければならない。

社会的地位を高める唯一の方法

人々は自分の見た目を以前よりも意識するようになっている。デジタルメディアで見る自分の姿や、それを改善するためのさまざまな選択肢から逃げられないからだ。わたしたちは写真修整アプリのフェイスチューンや、肌を補正したり顎を細くしたり、目を大きくしたりする、プリセット済みの機能に慣れてきた。そういう機能は今やスナップチャットやティックトックのようなアプリに標準的にセットされている。だが、ソウルで暮らしていたときのわたしは、自分の見た目やほかの人にどう見られているかということが異常なほど気になった。

より美しくなれる可能性、そして期待が、韓国に以前からあった社会的競争心に火をつけた。韓国で社会的地位を高める唯一の方法は、業界が主導するアルゴリズムの基準に従って、もっと「魅力的な」存在になれるようにもっと金を使うことだ。そういう競争に勝った、K‐POPのアイドルや俳優や美容のインフルエンサーが特定の美の指針を作り、ほかの者はそれに従っている。ファッションや靴やスキンケア、特徴的な自撮りのポーズですらも、彼らの選んだものがソーシャルウェブでほんの一瞬のうちに真似されてしまう。

韓流の力のおかげで、韓国は美意識を他国に伝えるという大成功を収めた。韓流は韓国の文化の潮流であり、世界じゅうに広まって韓国の公的イメージの一部となっている。その影響によってKビューティーの製品やサービス、美容手術が紹介された。それらは今日の支配的な美の基準に人々がさらに近づけるように手助けするものだ。

研究者のシャロン・ヘジン・リーはこう書いている。「化粧品や美容整形によって形作られた」美は、「〔韓国の〕最も利益になる輸出産業のひとつである。韓国経済で最初に築かれた二大産業の製造業や造船業の経済的成長すら上回っている[4]」。

わたしは2015年の初めから18年の終わりまで、4年近くをソウルで過ごした。その間、顕微鏡と双眼鏡の両方を使うようにしてソウルを観察した。わたしを魅了したKビューティーのさまざまな面を間近で観察したのだが、遠くからのほうがよく見える現実もあると気づいた。消費主義が支配的なソウルの**ミョンドン**や**カンナム**やほかの商業地域で、こう思ったものだ。

〝わあ。奇妙な状況に思えるけれど、見覚えがあるようなものもある〟

わたしはもっとよく理解したいと思った。

アジア系アメリカ人のわたし

7歳から73歳まで、何百人もの韓国女性を調査したりインタビューしたりする間、わたしは「他者に近づいて語る」という概念をしっかり守っていた。これは映像作家のトリン・T・ミンハが提案した概念だ。彼女は自分のものとは異なる文化について芸術作品を作り出すとき、「他者に近づいて語る」というやり方で対象に向かっていた。「たとえ対象のすぐ近くにいても、あなたは彼らの代わりに話してはいけない。彼らの代理として、あるいは彼らより優位に立って話してはならないのだ。ただそばに寄り、近接した状態で話すことが許されているだけだ……他者に対して権威ある態度をとらないことによって、知ったかぶりの主張や知識の階層化とともに生まれる、きりのない基準から真に自由になれる[5]」

対象に近づくことは、わたしにとって微妙な意味があった。わたしはアジア系の女性としてソウルで暮らして働いていたが、中国系／台湾系アメリカ人としてであり、韓国人としてではなかった。つまり、わたしはアジア系の女性に対する期待という重荷を感じると同時に、そこから逃れられるときもあったわけだ。「外国人」というアイデンティティに切り替えるだけでよかった。

ベッドから起きたばかりのすっぴんで街を歩き回っても、恥ずかしいとは思わなかった。友人の韓国女性たちが同じ行動をとったら、はるかに多くの非難を浴びるだろう。良くも悪くも、人々の体は世間との交流や、まわりの人が自分にどんな作用を及ぼすかに影響されているからだ。わたしという人間の体は女性的だが、手足が長くて自信たっぷりな歩き方をするアメリカ人らしいところは、韓国女性の体や白人の欧米男性の体を持つこととは明らかに違う。

これまで韓国について外側から観察したことを英語で書いた人の多くは、ヨーロッパやアメリカの男性だ。移住する準備をしていたとき、現代の韓国に関して英語で書かれた主流テキストの大半が、非韓国人の白人男性によって書かれたものだと気づいた。そして2018年に帰国したころ、わたしはそのような男性たちが調べなかった、明確な盲点がわかるようになっていた。

それは韓国の保守的で家父長制的なジェンダー規範の根強さだ。そこには、韓国女性にとってのこのような規範の意味や、厳格な性別二元論（ジェンダーバイナリー）が誰に対しても狡猾な方法で現れるという問題もある。言説（ディスコース）というものは有益だ。哲学者のミシェル・フーコーが指摘したように、ディスコースは力の源であるだけでなく、力を発揮する手段でもある。ディスコースによって体制は補強されるが、弱体化させられたり、暴露されたりすることもあり得る。あまりにも深く根付いているせいで女性がほとんど気づいていない、彼女たちのための規範について、わたしはもっと広く語りたいと願っている。[6]

韓国は裕福な国のひとつなのに、いまだに最も不公平な社会だ。男女間賃金格差、女性の労働参加率、役職に就いている女性の数は先進国の中で最も低い。また、国内の女性CEOの数は合計100人ほどで停滞している[7]（このような女性リーダーの多くは会社創立者の子孫だ）。「韓国の驚異的な発展や、ポップカルチャーの発信源として優位を占める文化産業でのミレニアル世代の成功といった記事は……こういう不平等さを否定している」。韓国研究の学者であるミシェル・チョーはこのように書いている。[8]

おそらく現代の韓国での過酷なジェンダー不均衡が、同国に関する英語の本に記されていないのは、不平等さの末端にいると感じなくても済む者たちによってそれらが書かれたからだろう。

今日、ソウルは世界的な美（ビューティー）の革新（イノベーション）の活力に満ちた中心地になっていて、美容整形の施術率は世界一で、ヨーロッパやアメリカの競争相手よりも新製品を迅速に量産している。同時に、ソウルの若い女性の中には美容の消費者であることをやめて、美と力が交わる方法を再定義する者もいる。

2018年、大勢の若い韓国女性が「**脱コルセット運動**」を始めた。参加した女性たちはメイクや長い髪、体にぴったりした服を拒否した。[9] かつて東アジアの典型的な美人とされた女性たちは、粉々にした化粧品の写真をソーシャルメディアに投稿し、心のゆとりや金銭をどれほど自由に持てるようになったかを語っている。こういう行動には、アメリカでは考えられないほどの意味や重みがある。基本的な外見についての常識を拒否すれば、韓国女性には過酷な社会的制裁が加えられるからだ。この類の運動に参加した活動家は学校や職場でのけ者にされるようになった。家族の集まりの場にすら招かれないこともある。このような女性たちの活動から、競合する未来のビジョンが読み取れる。

彼女たちは興味深いコミュニティであり、セルフケアの文化に立ち向かっている。この文化は、あるとも気づかれなかった問題を改善しろと人々に告げるいっぽうで、企業に利益を与えているのだ。これは洋の東西を問わない取引だから、誰にでも思い当たることだろう。「女性が一般的に物扱いされているかぎり、美は価値あるものとして機能し、美しくないことは欠陥とされるだろう」とアメリカの作家のジア・トレンティーノは述べている。[10] 韓国はこのような緊張状態が目に見える形で展開されている国なのだ。

韓国の自撮り文化、セルフケア文化

鏡を見たとき、あなたの心にはどんなことが浮かぶだろうか？　長すぎるほど鏡を見た場合、わたしはもっと改善できそうな部分に気がつき始める。もしかしたら、もっとなめらかな肌だったらいいかもしれない。顔がもっとほっそりしていたらよかった。髪がもっとつやつやだったら。もし、鏡に映った自分に不満がありすぎたら、気分はすっかり台なしになるだろう。

わたしは分別があるから、自分の見た目を自分の価値と結びつけはしないが、髪型がうまく決まった日は足取りが軽くなるし、スパで自分を甘やかすと気分がいい。わたしが美容文化について感じる不安定な熱意や不安は、なんらかの緊張感が存在することを示している。人々はスキンケアをしたりスパに行ったりして体の手入れを行ない、この不穏な時代に自分を大事に育む方法を教えられる。だが、女性の美についての市場主導型の基準は、強力なシステムのツールでもある。そういうシステムは外見を向上させるという考え、そして、そのためにエネルギーや金を費やすことを、そもそも追求する価値のあるものとしているのだ。

記憶にあるかぎり、この複雑で、しばしば矛盾する関係にわたしはずっと悩まされてきた。韓国では要求が高くて極端だと感じられるくらいに外見重視で、めまいがするほど活気に満ちた場所を知ったが、最終的にそれは新しい理解を得るのに役立った。自撮り文化とセルフケア文化が衝突している今、どこで自己改善に区切りをつけたらいいかと葛藤しているのが、わたしだけではないと思うからだ。

何年もの間ソウルが経験してきた状況に、現在では世界のほかの国々も陥っている。画像であふれ、ソーシャルメディアに左右され、デジタル処理された自分は自動的に実際よりも長いまつ毛があって毛穴が目立たないように加工され、ビデオ会議に出る前にはデジタルメイクアップがたちまち施されるという状況だ。

容姿の基準が少しずつ手の届きにくいものになっていく、見た目にこだわる韓国の文化が特異でないのははっきりしている。それはすでに始まった未来のビジョンを提供しているのだ。また、商業化された美そのものに人々が与えている力について、さらに大きくてさらに厄介な問題を見るための手段を提供している。これはシステムに、つまり経済や職場や家庭生活に反映される。昔から言われているように、個人的なことは政治的なことなのだ。または、いったんフィルターやフェイスマスクの下にある個人的なものを見たら、それは政治的なことになる。

結局のところ、人間とは不完全な存在だとか、消費によって問題を改善できるとかいった考え方を売りつけるシステムと闘わねばならないのは韓国女性だけではない。誰でもなのだ。

今日の美の規範は資本主義の核となる取引、つまり費用を払って得られる変身が今では巧みに、しかも安価で人々の顔に刻まれている点をあらわにしている。

韓国で、「成功する」という言葉のとても極端な解釈は、急成長しているテクノロジーを用いて体を作り変えるという意味だ。ほかのことと同様に、それにはかなりの犠牲を伴う。

第1章　ソウルは先進国の先を行く

あらゆるものが見える高層マンション

わたしたちの新居は35階建て高層ビルの真ん中ほどにあった。ビルがあるのは、ソウルの街を二分している有名な**漢江**(ハンガン)の北側だ。デジタルロックが住居すべてに備えられていたから、鍵はいらなかった。ロックが開いたり、かかったりするたびに、ドアからは小鳥のさえずりのような音や、韓国の伝統音楽のメロディが流れる。最初の1週間、足には靴下しか履かずに、真っ白に輝いている大理石調のタイルの床を歩き回ったが、韓国の伝統的なオンドルという床暖房のおかげで温かかった。そのアパートメントでは一度も足が冷えなかった。

エレベーターで行き先ではない階のボタンを押しても、二度押しすれば解除されることがわかった。当時は2歳だった娘のエヴァがボタンを全部押しては喜んでいたため、それには何度も助けられた。驚きだったのはセントラルバキュームシステムだった。どの部屋にも配管につながる吸引口があって、掃除機のホースを差し込むようになっていたので、部屋から部屋へと掃除機を引っ張り回す手間がなかった。

地下の駐車場ではメンテナンス係がしじゅう床をワックスがけして磨き上げていた。だから、ようやくわが家が中古の**〈ヒョンデ〉**の車を買ったとき、バックで駐車スペースに入れようとすると、まるでガラスの上にいるかのようにタイヤがきしんだ音をたてた。

快適な高層マンションで、わたしはソウルでの初めての生活を楽しんでいた。床から天井まで二重ガラスになった窓からは、あらゆるものが見えた。ソウルでいちばん高い摩天楼で、うちから車で45分のところにあったロッテワールドタワーから、その隣に見えるアメリカ陸軍基地の草地、この街を囲んでいる緑に覆われた多くの山々まで。

大半のアメリカの街と比べると、ソウルは先進国のさらにその先を行く街だ。世界で最も発展した地域の進歩や便利さをすべて備えているだけでなく、より輝きを放ち、よりおしゃれで、より効率的なのだ。

わが家がある高層ビルは、ソウルの上空に浮かぶ汚染物質の雲に聳え立った多くの建物のひとつにすぎない。ほかと同じように多目的ビルだったので、建物内でコーヒーショップにもネイルサロンにも、コンビニエンスストアにもレストランにも行けた。

地下鉄の車両の座席には暖房が入っていて、座ったままお気に入りの番組をスマートフォンでストリーミングできたし、Wi-Fiは決して途切れなかった。バスに乗りそこなっても、次のバスが必ず2分後には現れた。そして間違いなく何でも、そう、どんなものもわが家の玄関へまっすぐに配達してもらえた。家具に食べ物、便利なあれこれを。パーティの客を数名、あるいは夫か妻になりすましてくれる人が欲しいという苦境に陥ったとき、俳優を送り込んでくれるエージェントさえある。[1]

そういう未来的な場所や、常に接続状態で要望に対応してもらえる消費者文化は、苦労した仕事とは正反対だった。なんだか渦に巻き込まれているとともに、特権を味わっている気がした。

アメリカへニュースを伝える

わたしは2015年の夏には落ち着き、6月の初めの数週間、ふたり目の娘を身ごもった重い体で、マンション内をよたよたと歩き回って過ごした。ようやくコンテナ貨物便で届いた衣類や家庭用品の荷解きをしていた。夜になると、勤務先のNPR［米国公共ラジオ放送］が放送する「モーニング・エディション」にソウルからニュースを伝えるための仕事を始めた。

アメリカはソウルよりも13時間遅い。窓のない自宅オフィスにある座面の低いチェアにもたれ、突き出したお腹を棚替わりにして、コムレックス社製のオーディオ送信機を置いた。赤ん坊はわたしの胎内をサンドバッグ扱いしていて、夜になると下腹部でトレーニングを行なった。それを耐えるだけで疲れ切ってしまったものだ。

その夏は蒸し暑くて嫌なにおいがして、ソウルの極寒の冬並みに〝厳しい〟暑さだった。湿気がひどくたちこめ、焼肉の煙やディーゼル排ガスや、路面の格子から出てくる蒸気が鼻につんと来る刺激的なにおいになって漂っていた。通りを行く女性たちは顔の前にパステルカラーのハンディ扇風機を掲げ、夫のマットは職場から帰宅すると、通勤中にかいた汗だけで3キロ痩せたと冗談を言った。

やがてわたしは7月の初めに赤ん坊のイザベル・ロックをこの世に送り出し、3・7キロさらに身軽な体になった。イザベルにロック［Ｒｏｃｋ］というミドルネームをつけたのは、米軍兵士がよく使うRepublic of Korea［大韓民国］の頭文字であるＲＯＫからの言葉遊びが理由の一部だ。

正式に始まった育児休暇は8週間あったので、授乳し、新生児のスケジュールに合わせて3時間おきに目を覚まし、抜け殻のような分娩後の体でたっぷりと汗をかくことになった。わたしは病気で隔離された人のように家にこもっていたが、理にかなったことだった。その夏は、航空機に乗った旅行客からＭＥＲＳ［中東呼吸器症候群］という謎の呼吸器系ウイルスが広がり、ソウルにたちまち蔓延したからだ。

振り返ってみると、10カ月近くの間、毎晩眠りを妨げられ、重い赤ん坊を抱いていたのだった。目の下にはくっきりとクマができ、眉間にはシワが刻まれた。妊娠ホルモンの影響で髪の毛や体毛は濃くなっていた。首の前側、それまで一度もなかったところから毛が束になって生えた。妊娠期間と分娩後の期間はわたしの胸が大きくなる唯一の時期だったから、少なくともその点は楽しんだが、絶えず母乳が漏れ出していたので喜びも控えめだった。

そのころまで、わたしの毎日の肌の手入れはドラッグストアで買った洗顔料〈ありがとう、〈クリーン&クリア〉〉で汚れを落としたあと、保湿クリームを塗って寝るというものだった。さて、わたしはスキンケア製品のメッカと言うべき国でやっとくつろぐことができ、突然行くところがなくなって時間を持て余すようになった。これまで目にしたり、雑誌で読んだりした、あらゆるベベトの商品を試すときだろうと判断した。

「3秒バッグ」

自分は資本主義者だと臆面もなく言ってのける、わたしの弟のロジャーが北京から訪ねてきた。ロジャーも海外駐在者として北京で暮らしており、自己啓発という名のもとに浪費する気満々に違いなかった。ロジャーはとりわけ「韓国の魅力的な女の子たちがいるところ、カー・ロー・スー・キル」で流行の服を買いたがった。弟はわざと地名を韓国語風に言った。そしてそのきらびやかな**カンナム**区（街の名がタイトルになった歌「江南スタイル」で有名だ）にある、街路樹が立ち並んだショッピング街の様子を描写した。

そこはいわば韓国のロデオドライブ「ロサンゼルスの高級ブランドが建ち並ぶエリア」みたいなところだ。**カンナム**の人気ストリートの**カロスキル**では高級なバッグがあまりにも流行っていて、1分ごとに誰かの腕にそんなバッグを見かけるため「1分バッグ」という言葉があるとわたしは知った。ルイ・ヴィトンが韓国で最も人気のブランドだったときは、そのバッグを目にする機会はさらに多く、ルイ・ヴィトンには「3秒バッグ」というニックネームがついた[2]。

こういうショッピング街をうろつくのに、わたしは生後2週間になる赤ん坊のイザベルを連れていった。眠っている赤ん坊を抱くための、伸縮性のある1枚の布でイザベルを体にくくりつけたので、わたし自身も彼女もひとまとまりの巨大な塊みたいになってしまった（この布の使用法を知るために、製作者による取扱説明ビデオをＹｏｕＴｕｂｅで何度か見なければならなかった）。

（弟のため）**カロスキル**と（わたしとイザのため）**ミョンドン**へ出かける前に、買う物を調べておいた。**ミョンドン**はスキンケアやメイクアップにおいては、韓国におけるメッカのようなところだ。たとえば新宿のように東京で混雑している街を歩くのは、ビデオゲームの中で歩き回っているみたいな感覚がある。2015年に**ミョンドン**を歩いたときは、東京の街と同じくらい、ネオンや騒音による攻撃を五感に受けたが、この街にはスパのようなにおいやラベンダーやジャスミンの香りが漂っていた。というのも、**ミョンドン**で幅をきかせているのは化粧品だからだ。

ソウルの司教座聖堂［カテドラル］である古い大聖堂は、派手なデパートが並ぶ中では場違いに見える。買い物客は大聖堂の前を早足で通り過ぎ、美容消費のいわば祭壇のようなものに祈りを捧げに向かう。客はきらびやかな店が次々と並ぶ大通りや狭い路地にひしめき合い、100通りもの異なった方法で顔や体を改善してくれる、最新の製品を探している。もし、**〈ネイチャーリパブリック〉**の店を見落としたとしても、通りの向かいに同じ店があるし、1ブロック先にもやはり**〈ネイチャーリパブリック〉**の店がある。同じ現象が、〈セフォラ〉［フランス発のフレグランスやコスメ専門ショップ］にも**〈アリタウム〉**にも**〈エチュードハウス〉**［原著刊行時。現在はエチュード］にも**〈オリーブヤング〉**にも当てはまる（**ミョンドン**には〈セフォラ〉そのものも実際にある［24年5月に韓国市場から〈セフォラ〉は撤退した］）。

少なくとも自分の肌が乾燥肌か混合肌かはわかるくらいの知識はあったし、インスタグラムのインフルエンサーや、特に合いそうな保湿用の製品を特集したファッション雑誌から集めて、商品のリストは作っておいた。おまけに、当時人気があると思われた、韓国の美容の主力商品は片っ端から書き留めておいた。

ミョンドンでの戦利品

購入した韓国の化粧品や美容製品と、一緒にほうり込まれた大量のサンプルでパンパンになった袋をいくつも持って帰宅した。店員たちはよそ者がいちばん好む製品を心得ていたから、すかさずわたしにシワ予防クリームや、カタツムリの成分が入った混合物といったものを勧めた。その年、カタツムリを配合した製品が大人気だったからだ。

時間をかけて各製品のパッケージを開けてから、バスルームとつながった洗面カウンターにあるミラートレイに、ボトルやチューブや筒状の容器を並べた。ほぼすべての製品に英語の説明書がついていたから、それぞれの品物をどうすればいいのか調べてみた。

説明書は複雑だった。特に悩んだのは、少なくとも10個はあった**〈ラネージュ ウォーターバンク〉**シリーズの製品をどの順番で使えばいいかということ。それから数カ月にわたって実験をするうち、結局、そのブランドのアクアブルー色のボトルに入った製品の多くを顔につけたが、正しい順番でつけたことはなかったし、説明書にあったほど頻繁につけたこともなければ、指示されたほどの量を使ったこともなかったのはまあ間違いない。

まずは化粧水をつけてから、エッセンスをつけて、それから美容液だったっけ？　目元専用クリームが最後なのは確かだ。目元専用クリームを買ってから何日か、わたしは目の下にひたすら塗っていた。

化粧台にある**〈ラネージュ〉**のブルーのボトルのまわりには、美容系小売の大型店舗**〈オリーブヤング〉**のシートマスクや**〈トニーモリー〉**の果物の形をした容器に入ったクリームやリップバームが並んだ。シンクのそばには最も気に入った製品を置いた。**〈スキンフード〉**のブラックシュガー・フェイス・スクラブと、**〈ビリーフ〉**のミントグリーンの擦りガラスの容器に入ったアイクリームだ。Kビューティーのパッケージはシーズンごとに変わるが、当時、**〈スキンフード〉**の糊のようにベトついた焦げ茶色のスクラブは、ねじ式のキャップがついた小さなカップ状の容器に入っていた。

わたしは週に1度、人差し指と中指で1回あたりひとかたまり程度をすくい、顔じゅうに伸ばした。伸縮性のあるテリー織のネコ耳ヘアバンドで髪を上げ、シンクの前に立ったままで。30分間、目のまわり以外すべて砂糖入りのスクラブで表面が厚く覆われた顔を放置しておいた。砂のようなものを塗った顔を見て長女は悲鳴をあげ、わたしがそばに寄ると、くすくす笑った。

「マンマーーーーーーーー！」と娘は歓声をあげ、大笑いの発作を起こした。ある晩、わたしは好奇心に駆られて上唇に舌を伸ばし、スクラブの味を見てみた。なんといっても、黒糖を主成分にした製品なのだから。いや、砂糖のような甘さはなかった。むしろ髪用のざらざらしたポマードのような味がした。

顔というキャンバスを大切に

製品をあれこれと不器用に試していたのは、まったくの好奇心からだった。試してみたら自分がどうなるか知りたいと、記者としてではなく、女性としての好奇心からこのような化粧品に惹かれたのだ。どのシリーズ製品のボトルにも書かれている、改善や可能性を約束する言葉、製品の色やデザインに魅了された。

そして結局、さまざまな化粧品を試したことによって、韓国の美容産業を独自のものにしているのは何なのかをいっそう理解できるようになった。さらに、そのときまで自分が理解していたスキンケアがどんなにわずかだったかも浮き彫りになったのだ。おそらく、積極的に日焼け用ベッドで肌を焼かなくてはとされた時代のアメリカでわたしが成長したせいだろう。１９９０年代後半は、ジムの会員になっていれば、無料で日焼けマシンを利用できた。エアシュートのような外見の紫外線を放射するマシンに入って、どれくらい自分が日焼けしたかを見るために、小さなヤシの木の形をしたシールをお尻に貼っていたことを覚えている。今では開いた口がふさがらないほどいいかげんな行動に思われる。子どもがヘルメットなしで自転車に乗ることや、2リットル入りのコークを飲み干すのを、わたしたちの親が放っておいたのと同じようなものだ。

　化粧品をあれこれといじっているうち、スキンケアに対するわたしの文化的な理解と、ネイティブの韓国人の文化的な理解との違いがこの上なく明確になった。

　わたしの年代、つまり30代半ばの中流から上流の韓国女性の大半は事実上、人生のほとんどの間、肌を守って手入れしてきた。わたしのアシスタントである26歳になるヘリョンはKビューティーの懐疑論者だが、韓国人が朝の洗顔時に適切だと信じている湯の温度を教えてくれた。わたしに韓国式ピラティスの先生がいるのと同じように、保育園ではどの母親にも定期的な施術に通う人気のフエイシャリストがいた。また、彼女たちはすぐに思い出せて人に勧められるようなさまざまなオイルや美容液を使っていた。そうした施術や化粧品は欠点を隠すためのものではなく、顔というキャンバス自体を大切にするものだった。

　世界でいちばん美容を重視する国なので、韓国の文化的な専門知識はずばぬけている。韓国ではスキンケア製品の消費量が、アメリカやイギリス、フランスでの消費量の2倍だ。[3]

　国土自体はロサンゼルスとサンフランシスコの間の距離に収まるくらい小さいが、韓国の美容ブランドの数は８０００にのぼる。[4]需要があるため、化粧品は間欠泉さながらに次々と売り出され、飽和状態の市場が需要をかきたてるというふうに、延々とサイクルが繰り返される。

眉の**マイクロブレーディング**［極細の針が並んだ刃で眉の毛並みを再現する技術］や**レーザーフェイシャル**［光を照射する施術］のように、西洋では最近一般的になったばかりの美容の技術が、10年以上も前から韓国で主流だった。韓国の美容業界はリキッドファンデーションが入った、**クッションコンパクト**を発明し、今や〈ロレアル〉や〈クリニーク〉、〈ランコム〉のようにより定着したブランドが模倣している。(5)

「艶のある」とか「うるおいのある」状態が今では肌に広く求められる効果となったのも同様の現象で、このような肌は韓国の男性にも女性にも理想とされている。韓国はスキンケアに関して何でも知っている国であり、文化の源だ。

販売が成功している理由の一部は、Kビューティー産業が苦心して作り上げた、売りとなる特徴にある。それは韓国の伝統との結びつきを示す「天然の」または植物由来の伝統的な素材だ。**〈アモーレパシフィック〉**はブランド**〈イニスフリー〉**が、スキンケアを前面に押し出して同社の純利益を高められるように、韓国で生育する植物やほかの材料、すなわち朝鮮人参、果物、ハーブ類、花を使用することに力を注いだ。**済州島**（チェジュ）にある農園はそのような原料になる植物類を豊富に栽培し、何百万もの製品を売って、完全な製品ラインを作るのに貢献している。

チェジュ島のお茶の秘密

チェジュ島は韓国の最南端に位置する、かつて火山だった島だ。車で45分も走れば島を横断できる大きさで、1周するなら2、3時間もあればいい。韓国人は**チェジュ島**を韓国のハワイと形容することが多い。ハワイと同じように、この島は自然の美しさやきれいな空気、青々とした植物が生えた手つかずの土地が印象的だ。

ソウルに着いてまだ5カ月で、イザベルが生まれて1カ月ほど経ったとき、わたしは思い切って**チェジュ島**を初めて訪れた。これは家族旅行で、わたしたち4人は韓国で知り合った、この国で暮らしているアメリカ人の新しい友人であるヤウ一家と一緒だった(一家とはしょっちゅう旅行をするようになったので、うちの娘たちは同家の子どもをいとこと呼んでいる)。

わたしは弟と買い物に出かけたのを除けば、何週間もマンションから出ていなかった。だから、**チェジュ島**へと飛ぶ朝は、イザベルが生まれてから2度目の外出の日だった。わたしは鳥の巣さながらにもつれた髪にブラシをかけた。イザベルをベビービョルンの抱っこ紐で体にくくりつけた。旅をしていたほとんどの間、イザベルの汗ばんだ顔がわたしの胸にくっつき、眠っている彼女の重みを絶えず感じた。

島にはムッとするほど湿気があって、甲殻類のかすかなにおいを潮風が海から運んでくる。海岸のすぐ前まで続く道にたたずむ馬たちのそばを通り過ぎたとき、肥沃な畑が果てしなく広がっているのが見えた。わたしたちは浜辺へ行った。そこでは誰もが靴を脱いできちんと遊歩道に並べてから、砂浜に足を踏み入れていた。

チェジュ島は広漠とした感じだ。何もない土地が広がっていた。四方向に通じる数カ所の交差点には「止まれ」の標識も信号もなく、運転する人の判断に任されている。そして独特の奇妙な魅力がある。銀色の円盤の形をした、UFOがテーマのレストランを目にしたものの、常連客はいないようだった。滝と銘打たれた岩の層があったが、流れ落ちる水はなかった。わたしたち一行は大きな動物園くらいの広さと規模のテーマパークを訪ねた。ほぼ無人だったとはいえ、異様なほど開放的だった。入り口を通ったときに係員やチケット係が現れたものの、5分後にそこへ戻ると、彼らの姿はなかった。テーマパークの名前は「プシケ・ワールド」だったが、その後、同様にわかりにくい「エコピア」という名に変わった。蝶の展示室へ迷い込んだら、たった3匹の蝶しかいなかった。お城のような外観の建物には宝石博物館があり、偽物だが、有名な宝石を呼び物にしていた。たとえば、映画「タイタニック」で老婦人が最後に海に落とす、青い宝石といったものだ。

巨大な看板には人気テレビシリーズの「CSI：ジ・エクスペリエンス」の展示が約束されていたのに、何の予定も出ていなかった。芝生に設置された真っ白に輝く椅子のあるコンサート広場には誰もおらず、等身大の2匹のワニの像が飾ってあるだけ。この全体的におかしな感じをどう説明していいかわからないけれど、わたしたちがパッケージツアーの一員として行かなかったことと関係があったかもしれない。

こういう娯楽施設などのせいで、わたしたちのすぐそばで育っていた、**チェジュ島**の主要商品が目立たなくなっていた。それは緑茶だ。当時はそのことを知らなかったが、美容業界の巨人**〈アモーレパシフィック〉**がこの島に自前の茶畑をいくつか所有している。収穫された茶の大半は飲用ではない。スキンケアのためだ。

1979年、**〈アモーレパシフィック〉**は自社製品のために専用の農園で緑茶の栽培を始めた。同社によると、化粧品に初めて緑茶を使用した会社だという[6]。緑茶は抗酸化成分があり、使用する人の肌にもよるが、角質を穏やかに取り除いたり、毛穴のつまりをきれいにしたり、老化の兆候と戦ったりする。「緑茶は本当にわたしの好物のひとつなんです」と美容ライターでエステティシャンのリオ・ヴィエラ・ニュートンが語ってくれた。「神経をなだめて落ち着かせる成分があるだけでなく、肌にうるおいを与え、小ジワ予防にも役立ちます。さらに日焼けによる肌のダメージにも役立つと信じています」

現在、**〈アモーレパシフィック〉**は**チェジュ島**に3カ所の茶畑を所有し、韓国の全緑茶の4分の1を生産しているという。継続的な研究によって、スキンケアの調合物のために葉や花、種や根といった茶のさまざまな部分が利用されるようになった。[7]

同社は緑茶の葉に頼るだけでは満足せず、独自の緑茶の品種である粧源（ジャンウォン）3号を開発した。同社によると、これは保湿のために「高レベルのアミノ酸」をもたらし、茶のシードオイルは肌を澄んだ色合いにする効果があるという。

「ジャンウォン3号」なんて聞いたことがないと言う人でも、すでにそれを顔に試した経験があるかもしれない。[8] この品種は**〈イニスフリー〉**ブランドのすべての「グリーンティー」製品ラインに使われている。

ひときわ目立つ商品は、世界のほぼどこでも手に入るスリーピングマスク「顔全体に塗り、就寝中に保湿ケアをするスキンケアアイテム」だ。わたしは**仁川（インチョン）国際空港**で、初めて容器入りの緑茶のスリーピングマスクを買った。この製品は飛行機を利用する旅行者に最も人気のある免税品のひとつだと販売員が言ったから、試すことにした。人の意見に従うタイプなのだ。べたべたした製品は肌につけるとひんやりした。そして毎日の肌の手入れの最後に使うと、朝とか、長時間のフライトの終わりには乾燥する顔に効果的にうるおいを与えてくれるようだ。わたしは今でもこれを買っていて、現在はバスルームのシンクにチューブが2本ある。

緑茶や、それ以前に使っていた緑豆や大麦のようなほかの植物を韓国の美容製品の主な原料とすることは、朝鮮人参や米や蜂蜜とともに作られた、農園から薬戸棚へという肌の療法の歴史をたどっている。[9] 今日のKビューティーはこのような自然の概念に頼って製品の製造やマーケティングを行ない、他の美容と差別化を図り続けている。

〈ザ・フェイスショップ〉が同社の製品で重視するのは、「純粋な野菜成分」だ。**〈スキンフード〉**は「食べてカラダにいいFOODをお肌にも」のスローガンのもとに、果物や野菜から生まれた製品を売り込んでいる。**〈イニスフリー〉**は緑茶成分に加えて、天然成分から作られた製品ラインでも知られている。「伝統や文化はわたしたちの行動や方法に大きな影響を与えます」と、2017年から20年まで**〈アモーレパシフィック〉**の米国社長を務めていた、〈ロレアル〉の元重役のジェシカ・ハンソンは言った。「わが社のブランドの由来や、それが発展した経緯を知っていると、誇りに思う気持ちがおおいに強まるのです」

Kビューティーコスメの成功式

当然ながら、韓国の現代の伝統や文化は、儒教の影響を受けた李氏朝鮮とつながっていることが多い。李氏朝鮮は何世紀にもわたって続き、終焉を告げたのはわりと最近の1900年代の初めである。調和と「自然」らしさの強調は、現代のKビューティーの原料やマーケティングにはっきり見てとれる。「伝統的な素材」は成功しているのだ。今では成長した中国の美容ブランド〈ペチョイン〉がそれを模倣している。[10] だが、Kビューティーは昔からの「自然」と見なされるものを活用するだけでなく、テクノロジーが満載の、発明という新しさを最大限に生かしてもいる。そんなわけで、アジアに関する対極的なふたつのステレオタイプが同時に展開されていることになる。いっぽうは伝統的なもので、「遺産」の重みがある製品。もういっぽうは、Kビューティーが科学的に完璧で、未来的な革新を伴った研究動向の最前線にいるというオーラを発していることだ。

企業は研究開発で発見されて完成された、独特の植物由来の成分を次々と公開している。カタツムリの分泌液に含まれるムチンやミツバチのプロポリス、鮫の肝油といったものをちょっと考えてみてほしい。売り上げが不調な製品からは即座に手を引き、新製品を次々と市場に出すという回転の良さで、韓国の化粧品業界は全世界から称賛されている。世界でも類を見ないほどスピーディだ。「確かに、科学的で技術的なマーケティングによる輝きのようなものはあります」とアジア学研究者のエミリー・レイムンドは言う。「なんというか、『そうだ、われわれは秘密の製法を開発した』といった感じです。しかし、それは東洋の秘密でもあるわけですよね？　永遠の秘密ということです。ですから、その製法はなぜか古来のものでもあり現代のものでもあるわけで……その点が、多くのアジアの国々がグローバルな市場で自国や自国の輸出品を売り込む方法と関係しています。それはセルフオリエンタリズムのような行動で、東洋という言葉を自分たちの利点になるように使うことなのです[11]」

〈アモーレパシフィック〉はさまざまなブランドを展開する、多方面に影響を及ぼす複合企業だ。社名と同じ**〈アモーレパシフィック〉**シリーズ、最高級の**〈ソルファス〉**、もっと手に取りやすい**〈ラネージュ〉**や**〈マモンド〉〈イニスフリー〉〈エチュード〉**。どれも美容製品を惜しみなく無限に提供している。韓国での**〈アモーレパシフィック〉**のドル価値は、同国の輸出品としてもっと知られている電化製品や車や船舶に匹敵する。

同社の売り上げは今や世界の美容ブランドで11位、韓国ではトップだ[12]。新型コロナウイルスによるパンデミック前の2019年には53億ドルの収益をもたらした[13]。毛穴が見えない肌の追求は目覚ましい利益をあげている。

肌が第一（スキンファースト）という考えから生まれた現在の韓国人のスキンケアの方法は何世代にもわたって受け継がれ、ハイペースで成長志向の現代社会に適応するものへと進化した。社会は絶えず消費者、というよりはむしろ消費行為に左右される[14]。韓国の顧客は手ごろな価格の化粧品ブランドに慣れすぎており、買い手は製品の質や新機軸に多くを期待するようになっている。

目の肥えた顧客の要望に応えるしかないブランドが取った方法によって、Kビューティーは完全に独自のアイデンティティを獲得し、フランスやアメリカの競合他社と差別化されているのだ。

業界筋によると、2000年代の半ばごろから韓国の国内市場では化粧品やスキンケアのブランドが飽和状態になったせいで、顧客は情報通になっただけでなく、非常に好みがうるさくなったという。最近、**〈ファへ〉**と呼ばれるアプリが登場して広く採用されているのは、顧客が高度な知識を持つようになったことの表れだ。このアプリをスマートフォンで開き、人気のクリームやエッセンスやヘアマスクなどを閲覧したり検索したりすると、常に接続されている豊富な情報量を持つ顧客層によって、あらゆる製品のすべての成分や、ときには製法まで確認できる。

〈ファへ〉ホームページによると、同アプリのダウンロード回数は累計で1000万回以上になるそうだ。また、20代と30代の韓国女性の10人に8人がこのアプリを利用していると報告されている[15]。**〈ファへ〉**には韓国の全市場で売られている何千もの美容製品それぞれの成分情報が集められ、評価が載っている。消費者は自分の肌に炎症を起こすかもしれないパラベンや染料やその他の添加物を調べたり、肌に必要だとか効果的だとわかっている成分を調べたりできる。さらに、あらゆる製品に関する利用者からの広範囲に渡るレビューを見られるし、自分の肌タイプや、対処しようとしている肌の状態といった検索条件を追加してレビューを読める。どのスキンケア市場でも、**〈ファへ〉**ほど包括性のあるアプリはない。ほかのユーザー層はここまでの製品の透明化を求めていないことがその理由の一部だ。このアプリがこれほど人気で広く利用されているのは、韓国の消費者が肌に精通している証拠だろう。消費者の好みは化粧品会社によって観察されている。女性は化粧品会社を詳しく調べているが、お返しに自分たちも調べられているのだ。

「韓国の消費者はとても知識があり、市場に敏感に動きます」と、Kビューティーの直接販売プラットフォームである**〈ウィッシュトレンド〉**の共同設立者のエディ・アラム・ペクは言う。彼に言わせると、韓国の顧客が非常に知識が豊富で目が肥えていて、要求が厳しいという事実は美容業界全体の助けになるそうだ。「韓国の基準を飛び越えられれば、世界じゅうの誰でも満足させられます」と。

美容業界が成長するためにはグローバル化が求められている。韓国の市場は小さく、すでに飽和状態なので、事実上、その中で拡大する余地はないからだ。ブランドは国外の新しい市場へと成長するか、国内の新しい顧客層に入り込むことによって未来を作らなければならない。

「パリパリ」とOEM

毎週水曜日、わたしがファーストネームでウンキョンと呼ぶ韓国語の個人教師がマンションに現れる。わたしは彼女の挨拶がわかったふりをして、好意を込めた微笑で応えるだけにする。彼女は身長が１５０センチちょっとしかなく、最低限の化粧しかしていないので、両頬にうっすらとそばかすが散っているのが見える。ウンキョンは50代で、大学生の息子がひとりいる母親だ。

　毎週わが家に来て、幼児のエヴァと新生児のイザベルという幼い娘たちとつかの間過ごせることを喜んでいた。韓国に来たばかりの数カ月間はほとんど友人がいなかったので、ウンキョンは赤ん坊に会った最初のひとりだった。

　わたしがウンキョンと学ぶ時間は90分間で、それは、彼女が在韓国オーストラリア大使や英国大使といったほかの生徒たちに魔法のような効果を及ぼすには充分な時間だった。だが、彼女はかなり早くからわたしに「語学の才能」がないことも、授業と授業の間に練習をする気がないことも理解した。言い訳になるかもしれないけど、韓国語はばかばかしいほど難しいのだ！

　わたしが流暢に話せる英語や標準中国語と違って、韓国語では動詞が文の最後に来る。だから、「わたしは10時に空港までのタクシーに乗った」と言いたい場合、言語の構造のせいで、文の途中でウンキョンに助けてもらうことは不可能だった。文の本当に最後になるまで動詞が滑り込んでこないからだ（動詞はもっと早く出てくるべきだという気がするけれど、だめなの？　動詞はコミュニケーションの最も重要な部分じゃないの！　こう書くとたぶん、わたしが韓国語を苦手とする理由がわかるだろう）。

　たいていの場合、ウンキョンはダイニングテーブルで隣に座ったまま、わたしが必死に話す言葉を訂正せず、好き勝手な順番で話させ、とうとう最後に動詞をつけ加えるのを待っていた。

　途方もなく忍耐強いウンキョンは、なおも何らかの形でわたしの言葉を通じさせようとする。毎週、たっぷり時間をかけて文法と語彙を教えようとしたあと、彼女はソウルの現代の文化や社会問題や生活について話すやり方（韓国語の表現を用いて）に切り替えた。この方法でもわたしはあまり韓国語を理解できるようにならなかったが、それはまぎれもなく話題を提供してくれ、報道向けの情報を絶えず与えてくれた。

ウンキョンは「**パリパリ**」について初めて教えてくれた人だった。これは待つことをひどく嫌う感覚を表している。文字どおりに訳すと「早く早く」となる「**パリパリ**」は、急ぐことや慌てること、物事をできるだけ早くやることという精神と実践を表している。韓国にはこの感覚の持ち主が多く、ウンキョンに言わせると、その結果、韓国人は強引になりがちで、すべての要望に応じてもらえることを期待するそうだ。

最も好意的な見方をすれば、「**パリパリ**」は効率の良さを意味し、韓国が優秀である証拠だと言う韓国人が多い。韓国の急速な工業化と発展の結果または理由だとされている。たとえば第二次世界大戦後、国家主義に基づいた迅速な発展が必要になったとき、旧軍事政権は若い女性に家庭から出て韓国の織物工場で働くように促した。国家経済のために、それまで以上に大量の商品を急いで作らせたのだ。[16] 韓国はわずか2世代の間に目覚ましいほど裕福になり、現代化した。それは「**ハンガン**の奇跡」として知られる、他に類のない、驚異的なスピードの現象だ。

第二次世界大戦と壊滅的な朝鮮戦争のあと、韓国はサハラ砂漠以南のアフリカよりも貧しかった。[17] 今日では、韓国の経済は世界で10位で、国連に支援される国から、支援する国へと急激に変化した。韓国の社会はこのような経済発展の迅速性になおも取り組んでいる。[18] 前近代的な社会からポストモダンの社会へ移行するのに、１９６０年代初頭から90年代半ばまでの三十数年しかかからなかった。

ほかの国の場合に比べるとごくわずかな時間で、韓国は今日のように企業価値と企業文化を堂々と祝える国へと変身を遂げたのだ[19]。

「**パリパリ**」は韓国の化粧品業界を支えている。経済的な理由だけでなく文化的な理由から、化粧品業界はほかの国々よりもすばやく市場の要求に応える。この業界は絶えず新製品を循環させることを誇りにしている。

政府のデータによると、化粧品業界の企業は平均して研究予算の64パーセントを新製品の開発に費やしているという（この数値を他国のものと直接的に比較するのは難しい。数値の追跡方法は国によって異なるからだ[20]）。ひとつのブランドの中でさえ、絶えず急速な変化が起こっていることは、Kビューティー業界のもうひとつの決定的な特徴だ。そして目の肥えた消費者の存在と結びついて、韓国の美容業界が全世界に影響を与えるきわめて重要な理由となっている。

韓国の産業は、民間または公的な資金の組み合わせに支えられた巨大な研究開発(R&D)と製造拠点の集約によって、業界の迅速な変化を維持している。このようなOEM［メーカーが他企業の依頼を受けて製品を製造すること］のセンターで、R&Dという専門家集団に起業家が単純なコンセプトを持ち込めば、最初の注文で製品のパッケージやデザインを、すべて1カ所で実行してもらえる。

OEM生産を行なう会社は、R&Dから製造までの開発の全過程を引き受けている[21]。だからこそ化粧品業界は、新しいラインや製品をここまで迅速に製造し続けられるのだ。OEMはこのような方法で何でも製造できるが、韓国のOEMはとりわけ化粧品を得意としている。OEM生産の会社はソウルにいくつかあり、ほかにも主要な会社が港町の**インチョン**、第二の行政上の首都である**世宗**(セジョン)、韓国中央部の**大田**(テジョン)にある[22]。

センターの大半は何十年にもわたって化粧品やパッケージを作っている。[23] ある製品が着想から3カ月で売り場に並ぶことは珍しくないと、**〈ウィッシュトレンド〉**の共同設立者エディ・アラム・ペクは言う。トマトやバナナのようなパッケージのハンドクリームや顔用クリームで知られているブランドの**〈トニーモリー〉**の場合、製品の開発から商品化まで6週間という速さだった。ファストファッション並みのペースだ。[24]

わずか2万ドルで、化粧品を製造してボトルに詰め、その数百ユニット（大ざっぱに見て）を梱包してもらうことができると、ヘレン・チョーは言う。彼女は２００９年にヘアケアと化粧品のラインを扱う**〈スワッガー〉**を創設した。

「彼らには研究所も何もかもあります。だからそこへ行って打ち合わせをして、これが自分の欲しいものだと言えばいいのです。工場へ行って、こう頼んでください。『ねえ、わたしの商品をまさにこれと同じようにしてほしいんだけど』と。彼らはあなたのためにそれを作ってくれます。あなたは商品のデザインを伝えるだけでいいのです。実に速くて簡単なことですよ[25]」

今日のKビューティーに関するスタートアップ企業の多くは、既存の企業から分かれた個人の化粧品研究者が率いている。[26] ＯＥＭの集団とのつながりは、単独の起業家や小規模の会社が比較的スムーズに独自のブランドを立ち上げるのに役立った。

29歳のパク・ジョンウンはヴィーガンのリップバームである**〈ルオエス〉**という製品を開発して成功したとき、この一夜で完成するような速さを経験した。[27] **〈ルオエス（LUOES）〉**はソウル（Ｓｅｏｕｌ）を後ろから綴ったものだ。彼女はイギリスの大学院にいたとき、「あらゆるものがヴィーガン」という状況を目撃したのをきっかけに商品のアイデアを思いついた。

パク・ジョンウンによると、ヴィーガンの美容製品は韓国の市場で格別なものになるという直感があったそうだ。2019年、彼女は韓国で最大のクラウドファンディングサイトの**〈ワディズ〉**にアイデアを持ち込んだ。そして充分な資金を集めると、有名な韓国のOEMである**〈韓国コルマー〉**に製品のデザインや製造、パッケージを依頼しに行った。[28] 7カ月後、最初の3色のリップバーム、各5000本ができあがった。2021年に**〈ルオエス〉**は韓国内の美容業界で力を持つ、**〈オリーブヤング〉**の目に留まった。そしてパクのリップバームのシリーズは同社のオンライン市場に取り上げられた。ソウルに拠点を置き続けているパクはそれ以来、製品ラインをリップバームから、マスクやフェイスローラー、トーンアップクリームにまで拡大している。

「小売業者はゲートキーパーのようなものです。彼らに選択されることはとても重要です」とパクは語る。

迅速に製造できることが、韓国の二大化粧品複合企業である**〈アモーレパシフィック〉**と**〈LG生活健康〉**の販売促進に役立っている。彼らは新製品や新シリーズを発売し、世界的な主要企業の〈ロレアル〉や〈ランコム〉のようなフランスの美容会社を絶えず打ち負かしている。たとえそういう新製品が、既存製品を手直ししたり、パッケージを変えたりしただけのものであっても。そして、世界のもっと大きな企業がKビューティーの有望さを認識し、市場に進出した。英国に本拠を置く巨大な一般消費財メーカーの〈ユニリーバ〉が2017年にKビューティーブランドの**〈AHC〉**の会社を買収したあと、伝説的な〈エスティローダー〉があとに続いて、Kビューティーのスキンケアブランドの**〈ドクタージャルト〉**を2019年に買収した。[29]

近年、韓国はアメリカやヨーロッパの企業と競合し、化粧品の輸出が世界でトップクラスの国のひとつになっている。[30]このように急上昇したのは、主に韓国の製造センターの実績のおかげだ。最近、こういう製造センターは、世界的に成功しているアメリカの美容のスタートアップ企業である〈グロッシアー〉のような韓国以外のブランドからも、製品の製造やパッケージについて信頼されるようになった。[31]

チューブ状からスティックに変えると

アジアと世界じゅうの顧客にアピールするため、韓国政府は輸出中心の美容のスタートアップ企業を支援している。[32]政府の記録によると、２００６年にはＫビューティーのブランドはたった３５０ほどしかなかった。２０１２年までにその数字は4倍に増え、１０００を超えるブランドが存在するようになった。そのあとの10年間、７０００を超えるＫビューティーのブランドが立ち上がり、２０２０年まで存在する９０００近くのＫビューティーの販売会社の大半を構成している。

韓国保健産業振興院（ＫＨＩＤＩ）は韓国保健福祉部とともに、韓国のパーソナルケア業界の海外展開を支援している。２０１０年代には、[33]中国の消費者が業界の主要な成長市場だったが、２０２０年に中国の国家主義が復活し、同国の美容産業が次第に洗練されるようになったことがパンデミックの時期と重なった。中国の市場が閉ざされたあと、美容業界は方向転換し、２０２１年、韓国政府主催のＫカルチャーを推進するイベントで、ＫＨＩＤＩと保健福祉部は成長市場として狙いを定めた7つの市場で多くの美容ブランドを宣伝した。その市場とは、チリ、ロシア、モンゴル、シンガポール、インドネシア、ベトナム、インドだ。

ＫＨＩＤＩのメイクアップチームを監督するキム・ミヒによれば、同機関はＫビューティーの企業を総合的に支援しているそうだ。世界市場の分析から、輸出できるほど事業を拡大したいと願うスタートアップ企業向けのインキュベーターの運営や、企業をターゲット国の買い手に結びつけること、これらの市場でのポップアップストアの財政的支援まで、すべての援助をしている。また、市場でブランドが受け入れられているかどうかも確認しているのだ。Kビューティーの支援プログラムは2012年に始まり、「毎年、資金は増加している」（キム）という。

美容編集者たちに言わせると、韓国の業界は発明や新機軸に関して少々先を行くどころではなく、世界のほかの国よりも少なくとも10年は進んでいるらしい。[34]〈ロレアル〉や〈セフォラ〉で何年か重役を務めたあと、**〈アモーレパシフィック〉**の米国社長になったジェシカ・ハンソンは西洋と韓国の美容業界大手の違いをわたしに語ってくれた。それによると、〈ロレアル〉の場合は、「支配と市場占有率、ビジネスを見る明確な方法がすべて」だったという。

フランスの企業は最高の存在になりたがる、と彼女は語った。しかし、**〈アモーレパシフィック〉**の観点は「最初の存在になることがすべて」だそうだ。彼女によると、彼らの挑戦はその決意にこだわることだ。新しいものへの意欲は絶え間なく続くからだ。「朝鮮人参を見て、『これは優れた原料だから使おう』などと言う人はわが社にいません。〔その代わり〕『これを研究してみよう。これがどんなことを成し遂げるかを最初に伝える者になろう』と言うのです。そして製品開発を行ない、たとえば……3DのマスクをCES（家電見本市）で市場に出します。そんなわけで、最初の存在になることが大切なのです」

顧客は速さや新しさに慣れ切っているので、ファッションブランドが季節ごとに最新の商品を作るのと同じくらい迅速に、美容製品の製品ラインが現れたり消えたりすることを期待している。直接販売のKビューティーブランド**〈ソコグラム〉**でアメリカの大衆にKビューティーをもたらした立役者であるシャーロット・チョは、Kビューティーについてこう述べた。「スキンケアの革新的存在です。つまりKビューティーがパッケージや配合、質感や成分やフォーマットをどう扱うかということなのです[35]」

例として、洗顔料を取り上げてみよう。たとえば、あなたがこれまで使ってきた洗顔料はどれもチューブに入っていたとする。韓国の化粧品会社はこう言うだろう。「もとはチューブに入っていた洗顔料をスティック状に変えてみよう」。それから彼らがチューブとスティックで洗顔料を提供したとたん、それは洗顔料のプラットフォーム［新しい商品やサービスを提供すること］と呼ばれるようになるのだ。

「イノベーションの観点から見ると、彼らは常に限界に挑んでいるようなものです」とチョは言う。製品自体であれ、配送方法であれ、あるいは形状やパッケージであれ、Kビューティーはより高いレベルのものを求めているのだ。

2年ほど前、**〈アモーレパシフィック〉**の**〈ラネージュ〉**シリーズの一押しは**「クリームスキン」**だった。同ブランドはその製品で、典型的なスキンケアの手順である引き締めと保湿のふたつのステップを結びつけてひとつにした。最終的にそれは奇妙にもスキムミルクのような見た目になった。1本でふたつの効果を持った**「クリームスキン」**は白いキャップがついた摺りガラスのボトル入りで、パステル調のミルク色の箱に1本ずつパッケージされ、箱の外には動物のマンガがついていた。**〈アモーレパシフィック〉**はこの工夫を「スキップケア」と呼んだ。多くのステップから成るスキンケア（それ自体、メディアやマーケティングが作り上げたものだ）という考え方を打ち破り、利用者がステップをとばして（スキップ）、手順を結びつけるようにしたのだ［2024年9月、**BTS**の**JIN**が**〈ラネージュ〉**のグローバルアンバサダーに起用され、**「クリームスキンローション」**キャンペーンが開始されたことが報じられた］。

製品やパッケージの子どもっぽくて風変わりなかわいらしさは、Kビューティーを差別化するもうひとつの特徴だ。シートマスクについたかわいい動物。洗顔時に顔から髪を上げておくためのヘアバンドについた愛らしい動物。アイスティックについたパンダに、実物大のプラスチックの桃に入ったリップバーム、顔に押すためのスタンプ、独創的な形状の商品に至るまで、パッケージはKビューティーが注目を浴びる要因であり、ライバルが模倣するものとなっている。

韓国に来て最初の夏、赤ん坊にひと晩じゅう授乳して睡眠不足だったわたしは、**〈トニーモリー〉**の**「パンダズドリーム　ソークール　アイスティック」**をつけたおかげで、少しは休息したように見えていたのではないかと思う。そのスティックはリップスティックのような細長い容器に入っていて、もう少し太くて黒をベースにした本体で、幸せそうなパンダの顔がキャップに描いてあった。

広告コピーによれば、それは「さっとひと塗り、ひんやり感触のアイクリーム」。わたしはリップスティックと同じようにキャップを取って底の部分を回し、空色の中身を押し上げた。べたつかない、リップクリームの「チャップスティック」のような質感だった。わたしは退屈したときや鏡の前を通ったときはいつでも、1日に何度となくアイスティックを目の下に塗った。それはあの夏にその韓国ブランドから出ていた、パンダのパッケージの全商品のうちのひとつだった。

どこの街角にも〈オリーブヤング〉

店での経験も大事だ。どこの街角でも目に入る化粧品の大型店である〈オリーブヤング〉の3階建ての店舗で、1階のど真ん中で出くわしたのは巨大なベルトコンベヤーだった。ゆっくり回っているベルトコンベヤーにはスキンケア用品や化粧品、化粧道具が並んでいて、回転寿司さながらにそこから商品を取れる。〈オリーブヤング〉は〈セフォラ〉のように韓国のスキンケアや化粧品が、1カ所ですべてそろう店（ワンストップ・ショップ）だ。最近は、かつてソウルの通りに点在していた個人経営のブランド店の多くに取って代わった。〈オリーブヤング〉は2020年には、韓国に1259軒の店舗があり、[36] アメリカにある〈セフォラ〉の店の数のざっと2倍はあった。[37] 韓国とアメリカとの人口の違いを考えると、それはアメリカ人が〈セフォラ〉に出合う数のおよそ6倍、韓国人が〈オリーブヤング〉に出合う数が多いことになる。パンデミックの間、独立型の化粧品店が店を閉めていたいっぽうで、〈オリーブヤング〉は着実に成長していた。[38]

ソウルでの最初の1年が終わりに近づいたころ、わたしのスキンケアについての実験はただの実験止まりで、日課へと移行することはなかった。夜はときどき、足にいい効果があったビニールソックスを履いてバスタブの端に腰を乗せていた。このようなくるぶしまでのビニールソックスは30分間履いたまま化学成分を肌に染み込ませる、フットピーリング用だった。

ケアをした翌日、足の角質が剝がれ始める。わたしは家族みんなに、赤ちゃんのお尻くらい柔らかい足になったよと告げた。夫もそれに興味を持ち、フットピーリングは定期的な習慣になった。あれこれと化粧品を試したあげく、長続きするスキンケアの習慣を始めたのは、わが家では夫ひとりだけということになったのだ。

わたしも消費者として、いわばKビューティーの処方箋に足を漬けたが、それは記者としてではなく、ひとりの女性としてだった。その最初の年、わたしはジャーナリストとしての目を美容産業や標準的な外見にまったく向けなかった。単なる幸せな参加者にすぎなかったのだ。２０１５年から16年になるころ、ソウルでの暮らしについて「モーニング・エディション」で2分間の番組を始めたときに話したのは、アパートメントの豪華な日本式トイレについてだった。

そして15年最後に取り上げた大きな話題は、1世紀前の韓国女性の経験を特集したものだった。韓国と、20世紀初めにこの国を占領していた日本は合意に達し、日本軍が慰安婦とした女性たちに日本政府がおわびと反省の気持ちを表明し、８００万ドルが支払われた[39]。

ほかにもわたしが放送時間を取って語った話題がいくつかあった。

韓国のテクノロジーの先端性、韓国と中国などの隣国との地政学的な緊張、国内の社会的ストレス。仕事ばかりしていて遊ばずにいると、若者は燃え尽きてしまうと言われる。そのときのわたしは、こういった話と美の理想が、重大な結果を招く問題でどのように交わるか、どんなことを告げているかに気づいていなかった。

第2章　美の帝国の反逆者たち

「良い肌」と「悪い肌」

「**チョクチョク**」はしっとりした感じやみずみずしさを意味する韓国語だが、もっと一般的には「少女みたいに柔らかな輝き」を表現する方法として使われ、それは韓国のスキンケアの最も重要な目的となっている。

　肌を褒める言葉としては「**グァン**（光）」、つまり艶があるという表現も使われる。この両方を表す国際的な言葉は「ガラスのような肌（グラススキン）」。

　すなわち、目立つ化粧をしていないみずみずしい肌のことだ。

それは優れた遺伝子および、少なくともわたしには無理なほどスキンケアの維持に努めることを意味している。「肌が健康的で、きめが整い、水分がたっぷりしていて、まるで透き通るような、ガラスのかけらのように見える状態を指します」と、Kビューティーのブランドである〈**グロウレ**

シピ〉の共同設立者のクリスティーン・チャンは「ヴォーグ」誌に語った。[1]
2000年代の初めに紹介されてから、輝く肌の流行は具体的なサブタイプや見た目へと進化していった。「明るい艶」、「蜂蜜のような艶」、「うるおいのある艶」というように。

マットな仕上がりに慣れている人にとっては、この肌は濡れた感じとか、油っぽい感じにすら見えてしまう。だが、**〈ソコグラム〉**のシャーロット・チョはこのように思い起こしている。
「韓国で過ごした時間が長くなるほど……わたしは韓国の女性たちの額がなめらかなのは油分のせいではなく、光を放ちそうなほどしっとりしているからだと気づくようになりました」。彼女は当時、これが「単なる一時的な流行ではなく、今後の肌はずっとこういう状態になる」という予感がしたそうだ。[2]

「グラススキン」はアメリカ人にとってまったく新しい概念だろう。アジアでは、「良い肌」がなめらかで若々しく、毛穴が見えず、シワがなく、明るい色で、透明感があり、白くてふっくらしているものだと、コマーシャルや印刷広告がこれでもかとばかりに強調している。「悪い肌」は広告を引き合いに出すと、シワがあったり、老化の徴候があったり、乾燥したりしているものだ。[3] 2000年代の初めから、韓国のマーケターは艶のあるグラススキンという概念を宣伝しているが、ガラスのように白くてなめらかに見える肌が理想だという考えは、もっと昔の儒教の思想が支配的だった朝鮮王朝の時代までさかのぼることができる。[4]

何かを「儒教的」だと主張されると、わたしはたちまちすくみ上がってしまう。この表現は使われすぎていて、東アジアの文化についての固定観念をなんの工夫もなく大ざっぱに言い表したものに感じられるのだ。それでもやはり、儒教の影響が長く続いていることを疑うわけにはいかない。

簡単にまとめてみよう。
　マスター・コン、またの名を孔子という男性は紀元前500年ごろ、中国の周王朝が衰退しつつあった混乱期に生きた。彼の哲学は弟子たちが『論語』に記したように、社会的な調和に注目したものだった。孔子は人々が自分の立場を知ってそれを守りさえすれば、調和が存在すると固く信じていた。[5]それから300年後、漢王朝という新しい支配者の時代になると、恭順と義務に関する儒教の哲学は、彼らが中国を統一するための計画と一致した。主に漢王朝の支配者がこのような考えを国教化した（たとえば、儒教の教書を学校の基礎とした）[6]ため、個人を超えた調和を強調する孔子の考えには何世紀もの間、反響があった。『Selfie』の著者であり、歴史家であるウィル・ストーが書くところによると、孔子は「東アジアの人々が自己の現実を経験する方法に深い暗示」を与えたのだ。[7]
　儒教、または最近でいう新儒教について理解すべき肝心な点は、この教えが美の基準に与える影響が、年配者への敬意を重視する家父長制度が形を取ったものでもあることだ。韓国の朝鮮王朝の時代は14世紀から1910年までだったが、儒教が全盛期にあったこの時代、人々は自分の体が先祖からの贈り物だと理解するようになった。[8]
　息子の体はその親に属し、タトゥーや髪を切ることも含めていかなる種類の自身を傷つける行為も恥ずべきことだと見なされた。[9]親への娘の孝行心は息子のものほど重要ではなかった。女性は別の家族に加わって男の子孫を産むことを期待されたからだ。だが、歴史家たちは朝鮮王朝の時代が、Kビューティーの基準である「自然に見える」ことの基盤となったと述べている。つまり、その概念はいくつかの重要な点でまだ生きているのだ。

女性にとっての美しさは、年配者に忠実で、夫に仕え、子どもに時間を割くことと同等だった。彼女たちの活動は、屋内や日の当たらないところで行なわれた。透き通るように明るく、シミひとつない肌は当時も価値あるものだった。儒教の制度では、女性の体は「純潔」を反映しているべきで、それはきれいな肌を意味した。シミや吹き出物がある肌は魅力がないと見なされた。そのせいで「本来の」女性の体の状態が損なわれるからだ。

物質主義は無垢でシンプルな理想に反したため、朝鮮王朝時代の中流から上流の女性は最低限の化粧しかせず、髪を絶対に切らなかった。下層階級の妓生（キーセン）という日本の芸者のような芸妓のみが化粧をした。化粧はキーセンだけの領域だという考えは、20世紀になっても主流だった。朝鮮王朝の時代が終わってからかなり経つが、この時代の美の慣習に従わない女性を辱しめる行為は残っている。化粧をしすぎたり、美の基準から外れた見た目だったりする女性は、娼婦のようだとして辱しめられる。それは時を越えて影響を及ぼす社会的な制裁なのだ。

西洋の美容文化は写真が出現した19世紀半ばに誕生し、写真によって、イメージ作りや日々の生活行動の重要性が高まった[10]。アメリカの大衆市場の美容産業は、20世紀への変わり目による文化的な変化から起こった[11]。それはクリームをこねまわしているローカルな薬屋の寄せ集めから、美容のための統一された市場へと、初期の産業を転換させた。

アメリカとヨーロッパの美容製品が19世紀末と20世紀初めに韓国に流入し始めたのは、日本のふたつの行動の結果だった。１８７６年の日朝修好条規と、１９１０年の日本による韓国併合だ。韓国は何世紀もの間、国際貿易から孤立していたが、１８７６年の日本との条約の一部として、３カ所の商業港を開くことを余儀なくされた。そして１９１０年、日本は朝鮮半島を併合し、支配や強制労働や、韓国の文化をほぼ完全に抑圧するという残忍なやり方で数十年も占領した。それは韓国人にとって深い心の傷として残っており、今も続く韓国と日本間の緊張状態の根幹にあるものだ。

「パク一族によって作られた白粉」

日本の植民地だった韓国に、西洋との貿易や競争や影響を通じて海外の美容製品が流入した。それが1916年に、最初に大量生産された韓国の化粧品、**「朴家粉」**(パクカブン)(訳すと、「パク一族によって作られた白粉」)の出現につながった。

このKビューティーの元祖と言える白粉は、製造者による口コミで売り込みに成功した。これはキーセンだけでなく、韓国の女性たちが日常的に白粉を顔につけ始める転換点になった。「文化は頂点から底辺へと広まる傾向がある」と、チョン・アヨンが「コリアタイムス」紙で書いていた。「しかし、化粧品とファッションの規範はたいていの場合、その逆である。支配層や上流階級の女性は朝鮮王朝時代、キーセンのファッションを模倣する傾向があった」[12]

初めのうち、**「パクカブン」**は粉の形ではなかった。最初期の**「パクカブン」**はチョークのような白い塊で、それをてのひらにこすりつけて粉末状にしたものを顔にはたいていた。現代のKビューティーの決定的な特徴のひとつと似ていたごく早い時期の特色は、製品の形を変えることが突如として大衆市場での成功につながる点だった。

ひとたび、製造者が**「パクカブン」**を粉末状にして容器に詰めると、たちまち有名になり、パク一族は1日あたり1万個を売ったと伝えられている。今日の金額に換算すると、1個あたり90ドルという桁外れの高値だったにもかかわらず。**「パクカブン」**が人気になり、1930年代までにはそれに触発された多くの模倣製品が韓国で生まれたのに、歴史の端に追いやられたのには理由がある。この白粉は葛、大麦、米、そしてなんと、鉛で作られていたのだ[13]。

１９３４年、ある顧客が**「パクカブン」**を使用して肌に深刻な問題が生じたと、パク一族を告訴した。それは神の恵みを受けた同製品が、不名誉な転落をする前触れだった。

パク一族は日本の専門家に成分を改善させ、白粉のイメージを回復させようとしたが、顧客の信頼は失われて事業は終わった。それでも、この出来事は韓国人に忘れられない教訓を与えた。つまり、鉛を顔につけてはいけないということだ。現在も、韓国の化粧品の多くのパッケージに「本製品には鉛が含まれていません」という免責事項が書かれている。

盛んに売れていたころ、**「パクカブン」**にとって恩恵となったのは20世紀初頭の社会的道徳観の変化と、「モダンガール」の概念の出現だった。「モダンガール」はアメリカのフラッパーと似て、伝統的な美の基準を否定した若い女性たちだ。

家族のつながりを断ち切ることを意味するというのに、彼女たちは髪をショートにした。伝統的な装いを捨てて、ニューヨークやパリで見られるような服装になり、はっきりとわかる化粧を施して世の中に現れた。眉はアーチを描くように描き、顔の輪郭を矯正し、濃い色の口紅をつけた。韓国の有識者たち（全員が男性）は化粧を施した「モダンガール」に対して、こういう女たちは軽薄に違いないと眉をひそめた。韓国が真の自由を得るという、もっと差し迫った政治的な問題が未解決なのに、彼女たちは時間やエネルギーや金を自分の外見に注いでいるからというのだった[14]。

だが、後世の研究者たちは、「モダンガール」のような格好が当時の女性にとって、実はひとつのアピールだったことを発見した。韓国の社会での明らかな階級区別が女性の服や装飾品に現れていた。けれども、化粧をして個性的な顔に仕立てることによって、「モダンガール」は階級やジェンダーや民族性（日本の占領下では重要なことだった）を「偽装する」ことができたのだ。

彼女たちは反抗的な行為とされた化粧をしたおかげで、そうしなければ享受できなかった行動しやすさや、アイデンティティの流動性を手に入れた。「モダンガール」は本当に軽薄だったのか？　それとも、抑圧的な家父長制度を転覆させるため、彼女たちは利用できる手段を用いたということなのか？　同様の議論が、今日のＫビューティーについての考えを方向づけるために行なわれている。

〈アモーレパシフィック〉の誕生

アジアで最も有力な化粧品の帝国であり、同社の化粧品用のすべての緑茶を生産している**〈アモーレパシフィック〉**が公式に登場したのは１９４５年のことだ。この複合企業は、朝鮮半島が転換点を迎えたときに設立された。第二次世界大戦が終結し、それとともに日本による統治も終わりを告げた。こうして空白となったときにアメリカとソビエトは、この対立するふたつの大国間の取り決めの一部として、かつてひとつだった朝鮮を北緯38度線で任意に分断した。この分断によって社会主義国家の北朝鮮（ソビエトに支援された）と独裁主義の南朝鮮（アメリカに支援された）が生まれた。米国国防総省は新しい国家が安定するのを助けるため、南朝鮮じゅうに軍隊を配置した。そして１９５０年から53年まで続いた朝鮮戦争で、アメリカ軍は韓国側を支援して戦った。アメリカの軍隊の存在によって、アニメの類の娯楽や缶入りの大量のスパム、西洋的な視線といった、非常に多くの影響がもたらされた。現在も、何万人ものアメリカ兵が駐留し続けている。

同社の精神的なルーツは1945年よりも前にさかのぼる。創業者のソ・ソンファンの母親であるユン・ドクジョンが、現在は北朝鮮にある自宅で椿を材料にした髪油やクリームを手作りしていた。[15] 印象的なパッケージのおかげで、彼女の製品は注目を浴びた。彼女はどの製品にも自分の店の名前の**〈昌盛商店〉**を冠して目立たせた。[16]

女家長だったユンは製品を作り、まだ少年だった息子にクリームの製造法を教えた。とはいえ、幼かったころの彼の家業での重要な役目は顧客からの集金と、南のソウルまで自転車で行き、ボトルやラベルを受け取って運んでくることだった。そうして週に何度か、往復50マイルを行き来した。成長して、1945年にとうとう事業を引き継ぐことになると、ソ・ソンファンは**〈昌盛商店〉**の名を変えて**〈太平洋化学工業（現アモーレパシフィック）〉**と呼んだ。世界大戦が終結し、彼は製品を太平洋の向こうにも売るという野心を持っていたからだ。彼は48年までに事業のすべてを南のソウルに移した。

54年、一族は国内初の化粧品研究所をソウルの本社近くに開設した。[17] 化粧品について学ばせるために研究員をドイツへ送った。会社は高品質の保湿クリームとしては韓国史上初となる製品、**「メロディ」**を製造した。[18]

同社は男性向けのヘアクリームの**「ABCポマード」**を売り出しており、これはたちまち国内で大成功を収めた。だが、こういう初期の製品はアメリカやヨーロッパの有力な輸入品に規模ではとても太刀打ちできなかった。戦争をしていた数年のせいで、韓国という国もその全産業も打撃を受けたため、米軍が駐留し続けた1950年代の間に、アメリカの影響と商品が韓国の社会に広まっていた。当時の人々が求めたのは**「メロディ」**ではなく、〈ポンズコールドクリーム〉だった。

西洋の新しい影響と中・上流階級の地元の人々の流行は、ソウルで最初の美容院やブティックができた、**ミョンドン**と呼ばれる活気ある商業地域で融合した。[19] 50年以上にわたって成長や革新を経験してきた**ミョンドン**は化粧品のメッカとなっている。

独裁者が禁じた外国コスメ

〈**アモーレパシフィック**〉の統計によると、1960年、韓国で消費された化粧品の80パーセントが国外から供給されたものだったという。[20] だが、クーデターによって政権に就き、61年から79年まで韓国を指導した軍の独裁者の朴正熙（パク・チョンヒ）はその状況を変えた。パクはその冷酷な支配ぶりから韓国史上で悪名が高い。いっぽうで60年代から70年代にかけて韓国の急速な産業化を推し進めたことでも知られている。パクは独裁的支配のもとで韓国の産業に国の予算を投入し、国内での外国製品の販売を禁じた。[21]

輸入品の消費を制限したことによって、韓国からは海外の化粧品が事実上、追い出されてしまった。こうして生じた市場の空白を埋めるため、国産の化粧品ブランドが次々と登場し、当時育ちはじめたばかりだった韓国ブランドの繁栄に火がついた。このような事情から、わたしが話した研究者の何人かは、韓国の美容産業の誕生をこの時代だと見ている。つまり、1960年代から70年代だ。

それでも、そのころの韓国の人々は自国の美容液にあまり金を使わなかった。彼らはアメリカの陸軍基地からこっそり持ち込まれた化粧品を手に入れようとしたり、海外にいる家族に懇願して製品を送ってもらったりした。

韓国系米国人の作家であるキャサリン・ユンミ・キムの家族は60年代にアメリカ合衆国に移住したが、ソウルに親戚が残っていた。「わたしが育った１９７０年代、夏には家族で韓国に行ったものでした。スーツケースのほとんどに西洋の商品がこっそり詰め込まれていました。〈エスティローダー〉のボトルをこれでもかとばかりに持ち込んだものです。母はスーツケースに〈エスティローダー〉の商品とお金と、韓国では手に入らないものばかりを詰めていました。なぜなら、それはまさに闇市場でしか買えないもの〔当時は〕だったからです[22]」

それに加えて、多くの韓国女性にはメイクアップに散財する機会があまりなかった。そのころ政府は「簡素服（カンソボク）」《質素で活動しやすい服装のこと。政府は公務員の男子勤務服、女子勤務服、女性改良韓服などを１９６１年に制定。国民にも簡素服を着るように推奨した》の着用を命じ、大勢の若い女性が産業化に貢献するために工場での労働を強いられていた[23]。１９７３年、パク政権はファッションショーを違法と定め、男性の長髪や、女性が膝上17センチよりも丈が短いスカートを穿くことを禁じた[24]。この政権下では、自分を美しくする行為は国家の発展という目的において心を乱すような考えだとか、反撃だと見なされたのだ。

それでも、１９２０年代に反体制的な「モダンガール」が影響を与えたように、70年代には化粧を施した「ファクトリーガール」が反逆と抵抗の象徴として現れた[25]。大衆は相変わらず映画を見られたし、女性たちは美容院で美容雑誌に触れたり、デパートに行ったりする機会があった。こういう状況は、手に入る服や化粧品で自分を表現する別の方法を生むきっかけとなった。新しいトレンド、または、インスタグラムの言い方を借りるなら、新しい「目標」が生まれたのだ。政府支給の制服を着て工場の製造ラインで布地を量産して日々を送っていた女性たちは、顔に華やかな化粧を施すようになった。体は政府によって強制労働をさせられていたとしても、彼女たちが顔に施した化粧は自主性そのものだった。

「ファクトリーガール」は西洋の美容文化からある程度のヒントを得た。明るい色の口紅を使うことや、時代の趨勢に合った女らしさを際立たせること、そして政府が命じる冴えない服とは対照的な服装といったものだ。[26] 彼女たちは外国製の化粧品や香水、また「ベルベットのような贅沢な生地」を消費したことによって、女らしさを見せつけただけでなく、ファッションがもたらす表現によって現代性や自由も誇示した。

カリフォルニア大学ロサンゼルス校の研究者で、韓国女性の歴史的な美容慣習について研究しているヘギョン・クォンによると、彼女たちが示したものは「トップダウンの覇権に挑戦し、抵抗する」方法になったという。[27]

パク・チョンヒの独裁政治の体制下でも、「ファクトリーガール」の装いはひとり、またひとりと広まっていき、視覚文化へと進んでいった。[28] これは韓国の化粧品会社に影響を与え、彼らは「ファクトリーガール」の影響力を利用して、１９８０年代に入ると、企業主体のＫビューティーというアイデンティティを作り出した。

１９７９年にパク・チョンヒ将軍／大統領が暗殺されたあと、韓国は政治的にも経済的にも変わり始めた。その後、やはり軍事クーデターにより、事実上の指導者として全斗煥（チョン・ドゥファン）という権力者が介入し、指導力を強固なものにした。それから韓国は戒厳令に耐えることになった。チョン・ドゥファンもパク・チョンヒと同様に残忍な独裁者で、80年から88年の初めまで支配が続いた。[29] チョン・ドゥファンは戦後の韓国で最も人気のない指導者であり、民主化要求デモを鎮圧するため、軍隊に命じて自国の一般人を攻撃して虐殺したことでよく知られている。

国民が民主主義のために闘おうとすることから目をそらさせるため、チョン・ドゥファンは「3S政策」、つまり性風俗（sex）、スポーツ（sports）、スクリーン（screen）として知られる政策を始めた。そして、いわば陽動作戦として、韓国メディアや娯楽産業の発展を奨励した。[30] さらに彼は83年、ふたりの著名な経済顧問の助言に従って、外国企業を韓国に受け入れることにしたのだ。[31]

光の速さで変化

学生活動家は1980年代を通してずっとチョン・ドゥファンの独裁政権と闘っていたが、ついに1987年、ソウルでオリンピックが開催される前年の大衆運動によって、四半世紀にわたる独裁政権は打倒され、韓国に民主主義が到来した。この新しい国家環境で韓国は社会政治的な変化を経験した。国家は韓国の女性の望ましい外見に関する厳しい制約をやめ、経済の新しい分野を成長させることや、国際的なイメージを高めることに関心を持つようになった。

韓国の化粧品ブランドは海外のブランドと競い始めたとき、他とは違う特徴として、伝統という手法、つまり緑茶や朝鮮人参のような韓国の伝統的な原料を用いた。1990年代には韓国独自の化粧品ブランドが出現し始めた。

〈アモーレパシフィック〉の**〈マモンド〉**は91年に発売を開始し、**〈ラネージュ〉**は94年に売り出された。政府による投資がある程度あったおかげで、そのような化粧品ブランドは成長を始めた。**〈アモーレパシフィック〉**の創業者ソ・ソンファンが2003年に亡くなったとき、彼の会社は韓国の市場を飽和状態にしていた。06年の時点で、同社は製品の90パーセントを国内で販売し、アジア各地で販売を始めたところだった[32]。

50年という、光のような速さで文化的変革が起こった。とりわけ大きかったのは、韓国の女性の変化と、彼女たちがファッションや化粧品を通じて美と触れ合うようになったことだ。研究者のヘギョン・クォンが言及したように、まずは「モダンガール」が、それから「ファクトリーガール」が反逆の扇動者だった。どちらのタイプの女性も体制から疑惑の目で見られ、批判を招いた。どちらの集団も見た目を利用することで、自分の身分を曖昧にしたり、本来の地位を超えたりした。そうする中で、彼女たちは外見についての厳しい規制から一種の自由を勝ち取った。髪型を変えたり化粧をしたりすることで、社会的認識からいくらか隠れることができた。彼女たちは化粧をひとつの抗議として、または武器として用いたのだ。

のちに彼女たちの特徴的な見た目、つまり自分を飾る方法は大衆市場の美容産業に取り込まれ、盗用されていく。今日では、美容の消費者文化はある意味で、またしても強制的な外見をトップダウンでもたらしているのだ。

かつて日本の植民地政府は、女性の望ましい姿を決めた。のちにはパク・チョンヒ政権がそれを法令で命じ、国営テレビでの明らかに「派手な」スタイルを検閲することから、長髪の男性を投獄することまで、さまざまな取り組みを行なった[33]。だが、2000年代には大衆文化と市場の利益が、人々の外見についてある程度コントロールし、権力を行使するようになった。メディアやマーケティングは韓国の標準的な美の理想を示したり、何度もとりあげたりして、消費者が自分に強いることになる外見の常識を推し進めた。

最近の美容の消費者文化は、主流となっている見た目を、初めから自分が求めたものだと消費者に思い込ませる方法を心得ている。女性は自分の体をすべて思いどおりに決定できるのだ。国家の介入など必要ない。

第3章　BBクリームとK-POPアイドル

韓国車100万台に匹敵する映画

2000年が始まろうとしていたころ、韓国の政府と企業の中枢は、〈サムスン〉による家電製品や〈LG〉によるテレビ、〈起亜(キア)〉や〈ヒョンデ〉によって迅速に製造される中価格帯の自動車だけではもはや満足できなくなっていた。

彼らは主力商品以外でも輸出品を多様化するために協力したが、必ずしも自ら進んでそうしたわけではなかった。1990年代後半の金融危機の打撃を受けた韓国に、国際通貨基金（IMF）は当時までの最高額だった570億ドルの緊急援助を行なった。そして政府は借金の返済のため、経済の立て直しを迫られた(1)。韓国は戦後の平和協定により、利益の上がる防衛インフラをつくることを禁じられ、自国がどんな軍事技術の開発を行なう場合でも、アメリカの承認が必要とされた(2)。

そこで韓国は、経済危機から回復するために意図的な〝ソフト〟パワー戦略を実行した。製造業だけでなく、高評価の映像エンターテインメントにも助成金を与えて後押ししたのだ。

ソフトパワーが必要とするのは、モノ以外の何か好意的な影響力を与えるものの輸出だ。軍事力や経済的手段、あるいは制裁措置といったハードパワーの代わりに、ソフトパワーは国際関係での影響力を高めるため、ネットワークを構築したり、魅力的な物語を伝えたりすることに重点を置いている。韓国系英国人のアーティストのサミー・リーは、これについてビジュアル・エッセーでこう述べた。韓国の「スペクタクルという形……それが彼らの武器庫である」[3]。

１９９４年の韓国の政府審議会の報告書は、イメージを輸出することでどれほど利益が見込まれるかを伝えていた。それによると、映画の「ジュラシック・パーク」規模の大ヒットをひとつ作るだけで、１００万台以上の韓国製の車を売るのに相当する価値になるという[4]。

国家の財政危機のせいで、立ち直るしかなかった韓国は４年後にはＩＭＦにどうにか借金を返済できた。社会的には、韓国のポップカルチャーの陽気な雰囲気に注目することが、経済的な苦悩という国家のトラウマをしばし忘れるのに役立った。新しく選ばれた大統領の金大中(キム・デジュン)は１９９８年に、国家がこの新たな戦略の立ち上げへの支援を開始することについてこう語った。「われわれはグローバル化した韓国の文化にエネルギーを注がなければならない……旅行業、コンベンション産業、映像産業、それに特定の文化的な商品は宝の山であり、無限の市場が待ち受けている」[5]。韓国が近代化し、文化に対する何十年もの政府の厳しい支配から浮上すると、商業的なポップカルチャーの養成も行なわれた。

韓国で最大かつ最も影響力がある企業の〈**サムスン**〉は、視覚文化、具体的には映画製作に投資を始めた。〈**サムスン**〉という主力の複合企業から分かれたＣＪグループに、エンターテインメント部門を作ったのだ。CJはマルチスクリーン映画館のチェーンを運営し、ハリウッド映画と競合できるほどの大ヒット作を生めるように資金を提供、製作も行なった。[6]

エンターテインメント会社、映像作家、音楽プロデューサーがコンテンツを作り出し、初めは1990年代に近隣の中国語圏で人気を博した。韓国ドラマ、あるいは韓国のメロドラマは最初に大がかりに輸出されるものとなった。特徴は韓国の階層的な社会情勢における立身出世物語。キム・デジュン大統領が日本の大衆文化に関する歴史的な制約を解除すると、Kカルチャーは隣国の日本に入り込んだ。[7] 次にKカルチャーは東南アジアにたちまち広まってファン層を育て、Kカルチャーの概念は逆巻く波となり、ついには西洋にたどりついた。

Kカルチャーは足掛かりを得たあとも、影響力を及ぼす範囲を広げ続けた。それが可能だった理由の一部は、韓国政府から継続的な支援と助成金があったことだ。IMF危機のあと、韓国政府は映画やテレビ、音楽への融資や宣伝に手を貸した。キム・デジュン政権は芸術を強化するための法律を通過させ、現在の〈韓国コンテンツ振興院〉を作るための5000万ドルの援助資金を分配した。[8]

現在、この機関の年間予算は4億ドルだ。もっと最近、わたしがソウルに住んでいた数年では、朴槿恵（パク・クネ）大統領が韓国の文化的輸出品に高い見返りを狙った、10億ドルの営利目的型の投資ファンドを設立した。こういう輸出品こそ人々が求めていたもので、韓国ドラマや韓国のメロドラマは世界じゅうのファンを集めた。

公式、非公式の美しい大使たち

〈韓国コンテンツ振興院〉はファッションや映画やテレビ、コミック、アニメ、K－POPという世界的な巨人の形をとる韓国の音楽といった文化の輸出によって、相当な経済成長が促進されることにフォーカスしている。目的は明快だと彼らは述べた。「大衆文化の宣伝の促進」と「韓流の普及の支援」だと。

〈韓国コンテンツ振興院〉はコンサートアリーナを建て、映画館や劇場を開き、韓国で2番目に大きな都市での「釜山国際映画祭」に資金供給するといった支援を行った。全世界の韓国大使館と領事館は、海外でのK－POPのコンサートを企画するのに手を貸した。K－POPのスターは非公式の大使となり、韓国の旅行業界の顔となった結果、文化と場所とが見事に協働した。

K－POPと韓国という国との結びつきは非常に強くなり、**BIGBANG**や**GFRIEND**の音楽が、北朝鮮との国境151マイルに沿って民主主義のプロパガンダ放送をしていた拡声器から大音量で北朝鮮に流された[9]。最近では、**BTS**が、当時の韓国大統領の文在寅（ムン・ジェイン）に大統領特使に任じられ、国連総会に出席した[10]「2022年にはホワイトハウスに招かれ、バイデン大統領と懇談した」。

また〈韓国コンテンツ振興院〉の予算の残りは、広範囲に及ぶ市場調査に使い果たされた。世界的な事業戦略家のマルティン・ロールが書いているところによると、韓国政府は「さまざまな市場でどの韓流商品が最も成功する可能性が高いかを理解するために」どんな苦労も惜しまないという。「このような市場を韓国ほど理解している国がないことが秘訣」と[11]。

わたし自身は、文化産業が国家と結びつくせいで、複雑さや分析が抑えられることを心から案じている。なぜなら、韓国のポップカルチャーの影響が大きくなるにつれて、それに伴う狂信的な愛国主義である「**クッポン**」《「国家(クッカ)」と「ヒロポン」を合わせた造語》も激しくなるからだ。

「人々は国家の公的イメージと、自分のアイデンティティを同一視するのが好きです」と韓国の皮膚科医のチョン・ヘシンは見なしている。「**クッポン**のせいで人々は客観的でいられなくなります。威圧的な愛情によって人が現実を見られなくなるのと同じです」。

韓国の産業や文化的な製品はめったに母国と切り離されることはなく、普段わたしに情報をくれる相手が美容産業や韓国社会についての意見を急に言わなくなることもある。「自分の国を非難したくないからだ。[12]

カルチャー・テクノロジー

だが、Kカルチャーの人気が一時的に低迷したこともあった。ミレニアムが始まったころにアジア全域で流行した最初の韓流は、2010年ごろには同じドラマの話の焼き直しになり、人気は落ちた。「韓流は死にかけていました。砕けて、燃え尽きそうになっていたのです」と研究者のシャロン・ヘジン・リーは言う。「すると、2009年と10年に、若者とデジタルメディアとの接点が生まれました。誰も予想できなかったことです。政府が何かしたわけではありませんでした。まったくの偶然のような出来事でしたが、そのおかげでわれわれは現在、こうなっているのです[13]」。

デジタルメディアが第二波の火付け役となり、韓流は超音速で流行した。結局、この韓国文化の輸出の国際的な第二波が、韓国のスキンケアが世界じゅうの人々に広まるための助けとなった。

K-POPや韓国ドラマ、韓国映画、ビデオゲーム、それに韓国が受け入れた、物語を語るための無数のさまざまな形を通じて、同国は膨大な「カルチャー・テクノロジー」を輸出し、イメージを作り出す世界的な巨人へと変身するのに成功した。

　この「カルチャー・テクノロジー」という言葉は、伝説的なK-POPのエンターテインメントの大物である**イ・スマン**によって作られたものだ。彼は**SMエンタテインメント**の創業者で、先見の明がある洗練された見解を1990年代半ばには持っていたことを、2011年の演説で次のように振り返っている。「90年代の大半は情報技術（インフォメーション・テクノロジー）に占められた時代だった。わたしは次に来るのがカルチャー・テクノロジーの時代だと予測した……わたしはカルチャーをテクノロジーの一種と見なしている。しかし、インフォメーション・テクノロジーよりもカルチャー・テクノロジーのほうがはるかに精巧で複雑だ[14]」

　映画やテレビやK-POP（K-POPは音楽だけでなく、ビジュアルのジャンルでもあるからだ）で広まった韓国のエンターテイナーたちの容姿は、最終的に国家も支持するものになった。「〔女性たちが〕国家を売り込む枠組みに組み込まれたとたん、良い状態になります」と韓国在住の韓国人の社会学者であるマイケル・ハートは語った。

　今や韓流はいたるところにある。過去10年の間に、韓流の波は包括的な力へと成長した。「**世界的な韓国**（グローバル・コリア）」という考え方だ[15]。2008年に、韓国はこの「**グローバル・コリア**」というスローガンを公的に掲げた。韓国の文化を単なるカルト的なものや地域で人気のものにするのではなく、世界的に通用させるという目標を支援するためだった。

　11年までに、K-POPのグループは初めてヨーロッパに「渡って」ツアーを行ない、12年には耳にこびりついて離れない**PSY**（サイ）の「江南スタイル」がヒットし、世界的な大評判となってK-POPを莫大な数の人々に紹介することになった。世紀の転換点に発せられたイメージ制作という韓国の公約はついに大きな波のように機能し、Kビューティー産業もたらした。そしてこの産業自体も、のちに多くの模倣品が登場してくる、特徴的なイノベーションを巻き起こした。イノベーションのひとつは、高品質の「低価格（バジェット）」コスメの開発。もうひとつは、**BBクリーム**と呼ばれる画期的な製品だ。

低価格コスメ

２０００年代に生まれた韓国のバジェット・コスメのブランドは、化粧品業界で長らく信じられてきた、より高額な製品のほうが売れるという真理と矛盾していた。[16]

通常は、高級ブランドが高価格によって自社製品を「排他的」に見せることで、独自のセグメントを形成する。[17]だが、韓国ブランドの**〈ミシャ〉**は〈ツー・バック・チャック〉がワインで効果をあげたのと同様の方法で自社の競争力を高めた。それは超低価格と、低い利益率で大量の商品を売るという方法だった。

〈ミシャ〉は２０００年にオンラインのみで販売を開始した。レビュアーの熱心な投稿で知られる**〈ビューティネット〉**という美容のデジタルプラットフォーム上だった。登場したとき、**〈ミシャ〉**は自社の全スキンケア製品であるローション、化粧水、エッセンスを３３００ウォン（約３ドル）で提供した。[18]それによって、研究者のヨジョン・オーが述べたように、**〈ミシャ〉**は実際の化粧品の製品コストがどれほど少ないかを強調したのだ。そして低価格のKビューティーコスメという概念を生み出した。

〈ミシャ〉は「以前は複雑だった」流通過程を単純化し、安価ながらも優れたデザインの容器を使うことで包装費を減らす代わりに、マーケティングと広告を重視した。**〈ビューティネット〉**は前述した**〈ファヘ〉**の前身だったサイトで、顧客とブランドの双方向のやり取りがいくらでもできた。２００2年までに、**〈ミシャ〉**は実店舗を開けるほどの充分な顧客基盤を開拓していた。その最初のブランド店は韓国人が路面店と呼ぶ、ひとつの化粧品ブランドの商品だけを販売する小売店だ。こういう店が出現する前、化粧品は百貨店か、**〈オリーブヤング〉**のように異なったいくつものブランドの品を買える店でしか売られていなかった。わずか2年で、**〈ミシャ〉**のブランド店の数は２００を超え、２０１5年には国内で６９６店舗にまで達した。[19]

〈ミシャ〉の成功によって、この市場全体が一般化した。低価格コスメが販売されるのは独自の小売店だという点は、今やKビューティー産業の特徴となっている。**〈ミシャ〉**が成功したため、韓国の巨大な複合企業である**〈LG生活健康〉**があとに続き、低価格ブランドの**〈ザ・フェイスショップ〉**を買収した。

〈ザ・フェイスショップ〉は１９４0年代の後半に1号店を**ミョンドン**に開いたが、２０００年代のバジェット・コスメの流行に完全に合致したブランドだった。２０１5年までに、国内に１１９0店の路面店を展開していたのだ。[20]小売りがオンライン販売に移行すると、店舗数は減少し、19年には５９８店にまで落ち込んだが、低価格のコスメでの優位は続いている。[21]

〈ザ・フェイスショップ〉は何列も何列も壁のように並んだシートマスクで知られているかもしれない。このシートマスクは世界的なベストセラーになり、アボカドや蜂蜜、チアシード、アサイーベリー、アロエ、キュウリ、緑茶、そのほかいろいろな種類のものが出ている。**〈アモーレパシフィック〉**も緑茶を使用した同社のすべてのスキンケア商品を扱う**〈イニスフリー〉**を立ち上げて、路面店での商売に加わった。それ以来、バジェット・コスメのブランドの総数は急速に増え、通りにずらりと並ぶだけでなく、地下鉄や鉄道の駅の売店も占領している。そのようなブランドには**〈スキンフード〉〈アリタウム〉〈イッツスキン〉〈バニラコ〉〈ホリカホリカ〉〈トゥークールフォースクール〉〈トニーモリー〉〈エチュード〉〈ネイチャーリパブリック〉**がある。

BBクリーム、そして「クッション」

Kビューティーの「10ステップのスキンケア」と「ダブル洗顔」の習慣は、世界的に流行している。鉛が含まれた**「パクカブン」**の白粉の時代から、美容産業がどれほど進歩したかを強調するようなものだ。とはいえ、Kビューティーを本当に全世界で有名にしたのは、**BBクリーム**と呼ばれるなめらかなカバー用の化粧品である。

そもそも**BB**とは実際のところ何を表していたのかわからないが、尋ねられた人はそれぞれ、その言葉が「美しい軟膏／beauty balm」とか「傷を修復する軟膏／blemish balm」とか「傷を隠す下地／blemish base」、「傷を防止するもの／blemish blocker」、あるいは「ベブリッシュの軟膏／beblesh balm [beblesh は著作権上の理由から blemish の代わりに使われた造語]」の略だという。

1960年代、あるドイツ人の皮膚科医がケミカルピーリングや美容整形手術のあとで患者の赤く腫れた顔の皮膚を隠せるようにと開発したもので、[22] 韓国の化粧品会社はこの医薬品を別の次元に進化させた。[23]

粉っぽい医療用クリームだったものを、明るくて透明感があり、たいていは多少の日焼け止め効果もある、液状のなめらかな日中用保湿クリームへと変えた。それは自然に見えるように肌をカバーするものだ。韓国の**BBクリーム**は最初、２００６年に韓国の製造業者である**〈コストリ〉**によって開発された。この商品は世界的に販売され、アジアでのファンデーションの売り上げをたちまち上回ってしまった。

「**BBクリーム**は日本市場に、それから中国市場に入ると、爆発的に売れました」とエディ・アラム・ペクは語っている。彼は２０１０年から20年という、韓国の美容産業が桁外れに大きな世界的成長を遂げた時期に、Kビューティーを輸出するビジネスに携わっていた。

BBクリームはアジアの市場を席巻し、ヨーロッパに渡り、ついには２０１１年にアメリカの化粧品市場に到着した。近年では製法が向上し、製品のアルファベットが変わって、**BB**から**CCクリーム**や**DDクリーム**に進化している。だが、世界的に有名になったKビューティーの最初の製品は**BBクリーム**だった。その後、世間の注目はクッションに移った。

クッションファンデーションは、**〈アモーレパシフィック〉**の**〈アイオペ〉**ブランドが２００８年に発表した、このクリームを持ち運ぶためのもので、アジアの顧客が**BBクリーム**を使う方法を一変させた[24]。

それ以前、**BBクリーム**はリキッドファンデーションや日焼け止めのようにチューブやボトルに入っていた。**〈アモーレパシフィック〉**の研究員はそういう容器から塗る際の不便さや手が汚れることに注目し、密閉したコンパクトに**BBクリーム**を浸したスポンジを収納する製品を考えついた。おかげで、肌をカバーするこの化粧品は携帯しやすく、肌に塗りやすくなった。

コンパクトの中ではリキッドファンデーションが平らなスポンジ、すなわちクッションに染み込んでいて、メイク用スポンジ（または指）でそれを押すと、中身がにじみ出てくる。数年という短期間に、この**クッションコンパクト**はアジアじゅうの女性の化粧ポーチに必ず入っているものとなった。最初の**BBクリーム**と同様に、**クッションコンパクト**はまずは中国、香港、シンガポール、東南アジアの市場でおおいに歓迎され、続いてヨーロッパとアメリカの市場に紹介された。

２０１３年には、韓国女性の10人に7人が**クッションコンパクト**を携帯していると言われるようになった。[25] それ以来、この製品は全世界で大人気となり、韓国以外のブランドも注目した。〈ランコム〉は同じ概念の製品を発売し、〈クリスチャン・ディオール〉は**〈アモーレパシフィック〉**と手を組んで、クッションファンデーションの技術を使った「カプチュール ドリームスキン」シリーズを発売した。

今日では、韓国製品がヨーロッパのブランドに模倣されるだけでなく、韓国内で生産されたり考案されたりした実用最小限の製品（ＭＶＰ）も太平洋を越えた地域で売られている。まさに**〈アモーレパシフィック〉**の創業者が思い描いたようになっているのだ。**〈アモーレパシフィック〉**のブランドである**〈ラネージュ〉〈イニスフリー〉〈プリメラ〉**、社名と同じブランドの**〈アモーレパシフィック〉**の製品はアメリカの店で容易に見つけることができる（パンデミック前、同社は〈セフォラ〉と似たような小売チェーン**〈アリタウム〉**の支店をアメリカに１００店舗、開こうと計画していたが、[26] 新型コロナウイルスによるパンデミックのため目標に達しなくなった）。

韓国のスキンケアの哲学は豊富な紫外線対策やダブル洗顔、さまざまな保湿クリームでしっとりして艶のある肌を保つというものだ。この哲学はアジアの基準となり、先進国のZ世代でスキンケアに熱心な人々にも人気がある。これがシートマスクや**クッションコンパクト**やオイルクレンザーや実験的なエッセンスやアンプル剤をもたらした美容文化なのだ。こういう韓国の美容イノベーションは今や主力となり、〈セフォラ〉のような化粧品に特化した店から〈コストコ〉のようなディスカウントショップの最大手にいたるまで、あらゆるところで売れている。

外見的な理想が、自分のアイデンティティをどう認識するかとか、他人との関係性をどう左右するかなどにどれくらい影響するかを測るのは難しいかもしれない。だが、影響を与えることは確かだ。「人々は非常に長い間、Kビューティーに注意を払ってきませんでした。しかし、Kビューティーは韓流の研究者たちが全力で無視してきた、部屋にいる体重1万ポンドのゴリラのような、あえて触れたくないものなのです」と社会学者のマイケル・ハートは言う。なぜなのか？　韓国文化の影響について議論する場合、アルバムの売り上げやYouTubeの視聴者数や、ほかにも計測できる評価基準で測定されることが多い。だが、特定のヘアスタイルやメイクが、局地的にだろうと世界的にだろうと、なんらかの方法で伝わったということを科学的に追跡して立証するのは難しいのだ。

「世界に本当に広まっているものを考える場合、若者は韓国風のものがミーム［SNSなどを通じて拡散されていく現象やコンテンツ］のひとつだと知っています」とハートは言う。「たとえば、目のまわりに入れる赤いアイシャドウです。ミュージックビデオやインスタグラムやYouTubeのチュートリアル動画を通じて広まりました。しかし、その数がどれくらいかを測る方法はありません。それはまるで『ああ、そんなものが背景にあったね』というようなものです。無視されてしまいます。しかも、こういう文化の伝達は［真剣に扱われません］。『女たちがやることだ』と見なされるからです」

このような美容の消費者文化の成功は、韓国の文化を独自のものに見せ、独特だと感じさせる要因への真剣な取り組みがなければ、不可能だっただろう。それは非常に意識的なブランディングの結果だ。韓国の複合企業は政府と協力して韓国の文化を輸出し、それを世界的な聴衆に宣伝するために大きな支援をした。

〈サムスン〉と**〈ヒョンデ〉**は世界最大の音楽グループとなった**BTS**を後援してきた。わたしがこれを書いている現在、**BTS**はしっかりと主導権を握ったまま、1年以内にアルバムが米ビルボード・アルバム・チャートの首位を獲得した数でビートルズと並んでいる（3回）。

韓国人たちは、以前はなかなか手ごわかった文化的業績の防壁をも破るようになった。たとえば、アカデミー賞では2020年に**「パラサイト 半地下の家族」**が、21年に**「ミナリ」**がというように、連続して賞を獲得した。**「イカゲーム」**は公開から2週間で、90カ国のネットフリックスで視聴ランキング1位を獲得した。[27] 本書を執筆している時点で**「イカゲーム」**は、ネットフリックスの歴史上で最も視聴されたシリーズとして別の韓国ドラマのシリーズである**「地獄が呼んでいる」**に負けただけだ。韓国のゲーマーは世界的にeスポーツ界で優位に立っている。

2021年、『オックスフォード英語辞典』に、伝統的な韓国の服である「**ハンボク**」という言葉が加えられ、ほかにも加わった25個の韓国語の中に「**キンパ**」や「**モッパン**」（食事をするライブ動画）もあった。そして言うまでもなく「韓流（hallyu）」があったが、その辞書の定義では「韓国文化の国際的な消費におけるブーム」となっていた。[28]

スプーン階級論と味噌女

どれもこれも相当な利益になるものだった。政府と企業は投資に対する多額のリターンを享受した。**BTS**だけでも毎年、韓国の経済に50億ドルの貢献をしていると推定される。[29]「Kを冠した」さまざまな文化はお気に入りの韓国ドラマのロケ地を訪ねたり、K－POPのアーティストがインスピレーションを得た街を見たりしたいという観光客を引きつけている。

「韓流」を用いて韓国の前向きなイメージを育て、新しい市場を開拓するための先を見越した取り組みは、韓国という国自体のファンも生んだ。

国境を越えたK－POPのファン層は、K－POPの「アイドル」への忠誠から、SNSに投稿メッセージがひとつ載るたびに反応するほどだ。**BTS**のファンは**ARMY**（アーミー）として知られており、軍隊（ARMY）のように活動し、一丸となっている。近年、**ARMY**は特にインターネット上の政治勢力として活動し、2020年の再選のための選挙集会でドナルド・トランプに恥をかかせたり、オンライン上で「ブラック・ライヴズ・マター」運動を攻撃する投稿をかき消して支援したりした。

以上をまとめると、このような文化の輸出は一種のファンタジーの場を作り出し、韓国文化の研究者のシャロン・ヘジン・リーが名づけた「韓国の夢」に基づく、理想的な韓国像を世界に広めていることになる。[30]リーに言わせると、「韓国の夢」の流動性や世界主義や消費という考え方は「アメリカンドリーム」に由来するそうだ。「自分の思いどおりにあらゆるものも外見も買う」ことができる国というわけである。[31]

韓流の筋書きがそのことを示している。「すべては金、金、金である。韓国の歴史を考えれば、それは筋が通っている。富裕層が裕福になるのに時間がかからなかった国だからだ」とリーは言う。韓国ドラマは、「**財閥**（チェボル）」出身の主人公が特徴の物語が多数を占めている。「貧しい家族と俗物根性の裕福な家族とをつなぐ三角関係のメロドラマを見たいですか？　だったら、韓国が配信してくれます」と英国のライターのマドレーヌ・スペンスが書いている。[32]

韓流が描くファンタジー版の韓国は、この国がここまで速く手に入れるようになった、ピカピカの新しい金を象徴している。だが、そのファンタジー版が偽って伝えている複雑な自国の現実は、韓流の作品に反映されることが多くなっているのだ。**PSY**の「江南スタイル」は現代のソウルでの大きく開いた貧富の差を皮肉る。この国のアイデンティティを表現する韓国の映像作家たちは、資本主義が勝利する中で誰もが敗者になるというテーマで、韓国を攻撃する。たとえば、**「イカゲーム」**は後期資本主義の弊害への明らかなメタファーなのに、韓国がこれまで海外に配信した中で最も高収益のドラマ番組となった。資本主義がいとも簡単に自身への批判を受け入れることに、わたしは驚いている。

Kビューティーが急速に成長してきたのはまさしくこんな時期で、わたしが韓国に滞在したのもそのころだった。当時は背景を知らなかったが、2015年の初めに移り住んだとき、韓国は新自由主義の夢の国家となっていた。研究者のヘギョン・クォンの言葉を借りると、「満たされない大量消費主義」の場だ。[33]だが、階級による分断や、中流階級の状況、とりわけ若者の不安定な状況のせいで絶えず懸念の声はあがっていた。わたしの韓国語の先生であるウンキョンは早いうちに**「パリパリ」**について教えてくれたが、それから間もなく韓国の社会にある「**土のスプーン／銀のスプーン／金のスプーン**」の区別［スプーン階級論と呼ばれるネットスラング］を説明してくれた。2016年1月、「ワシントン・ポスト」紙に階級不安を要約した記事が載った。

〈増加している20代から30代の人々によると、この国は「**金のスプーン**」を口にくわえて生まれてきた者は最高の大学に入って恵まれた条件の仕事を確保できるが、「**土のスプーン**」をくわえて生まれてきた者は何の恩恵も受けずに低賃金の職で長時間労働をしているという。

この韓国には「地獄朝鮮(ヘル朝鮮)」という特別な名前もある。これは500年にわたって統治した李氏朝鮮に由来する言葉だ。その儒教的なヒエラルキーは韓国に定着したが、それは封建制度によって、出世する者としない者が決定された時代だった[34]〉

現代ではハイパーキャピタリストの精神によって、勝者と敗者が決定される。その考えはK‐POPの人気者たちの歌詞にさえ表れている。**BTS**の歌のひとつ「ペップセ」には「Silver Spoon」という英語のタイトルがついている。また彼らのヒット曲［同時にデビュー曲］「No More Dream」は聴衆に「地獄のような社会に」逆らえと促す。その歌詞はさらにこう呼びかけるのだ。

「おまえの夢のプロフィールを自問しろ／いつも抑圧されてきた人生の主体になれ」

誰が**銀のスプーン**を持ち、誰が**金のスプーン**を持っているかについての現代の不安は、「**テンジャン ニョ**」つまり「**味噌女**(ソイビーン・ペースト・ガール)」の出現に見ることができる。

これは2000年頃に現れた、女性や少女を愚弄する呼称だ。テンジャンとは韓国の味噌のような、大豆を発酵させたもので、テンジャンチゲと呼ばれる料理に使われる。それは安い食事や、副菜として考えられている（そしておいしい）。

「**味噌女**」はとても虚栄心が強くて物欲の強い女性を描写した言葉だ。高額で大量消費主義的なもの（高級なバッグや化粧品、美容整形など）を追い求めすぎるせいで、食事を節約することになり、安い味噌仕立てのスープだけを食べてなんとか生きていく。

この「**味噌女**」と、それ以前に現れた「モダンガール」や「ファクトリーガール」との類似点は多い。彼女たちはみな「行動すれば地獄に落ち、行動しなくても地獄に落ちる」状態にある。どのタイプも韓国女性の壊滅的な風刺にあたる。こういう「女たち」も化粧をしたために男性たちから嘲られたが、同時に、化粧を施した女性は階級の境界を優先的に越えることになった。このような女性たちが時代や困難という厳しい社会経済的な境界を曖昧にする方法には、どこか力づけられるものがある。

彼女たちは研究者のヘギョン・クォンが述べているように、自分の外見を通じた「曖昧さを作り出す」ことによって、「階級の不動性や静態経済[35]」という困難を乗り越えた。信じがたい話だが、「ジェンダーや階級、女らしさについての儒教的な理解は依然として盛んで、国家の女性像に影響を与えている」とクォンは書いている[36]。女性を抑圧する思想は時代を超えて生き残っているのだ。

アイドルとともに韓国美容が世界じゅうへ

韓国ドラマやK－POPに引きつけられる多数の消費者とともに、美容製品は世界じゅうに持ち込まれた。テレビドラマは物語を伝えるだけではない。ヨジョン・オーは著書の『Pop City: Korean Popular Culture and the Selling of Place』でそう述べている。

「彼らはファッションやライフスタイルの傾向を示し、導いている。K－POPが単に音楽を提供するだけでなく、視覚的な魅力も提供するものだと認識されてから、K-POPのアイドルのイメージも『韓国の美の理想』という概念に貢献している[37]」

韓国の顔を象徴する人々が人気になったため、Kビューティーのスキンケアの方法や製品や見た目が求められるようになった。「美しい韓国人というイメージがなかったら、Kビューティーは自身を売り込めなかったでしょう」とエモリー大学の教授、ジェニー・ワン・メディナは述べる。

今や韓国は視覚的な要素や文化的トレンド、外見の規範に基準を設ける存在だ。このことは特に理解しておかねばならない。なぜなら、韓国の美の基準は世界じゅうに輸出されているからで、人口の50パーセント以上が35歳以下の東南アジアにその傾向が著しい[38]。化粧品会社は韓流とのつながりを存分に活用し、共生的なマーケティング戦略を展開している[39]。

K-POPや韓国ドラマの大物のスターはKビューティーのブランドの広報役となっていて、韓国の文化の輸出をKビューティーの美的基準や美容業界といっそう結びつけている。多くのK-POPアイドルの中で、**NICHKHUN**は**〈イッツスキン〉**の顔であり、**G-DRAGON**は**〈ザ・セム〉**の、**SHINee**は**〈エチュード〉**の、**SUPER JUNIOR-M**は**〈トニーモリー〉**の、そして**NCT 127**は**〈ネイチャーリパブリック〉**の顔となっている。

インターネットのおかげで、韓国の美学はただ広まるだけでなく、インフルエンサーやインフルエンサー志望者やそのフォロワーによって模倣され、再生されている。わたしが韓国にいたころ、**「太陽の末裔」**は必見の韓国ドラマで、主演の**ソン・ヘギョ**が使っていた**〈ラネージュ〉**の「ツートンリップバー」は、このドラマの放送開始から数週間後に完売した[40]。

ソーシャルメディアで見られる、豊満な桃を思わせるお尻の影響で、「ブラジリアンバットリフト手術」と呼ばれる整形手術が全世界でいきなり人気となったことがあった。それと同様に、韓国で受けられ、韓国のアイドルにも例が見られるように整形手術をすることは流行になり、模倣する人が現れた。そしてKビューティーの流行は国内だけでなく、世界で望ましいものとして根付いた。[41]

国際的なファンはウェブサイトやポッドキャストを開設して、K-POPのアイドルと結びついたKビューティーを紹介し、こんな投稿をしている。「K-POPアイドルのように見える方法」、「K-POPスター、ティファニー・ヤングの美を生み出す18ステップのルーティン」、「K-POPスター、ジェシカ・チョンの韓国流スキンケアの秘密を公開」といったものだ。

韓国の民族的な特徴や地元で成長した流行を、アジア地域全体で明確な美の基準の一部として確立するのに、韓国のスターは貢献している。中国の女優のキティ・チャンは韓国で最も人気がある女優のひとり、**ソン・ヘギョ**のような外見になるために美容整形したという。[42] 今や世界じゅうで、有名人のスタイルやストリート・ファッションの起源となっているのは一般的に韓国だ。おしゃれなZ世代の男性にとりわけその傾向が見られる。

韓流が世界の多くの地域にすでに広まり、アメリカにその流行が押し寄せたとき、韓国のソフトパワーの成功を円滑にするうえで移民が役目を果たした。カリフォルニア、特にロサンゼルスは韓国以外で最も韓国人が集中している地域で、それに次いで韓国人が多いのはニューヨークだ。「〔韓流は〕空白部分のサブカルチャーという、ニッチな存在として入ってきます。しかし、韓流はすでに大都市圏の韓国系アメリカ人のコミュニティによって、アメリカで受け入れられていました」とジェニー・ワン・メディナは述べている。「この世界的な韓国ブランドはアメリカと、韓国人の移民が密接でなければ実現しなかったでしょう。移民と、国境を越えた韓国の移住者が作り出したのです……文化が取り入れられる余地を」[43]

K－POPの美学はきわめて韓国に特有のものだが、世界でも受け入れられるほどわかりやすいことも証明された。2020年までに、韓国はフランスとアメリカに次いで、世界で3番目に化粧品の輸出量が多くなり、Kビューティーは160カ国にのぼる国々に輸出された。[44]「もし、文化のグローバル化を巡る議論で、平坦化と均質化に関する懸念が示されたら、韓流のアプローチはこうなるでしょう。『いや、われわれの文化の原理は間違いなく特有だが、どこでも理解されやすくて好まれるものを作っているんだ』」とトロント大学でK－POPを重点的に研究するミシェル・チョーは述べる。[45]

確かに、美容文化の影響は即座に測ることができない。オリンピックのメダル獲得数やオスカーのノミネート数やGDPといった、ランキングにこだわる韓国のメディアと同じ方法では測れないのだ。だが、自分がどう見えるか、どんなふうに見られたいか、人がどれくらい見た目を優先しているかは暮らし方に反映されている。

わたしの場合、Kビューティーを世界的に広めた要因である多様性から新鮮な変化を与えられている。ほとんど白人ばかりのアメリカの郊外で育ち、クラスで唯一のアジア系の少女だったわたしはほかの子との違いをしじゅう恥ずかしく思っていて、みんなに馴染もうと必死だった。

Kビューティーの隆盛は、美学や自分を満足させる儀式という点でとうとう西洋が東洋に追随し、以前とは勢力の構図が逆転した文化を、わたしの3人の娘が経験することを意味する。異文化を越えるという感覚は、以前は一方向からだけのものだった。今では、西洋によって異国的とされることが多かったアジアン・ビューティー自身が国境を越えた唱道者となり、文化が境界を越えて行き来できるようになっている。だが、韓国のソフトパワーの成長の中心が中国から東南アジアへ、さらに最近では西洋へと柔軟に移動して利益を生み続けているので、それを維持するためのビジネスのリスクや地政学的なリスクはますます高まっている。

シャーロット・チョの10ステップ

Kビューティーを輸出し続け、国際的な市場シェアを常に高めるため、政府機関は文化コンテンツへの支援だけにとどまらない援助をしている。アメリカのみに商品を販売する［原著刊行時］Kビューティーの会社である**〈ウィッシュトレンド〉**のような輸出専門の企業には、大きな減税が行なわれているのだ。人気がある同社の**〈クレアス〉**シリーズはオンラインで買えるし、アメリカじゅうにある〈アーバン・アウトフィッターズ〉の店舗でも見つけられる。そして**〈ウィッシュトレンド〉**は韓国に法人税を一切払う必要がない。

「たとえば、韓国の法人税が10パーセントだとしましょう。われわれはそれをいったん払いますが、わが社の製品を海外で販売したことが証明されると、支払った分はすべて返金されます」と**〈ウィッシュトレンド〉**の共同設立者エディ・アラム・ペクは説明した。彼はそれを、こういう輸出主導型の化粧品会社が生き残って成長するための非常に貴重な後押しだと呼んだ。設立して5年になるこの会社は起業以来、毎年の売り上げを倍増させているという話だった。

ただし著名な女性の中には、ぎこちない政府主導型のマーケティング活動では絶対に無理なやり方で、Kビューティーをアメリカやヨーロッパでさらに活気づけてきた者がいる。政府機関による韓国のマーケティングは、なぜかちぐはぐだ。例をあげると、ソウルのドン引きするような「アイ・ソウル・ユー［わたしはあなたをソウルする］」［「ソウル」が英語のｓｏｌｄ〈売った〉に聞こえて、「わたしはあなたを売った」の意味にも取れる］キャンペーンや、２００８年の全国的な観光キャンペーンのスローガンである「**コリア・スパークリング**［きらめく韓国］」のように。うわーっ。

こういうキャンペーンと、シャーロット・チョや、**〈グロウレシピ〉**の創業者のサラ・リーとクリスティーン・チャン、**〈ピーチ&リリー〉**のアリシア・ユンといった起業家のブランド構築とを比べてみよう。彼女たちは韓国の移民で創業者だ。いずれも一流のマーケターで、韓国文化と西洋文化とを行き来した人生の経験を生かし、Ｋビューティーの概念をアメリカで効果的に宣伝している。

〈グロウレシピ〉は他のＫビューティーブランドのためにまとめサイトを始めて１００万人以上のソーシャルメディアのフォロワーを集め、流行を作り出したとして信頼性を獲得したことが、自身のブランド商品を売る助けとなった。

チョがオンラインのＫビューティーショップ**〈ソコグラム〉**を２０１２年に立ち上げたとき、同社のウェブサイトでは韓国のスキンファーストの哲学に関する教育コンテンツが無料で見られたが、そういう教えも彼女のブランドの宣伝になった。チョは「10ステップスキンケアの手順」の考案者として認められている。それは現在、Ｋビューティーの柱として広く理解されている手順だ。

（シャーロット・チョの10ステップ）

１　オイルクレンジング

2　ジェルクレンジングまたはウォータークレンジング
3　角質ケア
4　化粧水
5　エッセンス
6　美容液
7　シートマスク
8　アイクリーム
9　保湿剤
10　日焼け止め[46]

Kビューティーの知識や製品を初心者にもたらしたことで成功したチョは、自身のスキンケアシリーズ**〈ゼン　アイ　メット　ユー〉**を立ち上げた。2012年、ユンはKビューティーの専門店である**〈ピーチ&リリー〉**を創設し、それ以来、そのブランド名で自身のスキンケア用品を作り続けている。チョとユンの会社はKビューティーの製品がアメリカで手に入り、利用できるようにした最初の企業だった。**〈ソコグラム〉**と**〈ピーチ&リリー〉**は多くのアメリカの消費者に、Kビューティーと言えばスキンケアであるという概念を紹介した。さらにアメリカの消費者がダブル洗顔やシートマスクやエッセンスといったものに馴染むようになったのも彼らのおかげだろう。リーとチャンはKビューティーに触発されたブランド、**〈グロウレシピ〉**を2017年に開始した。[47]

チョやユンやほかの起業家は、それまでKビューティーとの出会いがなかった世界の地域に市場を拓いた。さらに彼らは、初めて知る人には謎めいて感じられるKビューティーを売り込むための、いわば案内人として活動している。

「ほかと比べて馴染みがなくて知られていなかったKビューティーのトレンドや製品やブランドが、こんなに流行して人気になるなんて、まったく想像もしませんでした」とチョは言う。

「人々は韓国文化から、こういうテクニックや秘訣を学ぶことに非常に熱心です。それを見るととてもうれしいです。だから、わたしの仕事は本当にやりがいがあるものだと思います」

いったん何かのテクニックや秘訣を学んだり、効果のある製品を見つけたりしたら、そんなやり方を試すことや製品の購入はなかなかやめられないだろう。危険なのは、何かを買えば買うほど、さらに欲しくなってしまうことだ。

「フューチャーサロン」

化粧品店が立ち並ぶ**ミョンドン**の中心部に、**〈AHC〉**が「フューチャーサロン」と呼ばれる旗艦店を構えた。**〈AHC〉**の親会社は2017年にユニリーバに27億ドルで買収された。海外企業による韓国の化粧品会社の買収で最高額であり、いまだに最大の規模のものだ[1]。

〈AHC〉の**ミョンドン**旗艦店はスキンケアにロボットを活用し、Kビューティーの未来的なセールスポイントを強調している。店内に入ると、アップルの AirPods の巨大なケースの中にいるような感じがする。輝く白いアクリル製の壁、光沢のある白い床、鏡張りの天井、トンネルの中で客を包み込むように張り巡らされた数々のスクリーン。SF映画「マイノリティ・リポート」のそれのようにカーブしたスクリーンは、広告を映す代わりに万華鏡さながらにさまざまなパターンで輝き、来店客の顔を映し出すようになっている。

わたしはプラスチック製のシリンジに入ったアイクリームが並ぶコンソール・テーブルで立ち止まり、鏡に描かれた輪郭に顔が合うように調整した。すると、たちまち「顔のスキャン」が肌のタイプを読み取ったらしかった。ミラー張りの壁に開いた小さな開口部に手を差し入れると、自動装置が10セント硬貨大の澄んだ美容液をてのひらに落とした。わたしの肌にぴったりだとされるものだ。別の開口部からはレシートのような紙が出てきた。それにはスキャンの結果に基づいて、わたしの肌に必要とされる、この店で手に入る製品のいわば「処方」が書いてあった。

わたしの通訳で友人でもあるセウンも一緒に、こんなくつろいだ買い物をしていた。ソウルに来たばかりのころのように「10ステップのスキンケア」に相変わらず興味があったけれど、やっぱり手順を覚えられなかった。でも、顔のスキャンとわたしの肌用の「処方」が醸し出した、科学的に根拠がありそうな雰囲気のせいで、まさしく自分に必要なものが売られているように思えた。

〈AHC〉の女性店員はなかなか上手な標準中国語を話した（2010年代の半ばは、英語よりも標準中国語でコミュニケーションを取るほうが簡単なことがよくあった。中国人の客の要望に応じるため、店員が標準中国語の徹底的な訓練を受けていたおかげだった）[2]。それでも、細かいことを訳してもらうため、セウンにちょくちょく頼らなければならなかった。わたしが当惑していると、店員の女性は注射器さながらの容器に入った、「追加注入（ブースター）」という新しい保湿剤を1滴出してみせ、この化粧品のうるおいが「注入」されることを強調した。文字どおり、さらに水分を補給する注射を打つというわけだ！

それに加えてボトル入りの**「アイクリーム　フォー　フェイス」**も買うことになった。これは顔全体に使える目元用クリームという名前どおりの製品で大人気なので、〈AHC〉の店の中には3

秒にひとつ売れているところもあるという。[3] 処方された品を受け取ったあと、わたしは買ったばかりの化粧品の使い方を店員にさらに尋ねた。

わたし：それじゃ、まずは洗顔料を使って、それからブースターですね。
店員：洗顔料、化粧水、そのあと、美容液です。そして保湿液。
わたし：それじゃ保湿液を塗って、そのあと、**「アイクリーム　フォー　フェイス」**を塗るのね？　それだとたったの6ステップでは？　それとも7ステップ？
通訳のセウン：6よ。
わたし：とにかく、このブースターは新しいものね。**〈ミシャ〉**の**「タイムレボリューション」**も使っているんです。あれは化粧水ですか？　いつ使えばいいのでしょう？
店員：それはエッセンスです。
わたし：じゃ、エッセンスはいつ使うんですか？
店員：化粧水、それからエッセンスです。そのあと、**「アイクリーム　フォー　フェイス」**。
通訳のセウン：そうすると、洗顔料、ブースター、それから化粧水、そのあとでどちらも似たような美容液かエッセンスで、それから保湿液か保湿クリーム、あるいはその両方。つまり**「アイクリーム　フォー　フェイス」**は美容液のあとね。
わたし：それで、１日に何回つけるんですか？

店員：1日2回です。
わたし：シートマスクはいつ？
店員：ときどき、最後に使ってください。それは最後に使います。

（セウンとわたしは店の外に出て通りに戻った）

わたし：なんてややこしいの?!
セウン：ああ、本当に。やれやれって感じ。なぜ、あんなに多くの手順が必要なの？
わたし：ほんと、なんで？

いわゆる10ステップの韓国式スキンケアの手順は厳密に10も踏まねばならないものではないし、順番どおりに化粧品を使わなくてもいい。けれども、皮膚科医やブランドが化粧品の一般的な順番を勧めているのは間違いない。最初の数ステップはたいていの場合、オイルクレンジングとウォータークレンジングで（だからダブル洗顔になる）、それから角質除去をしたい人はして、そのあとが化粧水だ。10ステップの後半は、どれも肌にうるおいを与えるための化粧品で、シートマスクに飛びつくのは最後になる。保湿用の製品は次にあげるようなものだが、これだけではない。つまりエッセンス、美容液、ブースター、アンプル［高濃度の美容液］、アイクリーム、フェイスクリーム、そして保湿と呼ばれるものは何でも。少なくとも数種類の保湿剤がなければ、10ステップのスキンケアには届かない。

こんな韓国の「スキンファーストの哲学」はすべての行動の基盤となっている。皮膚科医が好んで指摘するように、皮膚は体で最大の臓器で、人間の全体重の約15パーセント[4]（！）を占める。だから、人間が健康でいるための日常活動の一部がスキンケアであるべきだというのは筋が通っている。肌を大事に扱うことが将来の病の予防になるし、疲労が回復するように感じるのだからなおさらだ。肌には多額の金をかけてもかまわないが、保護対策（帽子をかぶるとか、日焼け止めを塗ること）の中には安い費用で済むものもある。

男性も56パーセントが日焼け止めを

アメリカやヨーロッパで暮らす者の多くが最初に取り組んだスキンケアは、10代のころのニキビや厄介な湿疹、あるいはわたしのように蚊に刺された痕といったものだろう。いっぽう韓国人は肌を体の基本的な部分として扱い、歯を磨くのと同じように、定期的なケアと維持が必要だと考えている（韓国人が1日に3度、歯磨きをすると言っておくべきだろう。昼食後、会社勤めをしている人々が、真珠のように真っ白な歯を磨きながら化粧室の鏡の前にずらりと並んでいる光景は珍しくない）。

日常のスキンケアのためにこれほど多くのステップがあるのは、韓国人が長い間、複雑なスキンケアの習慣や皮膚疾患の治療をいかに大切にしてきたかを強調しているが、韓国の美の基準についても何かを伝えている。欠点のない「完璧な」肌が求められているなら、そのための努力は個人の定期的な日課の一部だとされているのだ。

アメリカで育ったわたしは、スパに行くとかフェイシャルエステを受けることを特別のご褒美だと思っていた。友人や家族の間では贈り物としてスパのパッケージ券を買ったり、あるいは女性の独身最後のパーティや休暇のためにスパを予約したりした。

ミシェル・ファンのようなパイオニア的存在のYouTubeのインフルエンサーによって、憧れのライフスタイルにはファッションと同じくらいスキンケアも重要だとされてから、まだ10年にもならない。ソーシャルメディアでメイクアップやスキンケアが一種のサブカルチャーとして人気が急上昇するうえで、彼女のようなインフルエンサーが役目を果たした(5)。

ソウルでは、フェイシャルエステが顔のためだけでなく、エクササイズのようなものだと考えられている。普通の人々が週に3回、フェイシャルエステを受ける。フェイシャル・マッサージ、毛穴エクストラクション［毛穴の汚れを取ること］、美白や保湿といった肌の手入れは金持ちのみの特権ではなく、普通の市民にも手が届く、中流階級の常識なのだ。

わたしのお気に入りのフェイシャルエステである、毛穴吸引という吸引施術に特化したエステ（韓国ではアクアピールとして、アメリカではハイドロフェイシャルとして知られている）のためのクーポンはさまざまなアプリで提供され、50ドル以下で手に入る。ロサンゼルスでは250ドル以上かかるまつ毛エクステンションがソウルでは4分の1の価格だし、わたしの経験によると、はるかに専門的に施術してもらえる。

アメリカ人のわたしが本当に驚いたのは、注入美容の慣習が気軽に広く受け入れられていることだ。ボトックス、フィラー、スキンブースター、それに韓国でしか手に入らない新しい注入可能な物質。中流階級の女性の多くは（男性も増えている）まだ20代初めのうちに予防の習慣として、ボツリヌストキシン製剤の注入かフィラー注射［ヒアルロン酸などの充塡剤を注入するもの］から始める。そうすると少なくとも1年に2回か3回、顔に注射しなければならないことになる。とにかく、美容注入についてはあとで詳しく説明しよう。

セルフケアとしてのスキンケアは肌を守ることと、予防としてのメンテナンスから始まる。韓国人ほど真剣に日焼け止めを塗る国民に、わたしは会ったことがない。「韓国の国民は宗教的熱情すれすれというほどの熱意を込めて、1年じゅう日焼け止めをつけている」と韓国の皮膚科医のチョン・ヘシンは書いている[6]。

平均して韓国の女性の90パーセントと男性の56パーセントが、常に日焼け止めをつけている。これと比較すると、アメリカで日焼け止めをつける女性は30パーセントで、男性は14パーセントだ[7]。韓国では皮膚がんの患者をめったに見ないため、チョン・ヘシンは具体的な経験を積もうとアメリカへ行った。アメリカではメイクアップやヘアケアと比較すると、スキンケアは美容市場の20パーセントの割合を占めている。韓国では、スキンケアは市場の50パーセントを占める[8]。そして日焼け止めとか、さまざまな形を取った予防用のスキンケア関連のものがその最大の部分を占めている。

日差しから身を守るため、日傘を持っている男性や女性を見かけることは珍しくない。直射日光を避けることは文化的な観点からも、政府によってすらも推奨されている。蒸し暑くて陽光が降り注ぐソウルの夏の間、交差点の歩道には巨大な傘や日除けが自治体によって設置され、信号が変わるのを待っているときに、歩行者が陽にさらされるのを防いでくれる。

屋外のプールに行くと、奇妙な別の次元に入るような気がする。泳ぐために水着を着ている者はいないらしいからだ。韓国人は水着としてラッシュガードを着用し、くるぶしまであるパンツを穿いたり、大きなサンバイザーをかぶったりして体を覆っている。そして、べたつく白い日焼け止めを体に厚く塗っているのだ。

「美白」を好む固有の背景

「艶のある」とか「しっとりした」という言葉とともに、「ミルキーホワイト」や「陶器のような」といった言葉が、Kビューティーを表現する際にふんだんに用いられる。Kビューティーの製品をざっといくつか見てみれば、ラベルに「美白」と書いてあるものが目につくだろう。（「美白」は肌を漂白する作用があるという意味ではない。たいていの場合、製品における「美白」は「明るくさせるもの」という意味をうまく伝えられなかった言葉だ。[9] 韓国の規制機関は美白作用がある成分を、肌のメラニン沈着を防ぐものか、メラニン沈着を弱めるのに役立つものと定義している）。[10] 韓国の美白を生む製品や施術は世界の販売額の63パーセントを占める。それは彼らが定義している美白という世界市場の最大シェアということだ。[11]

侵略されたり植民地化されたりした韓国の歴史を考えると、ミルクのような白い肌がKビューティーで好まれることは確かに議論を引き起こすだろう。特に、すでに明るい肌のスターたちをさらに輝かせるため、視覚効果を用いるのが普通だという慣習を巡って議論は起こっている。肌は「人種の違いの最も大事な部分です」と学者のブレンダ・ディクソン・ゴッチルドが見なすものだ。したがって、「白くした」肌への願望については充分に検討しなければならない。[12]

歴史的に見ると、より色が白くてより明るい肌が世界のどこでも尊重されてきたことは痛切なほどの真実だ。そして、1800年代の後半に始まった西洋からアジアへの流入が外見の規範に影響を与えた。だが、研究者のパク・ソジョンとホン・ソクキョンが述べているように「これを西洋の直接的な影響だという、帝国主義的な視点のみで説明するのは難しい」だろう。

なぜなら、白い肌が好まれる理由には文化的な固有の背景もあるからだ。陶器のような白い肌が北東アジアで歴史的に尊重されてきたのは、西洋によるこの地域の植民地化以前からだった。白い肌についての、階級に関係する好みや美容の慣習は韓国の古朝鮮時代（紀元前108年に滅亡）にさかのぼる。白い肌は「労働をしなくてもすむ暮らしをしてきた人」を暗示している。[13] 近代以前の日本（1860年代以前）では貴族階級の人間は男女を問わず、同様の理由で顔に白粉を塗っていた。[14]

K-POPアイドルがなんらかの方法で肌の色を明るくしたり、アプリを使って補正したりして「白人化している」、つまり、生まれつきの肌の色よりも白くしていることについては、ここ何年も熱い議論が巻き起こっている。初期のK-POPの男性グループである**ソテジワアイドゥル**の写真を見ると、メンバーたちの肌の色は**EXO**や**BTS**といった現代のグループのそれと比べて明らかに色が濃く、違いがはっきりとわかる。とはいえ、わたしが買い物をしていて製品のラベルに「美白」とあるのを見ても、漂白作用があるという意味ではなく、ビタミンCのように肌の艶を促進する成分があるという意味だとわかっている。文字どおりにいっそう白い肌にするためのものが入っているわけではない。

Kビューティーのスキンケアの習慣でもうひとつ、ほかと特に違っているのはダブル洗顔の概念だ。韓国では長い間、オイルベースの洗顔料でメイクアップを落とし、ウォーターベースの洗顔料で顔を洗うダブル洗顔が普通の習慣になっていた。ようやく西洋でも、Kビューティーの熱心な愛好者の間でそれが受け入れられるようになった。もっとも、わたしからすると、わざわざ落とすために油っぽいものを顔に塗るなんて、相変わらず常識に反した行為に思えるのだけれど。わたしは若いころに雑誌「セブンティーン」を読みすぎて誤った考えを持つようになったのかもしれないが、油を顔に塗ると、いっそう肌が油っぽくなるだけだと思い込んで育った。

ソウルではそれと正反対だ。「普通の石鹼やウォーターベースの洗顔料ではメイクアップがきちんと落ちないという考えは、深く根付いた信念である」と、韓国で成長した皮膚科医のチョン・ヘシンが書いている[15]（単にメイクアップを落とすためなら、石鹼と水が最も効果的だということに誰も真剣に異議を唱えてはいないようだ。もっとも、皮膚科医の中にはオイルが肌にうるおいを与えるという理由で、ダブル洗顔を熱心に勧める者もいる）。

皮肉なことに、まずはオイルを使ってメイクアップを落とし、それから洗顔料で顔を洗うという考えはアメリカの製品の「ポンズコールドクリーム」とともに始まった。そう、あの「ポンズコールドクリーム」だ。１９００年代の初めにドラッグストアで買えた安価な保湿クリーム、祖母や、マリリン・モンローのようなハリウッドの美女たちやファーストレディのジャクリーン・ケネディが使ったというあのクリームなのだ。アメリカの女性は製造会社の指示に従って、このクリームを保湿クリームとして使い、塗ってからティッシュで拭き取ったあとは一晩じゅうそのままにしていた。韓国の女性は「ポンズコールドクリーム」をメイク落とし、別の言い方をすれば、オイル洗顔料として使うことで、ダブル洗顔をひとつのアイデアとして発展させた。このクリームでメイクを落としたあと、石鹼で洗顔したのだ[16]。この慣習は定着した。

韓国のスキンファーストの文化には、顔だけでなく全身が含まれる。角質を落とすための製品はスクラブ洗顔料やピーリングジェルから、さまざまな体用のスクラブ剤やガラス製のヤスリまで多岐にわたっている。角質リムーバーには電動のものや、わたしの夫のマットが熱心に使っていた足裏のピーリングマスクのように化学的なものもある。

だが、韓国の**アジュンマ**（信頼できる年配の女性たち）の手によるあかすりはスパでの経験として見逃せない点だ。韓国の公衆浴場は安くて利用しやすい。たいていの韓国人は毎週、公衆浴場に行き、粗いタオルを使って体の隅々まで角質を落としてもらう。**チムジルバン**と呼ばれるこういうスパの施設は、アメリカでも利用できるところがいくつかあり、韓国人のコミュニティあたりに集中している。

日本の温泉と同様に、全裸になってその日の汚れを洗い流してから、同性の人たちと心ゆくまで熱い風呂と冷たい風呂に交互に入る。バスローブや専用のシャツと短パンに着替えたあと、男女共用のさまざまなサウナでのんびりすることもできる。

わたしはソウルに引っ越してから間もなく、初めて**チムジルバン**を試してみた。わたしのマンションは年中無休で24時間営業の「**ドラゴン・ヒル・スパ**」から2ブロックほど離れたところにあったのだ。この**チムジルバン**はソウルのにぎやかな**龍山駅**（ヨンサン）や、長年あった米軍基地の**ヨンサン**基地から近い場所にあるので、地元の人も観光客もよく訪れる。わたしは海外駐在仲間から、ここで得られる楽しみをあれこれ聞かされていた。裸になって熱い風呂と水風呂に交互に入るとか、そのあと乾燥したサウナで焼けそうになるというふうに。

なんと、こんなものを見逃していたとは思いもよらなかった。体を洗ってお湯と水に交互に浸かったあと、全身をこすってもらうという体験ができる。そこではスタッフが体の隅々まで手であかを落としてくれる。イタリアタオルとして知られる粗いタオルを使って。それは体をこするための粗く織られた浴用のミトンで、元はイタリアから来たものだが、あかすり用に韓国で広く作られるようになった。層になった角質のいちばん上をこういうミトンでこすり落とされるときはとても痛いので、テレビ司会者のコナン・オブライエンは、**チムジルバン**に行ったところをテレビで放映されたときに叫んでいた。「この皮膚はジミー・カーターが大統領だったときから、ぼくの体にくっついていたんだろう！」[17]

チムジルバンにはほかにもヨモギ蒸しなどのオプションサービスがある。これはヨモギのように伝統的な薬草を蒸して出た蒸気の上に座るか、しゃがむかするもので、生理痛から膣炎までいくつかの病気を癒すのに役立つと信じられている。[18] わたしはこのことを知ると、子どもの遊び場でママ友に話した。すると、彼女はすぐさまスマートフォンを取り出し、自分と女友達が満面の笑みを浮かべている写真を見せてくれた。彼女たちは肩紐のないタオル地のワンピースを着て、白いタオルで髪をまとめ上げ、ふたり並んで巨大なバケツさながらのものに腰を下ろし、プライベートな部分に蒸気を当てて癒しているようだった。

おおおお、チュグンケ（そばかす）！

わたしの肌にはいくつか「問題のある」ところがある。さまざまな箇所がものすごく乾燥してカサカサになるのだ。冬が最悪で、必ず指の節の皮膚が裂けて出血する。肌は虫刺されに過剰反応し、かかずにいられなくなるので、脚や足首は絶えず虫刺されの痕や引っかいた傷痕だらけ。最悪なのは、というか、少なくともアジアの国では最悪なものがわたしにはある。そばかすがあるのだ。

そばかすが！

頬に散らばるそばかすのことなんて、生まれてから30年間は一度も気にしなかった。無害なものだと思っていた。いや、むしろキュートじゃないかと！　けれども、ソウルでの最初の数カ月に、国際的な韓国人にしてみれば、こういうそばかすは膿が出るおできが顔にできたのと同じようなものだと学んだ。そばかすだらけでノーメイクのわたしの顔を見ると、韓国人は次のような反応のひとつ、またはいくつかを示すだろう。

おおおおおおおおおおおおおおおおおおおおお、**チュグンケ**（そばかす）！

それを処理する方法はありますよ。

あなたは［ここに皮膚科クリニックの名を入れる］を知っていますか？　あそこなら取り除いてくれます。

そばかすが気に入っているって？　それは韓国の考え方ではないね。

［何も言わず、ただわたしの写真を撮ったあと、アプリの「フォトショップ」を使って、すかさずそばかすを削除して見せてくる］

アジア人である母親からいろいろ学んだのだから、こんな状況は予測するべきだった。母は台湾人で、さらに広い北東アジアでのそばかすに対する考え方を教え込まれていた。子どものころの母は自分のそばかすが大嫌いだった。いつもさまざまな美白クリームや最新式の光線療法を試して、そんな嫌なそばかすを薄くしようとか、完全に取り除こうとしていた。母はあきれるほどつばの広い帽子やサンバイザーをかぶり、日差しを避けた。10代のころのわたしができるだけ黒くなろうとして日焼けサロンにお金を費やしているのを見て、母は縮み上がっていた（のちに、わたしの肌のトラブルには前がん状態のほくろが加わった。そう、そのとおり、間違いを犯したというわけだった）。

透き通ってなめらかでシミのない肌と、美しさが同義である国で、そばかす恐怖症がいないはずはない。そばかすがあると、同僚からはからかわれ、パートナーになりそうな人からは軽視される。そばかすへのこのような反応は、欠点とされているいくつかのもの、たとえばほくろの場合と同じだ。またはくせ毛とか、薄毛とかと。見知らぬ人から不快な感想を言われないために、わたしは生涯で初めてそばかすがもっと濃くならないようにと日差しを避けた。そして、初めて韓国製のメイクアップ製品を使い出した。言うまでもなく、**BBクリームクッション**を。そばかすを隠すためだった。

だが、そばかすは修正すべきもののひとつにすぎなかった。ソウルで暮らし始めてからわずか数カ月後、肌を明るくしようとかもっとなめらかにしようとか、さらに引き締めようとしてもしなくても、そのままの自分でいいものは何もないと、なぜか感じた。どんな部分も何らかのものを向上させて、それから後はその状態を維持するための土台なのだ。韓国で直面したいろいろな意見や批判のせいで、硬化していた記憶が緩んでしまった。不完全と見なされるものを消すための探求に、子どものころや思春期にすでに出会っていたこと、早い時期にそれが心に刻みつけられて長く残っていたことを思い出した。

16歳、モデル業で知ったこと

テキサス州ダラスで16歳だったとき、わたしはパンフレットやチラシのモデルとして働き始めた。趣味の悪いティーンズ向けの雑誌に出たり、全国的な百貨店の看板に載ったり、分厚いＪＣペニーのカタログに掲載されたりした（これは１９９０年代後半から２０００年代の初めのことで、通信販売のカタログがまだ存在していた）。何もかもが偶然に起こったことだった。友人が広告制作会社から通りをひとつ隔てたところに住んでいて、高校の友達のキャンディッド写真［被写体に気づかれないで、自然な表情を撮った写真］を見せてくれと社員に頼まれた。友人が彼に見せた写真の束の中にわたしが写っていた。そして、わたしを含めた6人が全国的な「セブンアップ」のキャンペーンに出演した。１カ月後、ダラスを拠点にした〈キャンベル・エージェンシー〉がわたしを採用したのだ。

20年後にこの時期を振り返ると、モデル業はこれまでで最も簡単にお金を稼げる仕事と言える。スタジオやロケ現場に姿を見せるだけで、１日あたり２０００ドル近くもらった。それから、まわりの人に着替えさせてもらい、飾り立てられ、写真を撮られる。わたしはカメラマンから新しい音楽（それとも、よくあることだが、古い音楽だったかもしれない）について学び、スタイリストからメイクアップや服について学んだ。運転免許証を取ったばかりの年齢のわたしを、彼らは大人扱いしてくれた。ダラス南部の荒廃してはいるが、流行の最先端にある、倉庫を改装したスタジオに行こうとして、わたしはしじゅう道に迷ったものだ。高校時代のもうひとつのアルバイトだった

〈スーパー・サラダ〉での接客係の仕事ではセクハラを受け、最低賃金にプラスしてチップをもらっていた。こういう比較的リラックスした写真撮影では、ほとんど何もしなくても1時間あたり数百ドルを稼げた。

けれども、いまいましいことに、わたしはたった16歳だったのだ。ごく若いうちにこの業界を経験し、早くから学んでしまった。経済活動における自分の価値は、考え方でもスキルでもなく、ファストカジュアルなレストランで8時間のシフトで働こうという意欲でもなく、カメラの前でどう見えるかということだと。この時点まで、わたしはめったに自分の見た目を意識しなかった。でも、モデルとして働く場合、見た目の重要性は抽象的な概念ではない。それは中心となる原則なのだ。

１９９０年代の肥満恐怖症（ファットフォビア）という厳しい試練があった時代には特にそうだったが、美に関する客観的な見解は絶対のものだった。約１７５センチの身長のわたしにファッションモデルは無理だった。２・５センチ足りなかったのだ。わたしには雑誌の特集記事になるほど類まれな美貌はなかった。エージェントが言ったように「古典的な美人」にすぎず、せいぜい商業印刷物（つまり、店のポスターや広告、カタログなどだ）に載るくらいだった。モデルやただの高校生にとって当時の理想的な美人は、現在、多くの人が相変わらず憧れているものと同じだ。つまり、痩せて引き締まっていて、肌はなめらかで、若いということ。[19] もし、ボディ・ポジティブ・ムーブメントによって、ある面、たとえば、痩せていることや若さについてはファッションにおける基準が拡大したとしても、ほかの理想は頑なに残るだろう。

自分の見た目を絶えず批判し、やたらにダメ出しすることがわたしの習慣になった。自らの欠点を心の中で点検した。大きな「安産型のヒップ」、チェック。年じゅう乾燥している肌、チェック。

名で。

片方のほうが長い、濃すぎる眉、チェック。ぺったりしすぎている髪、チェック。ぺたんこの胸、これもチェックした。スタイリストは肌色のシリコン製のカツレツみたいなパッドをわたしのブラジャーに詰めたものだ。それは実際に、そんな通称で知られていると思う。チキンカツレツという名で。

放課後やときには授業の間も、数えきれないほど何度もキャスティングの場に駆けつけたとき、待合室でほかの少女たちに会ったものだった。彼女たちは例外なくわたしよりもふっくらした唇をしているか、もっと艶のある髪の持ち主か、あるいは本当に胸が大きかった。わたしたちは経歴を走り書きしたノートを持って座り、無言でお互いを品定めしていた。わたしの席からはほかの誰もが自分よりもきれいに見えた。いつもそうだった。

モデルを始めたとき、わたしのヒップはやや大きめの91センチで、ドラマの「愉快なシーバー家」に出てくる父親みたいに声を落としたエージェントのピーターからこんなふうに促された。

「自分の体をどうにかするつもりはあるのか?」

食事制限を始める気になるにはその一言で充分だった。やり過ぎる性格のわたしはとうとう1日に800キロカロリーしか取らないように制限することを覚え、大学に入る前年の夏は毎朝6マイル走った。目標としていた体重よりも減り、目指していたウエストまわりよりも細くなったが、わたしの体は壊れ始めた。ミズーリ大学で1年生になったときは痩せすぎだったので、月経が止まり、しじゅう風邪をひいてめまいがしていた。腹筋運動をするために仰向けになると、背骨が床をこすったものだ。わたしは満足感と同時に恐怖心を味わっていた。

写真撮影はおもしろかったが、撮影の仕事にありつこうとすることはもはやおもしろくもなければ、楽しくもなかった。わたしのエネルギーはすべて、目に見えないご主人様に向けられていた。決して満足させられないと感じていたご主人様に。そんなわけで、何のへんてつもないある朝、大学女子寮の地下のキッチンで空腹だと気づいたとき、わたしはただ……自分を飢えさせるのはやめることにした。しかも、（相変わらずやり過ぎるタイプだったから）大胆なやり方で、食事制限をやめることにしたのだ。

わたしは開いていたゴミ箱に手を入れ、捨てられたばかりのチョコレートシートケーキの塊をすくい上げると、２００人の女子学生のランチの残り物だったそれを口に突っ込んだ。わたしは１学期のうちに、それまで痩せた分よりもはるかに多くの肉をつけ、検査やセラピーを受けたあと、状況も理解できるようになった。自分の見た目や体重について、エネルギーを奪われそうな有害な強迫観念に取りつかれるようになったが、そのあと、そういうものを追い払ったのだ。何もかも、飲酒できる年齢にもならないうちの出来事だった。

不正に操作されたゲームで競うことをいったんやめると、わたしは二度と競争しようとしなかった。美や体を売りにする仕事とは関わらないことにしたのだ。今日まで、どんな食事制限もしていないし、メイクはほとんどせず、何日もシャワーを浴びずに過ごすこともできる。

でも、20歳のときにわたしと美の基準との関わりが終わったというのは単純すぎるだろう。そう言ってしまうと、自己認識に織り込まれた複雑さが曖昧になり、わたしは向き合うべき問題から逃げるようなことになる。細さの基準に従う努力をしなくなったとき、わたしは美に関するもっと大きな陰謀をことさら無視するようになった。そして、性差別的な権力構造と美がどう関連するかについての重要な問いを考えないようにした。美の規範を強制されたとき、あらゆる女性にもたらされる影響に気づくまいとしていた。自分をさらによく見せようとして女性が膨大なエネルギーを使うとき、利益を得るのが誰なのかを考えないようにしたのだ。おそらく、不可能に思えるから、人々は意味のある変化をまだ充分には起こせないのだろう。わたしは20年近く、こういうことを考えまいとしていた。それからソウルに移ることになり、原点に戻ってやり直す羽目になったのだ。

振り返ってみると、外見重視が明らかな業界で、不可能な美の基準を追ったことのマイナス面からわたしが得たのはまさに典型的な教訓だった。あまりにありふれていて、セラピー的な語りと呼ばれるもののように、何度も繰り返される経験だろう。美容ジャーナリストのオータム・ホワイトフィールド・マドラーノは、美に関するそのような定型パターンについて詳しく話している。

「自分の体について健全な認識を持つ思春期前の少女が世の中に出ていくとする。世間（母親や父親、メディア、思いやりのないダンス教師などの形をとって）は彼女が美人というには太りすぎだ／ひょろっとしすぎている／だんご鼻だ／顔が細すぎだとほのめかす。少女は自分の外見の価値を低く見るという暴挙に出る。やがて少女は自分の外見を受け入れるようになり、自らの体に健全な認識を持つ状態に戻る[20]」

ソウルでは突然、もっと「美しく」なれることを約束する商品に囲まれてしまったため、心の奥のどこかがかき回されるような不安で胸が痛んだ。それまでは自分の人生の方向性に合わせようと、美についての特異な経験を隠してきた。そんな経験は「傷ついたあとに癒される」という話のひとつとして、セラピー的な語りできちんと描写されていたのだ。外見を信奉し、ファットフォビアで、そばかすフォビアで、さらに多くの問題がある社会に投げ込まれ、わたしはじっくり考えるべきことが山ほどあると気がついた。

不気味なほど馴染みのある「顔」

化粧品があふれる首都での暮らしが2年目になると、美を義務とする精神がどこでも目について圧倒されそうに感じた。どんなところに行っても、不気味なほど馴染みのある理想的な女性の顔がわたしを追いかけてきた。この顔からは逃れられなかった。肌はミルクのように真っ白でなめらかな艶があり、鼻はほっそりし、目はアニメに出てくる女性みたいに大きく、顎はV字形の小さくて華奢な輪郭。それは世界的な理想のアジア版の顔だ。若くて魅力的な女性。彼女の顔はいつも肌がしっとりして、シミなどなく、シワもない。目は絶えず輝き、額はなめらかだ。

ようやく落ち着き、ついに妊婦でなくなって元気が回復したとき、わたしの視野は広がった。前よりもすばやく街中を歩き回り、信頼できる情報筋を開拓し、韓国の特派員としての環境に慣れた。パニックに駆られたり、まったくの新参者ということに打ちのめされたりせずにソウルを観察できた。以前よりも注意を払えるようになったと気づいた。それとともに、自分の見た目に求められる暗黙のルールや考え方、そして労力に関して、ますますいたたまれない思いをするようになった。さらに、見られることが落ち着かなかった。わたしが注目される人間だからではない。韓国では誰もが常にほかの人間を品定めし、容赦なく互いを比べ合っていると感じることが理由だった。

韓国はまぎれもなくランキング重視の文化の国だ。つまり、韓国人は外見であれ、テストの点数であれ、対外資産であれ、絶えず互いの「ランキング」について話しているということ。もっと多いのは、総合的な評価に関するランキングだろう。「それは自分の道を見つけるとか、自分自身でいるということではありません。まわりの者よりもうまくやれるかどうかの問題なのです。多くの場合、ゼロ・サム・ゲームですよ」とソウルでわたしが最初のころに話したトム・オーウェンビーは言った。彼は韓国に住んで5年になり、高校で教えていた[21]。

こういう状況のせいで、わたしは人目を気にするようになった。韓国語をどうしてもちゃんと覚えられなかったため、韓国人が何を言っているのかあまりわからなかったが、それが理由で彼らの視線から受け取ったものにいっそう敏感になった。ひいき目に見ても、絶えず評価されていると感じた。最悪の場合、まともに非難されていると感じた。わたしは自分の肌にますます自信がなくなった。他人の外見へのあらゆる批判や意見について、美容起業家のヘレン・チョーはこう言った。

「このような状況について否定的な見方をすることはできます。または、それを韓国のとても興味深くて創造的な一面と見なすこともできるのです。そのおかげで美容業界は急速に成長しているのですから」

いくつかの点でチョーの言うとおりだ。確かに、「不完全さ」を嫌悪する文化によって、立て続けに製品が考案され、商取引されるようになっている。人々に愛されているクールで新しいKビューティーの製品の多くはオンラインで登場し、おおいに売れた。そういう製品は、欠点と見なされるものを隠したり消したりできると主張しているからだ。だが、いくつものステップがあるスキンケアがより広く受け入れられるようになり、それぞれの個性による違いは解決すべき問題と判断されるようになると、わたしはこう思うようになった。このように強迫観念的なあらゆる取り組みが行き着く先はどこだろう？　もし、考慮もされず、歯止めも利かないままなら、美容の消費者文化が引き起こすものは何だろうか？　すでにわたしの金銭や時間は美容の消費者文化にいくらか飲み込まれていた。ソウルに移住する前にわたしが費やした金銭や時間よりも多い。けれども、もっと大きなリスクは、美容の消費者文化によって、自分が何者かという感覚が奪われることだ。

韓国人は外見の維持とセルフケアとを一体化させている。だから、やがてわたしはほかの美容関係の努力、つまりヘアケア、ケミカルピーリング、レーザー療法、注入治療、さらに韓国に来る前のわたしなら過激だと思ったかもしれない侵襲的［メスによる切除など、体に負担を与えること］手術さえも自分磨きの労力の一部と考えるようになった。

それらは低価格のものから高価格のものまで、簡単なものから複雑なものまである。日々のメンテナンス、日課として専門家によって行なわれる美容の施術、皮膚科医や外科医によって行なわれる医学的処置といったものだ。

こういう視点から物事を見るようになると、スキンケアを始めてわたしが覚えた楽しさはかすんでしまった。韓国では美の明確な基準にこだわることによって、Kビューティーそのものを推進する文化がもたらされたのだ。本当はスキンケアのステップについて話しているのだとわかっても、わたしはこんなふうに考え始めた。

その「ステップ」とは単に美容製品の使用に関するものではなく、見た目を良くさせたり飾り立てたり、努力したりすることを指し示すのではないかと。女性や少女に期待されている態度や、彼女たちが自分の体に持つ自主性の程度、日々の生活での自分の時間を決定づけているのだ。そう考えると、それは10どころではなく、何百、何千ものステップになる。そのステップには決して終わりがなく、労働が完了することもない。

第5章　肌を改善すること＝自分を改善すること

ハンガンを渡って助産院へ

今考えてみれば、わたしは産気づいていた間に、見た目についての記念碑的な労力を理解し始めたのだろう。

イザベルが生まれた朝、わたしは長女エヴァの上に身をかがめ、学校へ行くために髪をポニーテールに結ってやろうとしていた。体の真ん中あたりに鋭い痛みが広がった。陣痛の兆しに違いない。わたしはエヴァのリュックをつかんで水筒を押し込み、娘と夫とともにわが家の35階の建物からエレベーターで下りると、人気のない1階を急いで歩き、小さな遊び場を通り過ぎて、縁石でタクシーを呼び止めた。

ソウルでの最初の年は、動き回るのに公共交通機関とタクシーを使っていた。必要なときにはどちらも確実に来てくれたからだ。タクシーの運転手の技術はどうだったかって？　あまり信頼はできなかった。ハンドルを握っていた運転手が背筋を伸ばしたまま眠りに落ち、車が道路からそれたことが1度ならずあった。

その朝、産気づいたわたしが乗り込んだタクシーはこの上なくのろのろ運転で、動きはぎくしゃくして、ブレーキを踏んでばかりいる新米運転手の車だった。車に乗る前に吐いてしまうべきだった？　いいえ。今、吐いたほうがいい？　そうね。

「このまま乗っていられないと思うんだけど」と、わたしは夫のマットに言った。パニックで目を見開いているのが自分でもわかった。マットはおもしろがっているようでもあり、いらいらしているようでもあったが、降りたほうがいいことには賛成した。でも、車は**ハンガン**を渡っているところだった。全長1キロの橋を突っ走っていたのだ。

橋の向こう側に着いたとたん、わたしはわめいてタクシーを止めさせ、飛び降りた。そして道端で数分間、少なくとも1回の陣痛を耐えていたら、マットがほかのタクシーを拾った。わたしたちは2台目のタクシーに乗って、エヴァを学校で降ろし、ようやく助産院に着いた。

分娩のために適当に割り当てられた助産師は英語をほんの数語しか話さなかったので、マットがわたしのドゥーラ［出産に関するサポートを行なう女性］を務める羽目になった。わたしたちは3階の窓からの陽光に満ちた広い続き部屋で、陣痛を一緒に乗り切った。陣痛の合間の中休み（5分から10分の間だった）に、わたしは短い仮眠をとろうとしたり、スマートフォンで夫とツイート［現在はポスト］やニュースリンクを読んだりした。そして、部屋にあるさまざまな出産のための器具について冗談を言い合った。バスタブの上にぶら下がっている何本ものロープ、プリウスでも収まりそうなほど大きなバスタブ、何種類ものサイズのエクササイズ用ボール、マットレスを覆っている防水カバーを見ると、そもそもここにいる理由を思い出した。

スタッフは何度もわたしに食べさせた。昼食に、ティータイムの軽食、そして夕食。わたしは検討するようにとメニューをもらった。助産院はファストフードのような「西洋風の」選択肢や、粥や焼きサバといった「韓国風のメニュー」、それに数々の**バンチャン**、つまり副菜を出していた。陣痛がますます頻繁に起き始めると、強い痛みをもっと耐えられるように四つん這いになり、その格好でチーズバーガーを（西洋風の料理を選んだのだ）食べているところをマットが写真に撮った。それは誇らしくもあり恥ずかしくもある思い出の写真だ。

その出産用の続き部屋には確かにエアコンがあったが、いきむ段階になると、もはや涼しさを感じられなかった。陽が落ちて、部屋には長い影が伸びていた。わたしの髪は汗びっしょりだった。服を全部脱ぎ捨てて、ブラ1枚だけになりたかった。裸になりたいという原始的本能からの思いだった。でも、助産師はブランケットでわたしを覆い続けた。分娩室で慎み深くしろっていうの?!助産師の横にいるのはマットだけだった。やがて、かかりつけの産婦人科医のドクター・チョンも来た。職種を考えると、ドクターは8万個ほどの膣を見てきたに違いなかった。

わたしがブランケットを振り落とすと、助産師は下半身にそれを掛け、ふたたびわたしを覆った。ブランケットを掛けたり落としたりの攻防が何度か続いた。両脚の間から小さな人間が出てこようとする、耐えがたいほどの圧力を感じているときでも。とうとう、わたしは絶望に駆られて叫んだ。「掛けないで!」。そこで、助産師はあきらめた。

のちに、あの不愉快な戦いは、女性の体についての一般的な態度の象徴だったとわかるようになった。最も「自然な」状態、つまり服を着ていないとか、きれいに飾られていない体は隠されるべきだということだ[1]。

女らしさは育てられるべきだし、女性の体は見せるために何らかの方法できれいにされるべきである。Kビューティーの文化に触れることで、すでにそうした考えに気がついていた。だが、最高にきれいな状態でも、裸体には困惑や恥が伴うものだ。太古から女性たちが共有してきた経験をしている間、裸でいるためには闘わなければならなかったってこと？　出産の最後の数分間、顔をゆがめたり泣き叫んだりしていたときでも、それは間違いだとわたしは思わずにいられなかった。

むき出しの腕は禁止だった

イザベルを家に連れ帰って数週間から数カ月経つと、わたしは分娩後の体をじっくり調べられるようになった。イザベルは初夏に生まれたので、生後数カ月の間、蒸し暑い外からエアコンのきいた地下鉄に乗るたび、わたしの肌には汗が玉となって吹き出した。絶えず母乳の分泌が起きているせいで、さらに体温が上がることもよくなかった。

ある9月の朝、地下鉄でエヴァを学校へ連れていくとき、ノースリーブでVネックの赤橙色の膝丈ワンピースを着ることにした。するとたちまち、人前に出るべきではない格好について屈辱的な教訓を得る羽目になった。授乳中のわたしの胸は普段よりも大きくなっていて、ワンピースから胸の谷間がちらっと見えた（といっても、たいしたことはなかったが。授乳中でも、せいぜいBカップといったところだ）。

地下鉄の車両に乗り込んで、金属製のポールの横、ドアの近くに立つ余地を見つけたことを覚えている。けれども次の駅までの間に、わたしのまわりから車両の中央部分までがすっかり空いてしまった。両側の座席にいる人たちは非難を込めたり、困惑した軽蔑の表情を浮かべたりした顔をこちらに向けてきた。控え目な胸の谷間からはるか遠くに人々が移動したので、わたしは地下鉄で大きな音をたてておならをしたのも同然だった。または、裸体をさらしたようなものだ。

むき出しの腕は禁じられている。夏の真っ盛りでも、韓国の女性がキャミソールやタンクトップの上にカーディガンを着ているのが目につくだろう。そして、胸の谷間は人々をぞっとさせて遠ざけるものらしい。こういう規範は、外見についての目に見えない数多くのルールの中にあり、破ってみて初めてわかったものだ。韓国人の女友達からあとで聞いたのだが、むき出しの腕はノーメイクで階段を駆け降りてコンビニへ行くのと同じくらい、ひんしゅくを買う行動らしい。あからさまな差別をされるから、ほとんどの人にとってはそんなルールを軽視するメリットがない。そういう差別には名前さえある。ルッキズムだ。

韓国語でその言葉は「**ウェモチサンジュウィ**」で、訳すと「外見至上主義」ということになる。ルッキズムは、ある程度の外見の基準を満たさない人に対する頑なな社会的偏見だ。2000年にウィリアム・サファイアが「ルッキズム」という言葉をあるコラムで用いた。だが、最初に現れたのは1978年の「ワシントン・ポスト・マガジン」誌の記事だと明らかになっており、それはファット・アクセプタンス［肥満の受容］運動の会員が経験した差別を描写するために用いたときのことだった。[2]

韓国では1995年、性や配偶者の有無や家柄や「ほかにも正当な理由なしに」人を差別すべからずという法律でルッキズムが禁じられたが、外見に基づく差別は文化的な規範だ。[3]

「誰かに会ったとき、人々が最初に言うのは相手の見た目に関することです」と、ソウルを本拠地とする韓国人美容起業家のヘレン・チョーは言う。「たとえば、『うわあ、あなたの目ってすばらしい』というふうに。あるいは『すてきな眉毛ですね』とか『あなたの肌、きれい』とか『わあ、ずいぶん痩せているのね』というようにです。こういう習慣は海外から来た人にはまったく理解できないでしょうし、気分を害してしまうでしょう。でも、韓国ではごく当たり前のことです。それに、この国は競争社会でもあります」

ルッキズムは女性のほうが過酷

ルッキズムは職業の世界で蔓延している。2017年の韓国の世論調査によると、回答者の40パーセント近くが外見にもとづく差別を求職時に経験したという。[4] 韓国の求人掲示板は応募者に写真の添付を指示する求人票でいっぱいだ。〈インクルト〉と呼ばれる就職情報サイトによる900以上の企業の調査では、約60パーセントが履歴書に顔写真の添付を求めたそうだ。[5]

パスポートの写真はかなり修整されている。パスポート写真が正式な仕事の応募書類に使われることがよくあるからだ。そのため、写真を撮ってデジタル加工で髪やシワをなめらかにし、ほかにも目立つ欠点を修整することに特化した撮影スタジオが非常に増えている。

韓国の国家人権委員会は2015年に3500件の求人の投稿を調べ、募集者がさまざまなテーマについて差別的な質問をしていると発見した。それには応募者の年齢、外見、ジェンダー、出生地、配偶者の有無、宗教、兵役の記録、妊娠の有無が含まれている。[6] そのような質問の平均数は投稿1件あたり4問だった。理想的な応募者として、求人票には〝きちんとした〟とか〝きれいな〟といった言葉が使われる場合が多く、髭やタトゥーははっきりと禁じられている。メディアの注意を引いたひとつの募集広告には、理想的なブラジャーのカップサイズがCカップだと指定してあった。[7] そのいっぽうで、就職用ブログへのある投稿には、大企業は「かわいい目」を好み、政府の上層部は「高い鼻」を気に入ると書いてあった。[8]

行政機関である雇用労働部でさえ、外見に気をつけることを求職者に勧めるリンクをツイッター［現在ではX］でシェアしていたことがあった。そのリンクは「美容整形は採用されるのに必要な7つの資格のひとつになっています」と指摘し、企業が好む顔のタイプにしろと応募者に勧めていた[9]（その後、リンクは削除された）。俳優やモデル業ではないのに、採用に際して顔写真を要求し、身長や体重のデータを求めることが多いのは、訴えられてもかまわないのでない限り、アメリカでは考えられない慣習だ。

韓国では性別にかかわらず外見が重要である。だが、制度的な性差別やジェンダーギャップのせいで、ルッキズムは女性のほうが過酷だ。男性は決定を下す人で、非常に競争の激しい労働人口の中で権力を持つ支配的な立場にあるからだ。職が見つからないことは現実に起こり得る。わたしがいた間、韓国の若い労働者の間での失業率は10パーセント台をうろうろしていた。[10]

経済協力開発機構に加盟している国のうち、27カ国の中で、韓国は男女間賃金格差に関して最下位だ。男女間で学歴が平等でも、管理職の地位にある女性は少ない。[11] 男性が最初に採用されるから、需要に比べて予備労働力の女性は供給過剰なせいで、女性は社会的な資本を得るためだけでなく、経済的な資本を得るためにも激しく競争しなければならなくなっている。

「きれい」は入場料

2018年、テレビのニュースキャスターのイム・ヒョンジュは職場で女性が眼鏡をかけることに対して暗黙の決まりがあるにもかかわらず、朝のニュース番組の司会をする間、眼鏡をかけようと初めて決意した。毎日つけまつ毛をしていたせいで目が乾燥し、1日に1本、目薬を使い果たしていたからだ。[12] 眼鏡をかけてテレビに出るのはとても注目される行動だったので、イムはニュースになった。

視聴者は文句を言い、イムはプロデューサーに叱責されたが、多くの女性はオンラインで、または直接、彼女に感謝を示した。「もし、わたしが自由に行動できるなら、もっとメイクを薄くしたいところです」とイムは「ニューヨーク・タイムズ」紙に語った。「ですが、わたしは自分の頭と心の板挟みになっています。心は別のことを言っていても、仕事という現実があるのです」[13]

わたしはインタビュー中に、労働市場に入ったばかりとか、キャリアの初期の段階にいる女性たちから同じことを何度となく聞かされた。経済的な理由からも社会的な理由からも、もっと見た目を良くしないわけにはいかないのだ、と。家族はそうするようにと求める。雇い主になりそうな人々はそれを期待する。高校を卒業するころ、大学修学能力試験(スヌン)のすぐあとに、生徒たちは両親や祖父母から美容整形の商品券をもらうのが習わしになっている。美容院やメイクアップサロンは労働市場に出ていこうとする若者に、卒業者向けのパッケージを提供する。皮膚科や形成外科のアプリでは、若い韓国人に最も人気の施術である「3点セット」を50パーセントから70パーセントの値引きで提供している。その3点とはまぶたの手術、鼻の美容整形、そして下顎あたりで顔の輪郭を整えるためのボトックス療法だ。[14] 韓国の女性は20代前半にボトックス療法を受ける。「きれいに」(若々しい輝きによって定義される)見えることは、ただ重要なだけではなく、労働市場への入場料のようなものだからだ。

歯止めが利かないルッキズムと、世界で最も急進的な美容文化の急上昇とを線で結ぶのは難しくない。さまざまな理由により、今日の韓国人の多くは美容のための労力、つまり自分の外見に費やす努力を、自己改善と同じものだと信じている。

美容サービスや美容整形を利用するのと同様に、メイクアップやスキンケアに力を注ぐことは自尊心や自己管理、コミュニティへの敬意の問題だと理解されているのだ。ハワイ大学の教授のシャロン・ヘジン・リーの論文によると、体の表面は「それ自体が近代化の作業の場である。そして売買と、愛と強要、自由と権力といったすべてがひとつにまとまる場なのだ」という[15]。体は人が給料を稼ぐために職場へ持っていく一種の道具と言える。しかも体そのものが年中無休で24時間開いている仕事場なのだ。自分の体に対して行なう労働であれ、体によって行なわれる労働であれ、かなりの労力ということだろう。

「正しい人間になるために」

作家のイ・ミンギョンは飾り気がなくて少年のような短い髪をしていて、ミルクのように色白な顔にはまったく化粧っ気がない。ゆったりした黒い服は体型をはっきり見せないものだ。29歳の彼女は、自分たちの考え方や活動に焦点を当てるために美しくなることを拒んできた若い女性の運動に加わっているひとりである。ソウルで育ち、10歳のときにうなじや腕や脚の脱毛を始めた。彼女の「毛深い」うなじをからかった男の子たちに「猿」というあだ名をつけられてからだ。わたしがインタビューした多くの者と同様に、彼女は小学生だった2000年代の最初の10年間を文化の転換期と指摘している。

Ｋ－ＰＯＰが世界的になり、韓国の文化産業が上り調子になった。そのころ、子どもに対する親の優先事項が変化し、美が重視され始めた。２００７年、典型的なＫ－ＰＯＰの女性グループの**少女時代**がデビューし、同時に**Wonder Girls**や**KARA**もデビューした。同じころ、ＹｏｕＴｕｂｅが世界的な広まりを見せた[16]。韓国文化の観察者であるＴ・Ｋ・パクは**少女時代**のデビュー後の音楽の時代について語っている。「女性のアーティストを、注意深く監修された商品に変える戦略」は完璧だったと[17]。

イ・ミンギョンは次のように思い起こしていた。「**少女時代**が登場しました。当時、わたしは学生でした。テレビで見る彼女たちは以前のスターよりも痩せていました。スターの女性たちがそこまで痩せていたことはありません。そのころから、そういう状況が始まりました[18]」

かつての母親は娘に、労働市場での価値を教育によって高めるようにと力説していたものだった。少なくとも、１９６０年代の韓国の急速な近代化に続く数十年間と、87年まで韓国を支配していた独裁政権の間はそうだったのだ。韓国が戦争と独裁政権の数十年から浮上して、市場を基盤とした民主主義国家になると、この国の文化的な優位と切り離せないつながりを持つ美容によって、見た目の良さが倫理的な理想として優勢になった。美しさは善良さを指し、また、善良なら美しいとされた。

「きれいだよと言うことが、わたしの親切な行動への家族の褒め言葉でした」。韓国系アメリカ人のホジョン・リーはあるエッセーでこう書いた。彼女はＫ－ＰＯＰアカデミーで訓練を受けるためにソウルに移住し、やがて**Wonder Girls**のバックダンサーになった。

「これは良い人間になりたいというわたしの願望と、美しくなりたいという願望とを結びつけてくれました。道徳的に正しい人間になるため、わたしはきれいにならなければなりませんでした。きれいになるためには、道徳的に正しい人間になる必要があったのです。韓国の社会はこの2つの概念がまったく同一だと教えてくれました[19]」

自らの表面を見せることが、自分という概念そのものと結びつくようになった。だが、それだけではない。競争の激しい労働市場で、中流階級の韓国人は見た目だけで「善人」と判断されるのではなく、その見た目を保つための労力からもそう判断される。外見マネジメントはセルフケアである。肌を改善することが自己を改善することなのだ。

そうかと言って、美や装飾が数千年の間、世界のさまざまな文化の中で長所と考えられてこなかったわけではない。古代ギリシャには美を意味する「カロス」と、善を意味する「アガトス」とを結びつけた「カロカガティア」という言葉さえあった。ある人の体は、その人の性質を理解するための方法だという考え方を取り込むための言葉だった[20]。だが、古代ギリシャ・ローマの美についての考えは「表面とはあまり関係がなく、魂との関係のほうが重要だと思われます」と美容批評家のジェシカ・デフィーノは指摘している[21]。ほかの研究者たちの発見によると、エジプト人のような古代社会の人々は霊的な目的で化粧を施し、装飾品をつけていた。神々を模倣し、神々と交信するためだ[22]。

西洋の場合、アメリカの女性の記録を深く掘り下げて調べると、第一次世界大戦前の女性が見た目の良さを求めるのではなく、究極の美徳として道徳的な行動をとろうと努力していたことがわかる[23]。彼女たちは正直さや親切心、家族やコミュニティへの義務感を通じて善良な性質を切望していた。だが、映画が進歩してテレビが誕生するうちに優先されるものが変化した。映画やテレビでは、女性や少女がどんな考え方をするかとか、どう振る舞うかということよりも、どのように見えるかが重視されるようになった。きれいな外見だというだけで、良い性質を持っていると社会から見なされた。そして女性たちは、道徳的に優れていることと美が一緒だという信念を持つようになったのだ。

同様の事態が2000年代、エンターテインメント文化やデジタルメディアによって韓流が広まったときの韓国にも生じた。インターネットが広範囲で使えるようになると、映像や画像を配信することが可能になった。また、韓国で製造されて世界じゅうに輸出された高解像度のテレビ画面は、毛穴のない「しっとりした（チョクチョク）」肌になって、それを維持するための製品が必要だという強いプレッシャーを生み出した。高度に視覚的でメディアとテクノロジーが浸透した時代では、善良さは見えないところにあるものではなく、外見で指し示されるものになった。消費や競争の意欲をかきたてるために美しい顔や体の情報が絶えず入ってくるせいで、容貌と人間としての価値との関係性が強まっている。

そんな事情から、以前は教育や知性の面でわが子が成果を出すことを優先していた韓国の母親たちは、外見も重視し始めた。わたしがインタビューしたイ・ミンギョンなどによると、美容製品に時間やエネルギーや金を多く費やすことは、2000年代の最初の10年まで、韓国の消費者の間で優先事項ではなかったという。「アイドル関連の事柄やKビューティー、それに化粧品の規模が拡大しました。そして路面店とは、百貨店よりも安い化粧品を売る店を意味するようになっています〔だから、若い女の子も化粧品を買える〕」と彼女は言う。

「親の世代は変わりました。彼らは懸命に勉強することがすべてだとは信じていません。前よりも気楽になっています。そして、この親の世代は美が一種の自由だと思っています。〔なぜなら〕美はとても重要だからです。それは女性の価値なのです[24]」

タクシー運転手が「あんたは処女?」

韓国に暮らして1年以上経つと、見知らぬ人との会話をこちらから先に「チュングク ケ ミグク サラム イムニダ」と言って始めることを覚えた。つまり、わたしは中国系アメリカ人です、ということだ。タクシーに乗り込むと、韓国人の運転手(たいていは60代以上の男性)の10人に9人は、わたしの韓国語がなかなか上手だと(どんな外国人にも彼らが言うことだ)さりげなく言い、それから韓国語で次の3つの質問のうちのひとつをしたものだった。

なぜ、韓国に来たのか?
韓国(そして/または)韓国の食べ物が好きか?
夫がいるか?

わたしは韓国語をほとんど理解できなかったが、鍵となる単語は嫌になるほど聞いたものばかりだったから、暗記した言葉で答えられた。ある晩、タクシーの後部席に乗り込むと、運転手はわたしが聞いたこともなかった言葉を言った。「チョニョ」。彼はこの言葉をわめき始めた。

〝チョニョ？　チョニョ？〟

わたしは答えた。「わかりません」

彼はいらだって英語でわめいた。「処女か？　あんたは処女？」

「ムォ？（何ですって？）」

「処女か?!」

わたしは気まずさを感じるとともに驚いて、くすくす笑ったが、片言の韓国語で言った。

「いいえ、わたしには娘がふたりいます！」

その後、相変わらず当惑しながらこの事件を韓国人の友人に話すと、彼女は大笑いして説明してくれた。「ああ、それは独身という意味で彼がその言葉を使ったからよ。処女という意味でも使われるけれどね」

この出来事にはわたしの多くの経験が要約されている。つまり、大柄で（約175センチ）、韓国人ではなく、アジア系アメリカ人で、妊婦または授乳中の状態で、まる4年間をソウルで過ごしたという経験だ。タクシーの運転手たちのどの質問にも、裏には別の質問がひそんでいた。韓国で何をしているのか？　男性との関係ではわたしにどんな価値があるのか？　彼らとの違い、つまり女性であることと外国人であることによって、わたしは2つの階級で二流の人間に追いやられた。分娩後の体や妊娠中の体は、どう見てもわたしが女性であることを強調していた。

それはタクシーの中だけの状況ではなかった。NPR［米国公共ラジオ放送］の支局長という地位で入っていった官僚社会やビジネスの世界で、わたしは何度も自分が部外者だと思い知らされた。切符売り場や役所には外国人向けに別の窓口があった。「そちらの支局長または上司はどなたですか？」と、違う人が出てくることを期待する質問をされ、意思の疎通ができなかったときは何度もあった。そして「わたしが支局長です、わたしが上司です」と言うと、そんなふうに見えないからと、相手は納得してくれなかった（当時の報道局の海外支局長はほとんどが英国人かアメリカ人の白人男性で、33歳以上だった）。

国内の報道関係者の「記者（キジャ）クラブ」のためだけに予約された会見に出ようとしてわたしが引き下がらなかったとき、こちらを見下した態度をとるマンスプレイニングがあまりにも激しく、通訳なしでもわかるほどだった。

男性たちはわたしを支えるために仕事をあきらめた夫をちやほやし、「スーパーマン」と呼んだ。男性たちは絶えず列でわたしの前に割り込んだ。タクシーの運転手はわたしが行きたいところに連れていきたくないという理由で、降りてくれと言った。そして男性たちはバスや地下鉄で余分なスペースを取る（この最後の例はどこでもあることだ）。

ある年の冬、わたしは「ナンタ」に公演を見に行った。そこは人気のある、ライブで料理をするパフォーマンスを見せる劇場で、入り口にはそれぞれの役者の写真つきでキャストと役柄を記したポスターが掲示されていた。支配人、ヘッドシェフ、セクシーガイ、甥、と男性にはさまざまな役柄が与えられている。女性は？　ホットソースというひとつだけだ。

女性であるせいで問題がしじゅう起きたが、外国人の女性だからと少しばかり自由が利くときもあった。外見に関する韓国のルールから逸脱する言い訳をたまに与えてもらえるのだ。外国人という立場のおかげで、韓国ではだらしないとされるわたしの見かけは大目に見てもらえたし、社会的な制裁も加えられなかった。あるいは、懲罰がくだされたのに、わたしがわからなかっただけかもしれないが。

ソウルのギフトショップにある棚のひとつだけでも、自分を向上させるための商品がこれだけ見つかるだろう。姿勢補正器。爪先補正器。現代版のコルセット。完璧な胸の谷間を作るためのプッシュアップパッドもあるが、この箱の広告文によれば、Y字型を作るべきだという。「顔を固定する」ための、顎をスリムにするテープ。そして接着パッチみたいなパッケージがふんだんにあるのは、内股や下腹部といった、よくトラブルが起きる場所も、首のように皮膚がたるんでくる場所も、体のどんな部分もシートマスクで手入れできるからだ。韓国の外見改善に関するショップは急激と言えるほど成長している。

結婚市場は期待の地雷原

ルッキズムが幅を利かせており、美しい肌は健康や道徳性、勤労意欲を表面から見るための指針とされている。ソウルは「あなたのそのままの肌を受け入れる」べきだという土地ではない。ここでの呪文は地下鉄の輝く広告板に現れているものに近く、そのメッセージが宣伝しているのは「目と鼻と顎の輪郭の調和」とか、ランチの時間内にできる「ちょっとした美容施術」といったものだ。どれもさまざまな形で「あなたらしくあれ、だが、もっと美しくなれ」と宣伝している。

これまで見てきたように、職を確保するには「美しく」なければならない。美は夫を獲得するための方法でもある。そして、結婚市場は期待の地雷原に等しい。異性愛者の男性は、女らしく見えることを女性に期待する。具体的な基準をあげるなら、長い髪。髪が長くないと、たちまちその女性はレズビアンだと思われるか、韓国ではひどい中傷である「ラディカル・フェミニスト」のレッテルを貼られる。結婚市場には結婚仲介業の会社があふれていて、そこでは相性を見るデータとして身長や体重、顔の上半分と下半分の比率すら考慮される。

27歳のシム・ヘインは中学生のときに、父親からテレビで「ミス韓国」のショーを見せられるようになったことを覚えている。彼女は韓国南部の大都市である**光州（クァンジュ）広域市**で育った。毎晩のように夕食後は居間で座らされ、父親がショーのビデオを繰り返し流すのを見せられたそうだ。黒いビキニを着てハイヒールを履いた出場者たちが「歩き方を教えてくれる」からということだった。

「それから、わたしは毎晩、このビデオを流しながら父の前で歩いてみせなければなりませんでした。良い娘でいるためです」

〝あなたが断ったら、どうなりましたか?〟とわたしは尋ねた。

服従しなければ、両親から屈辱を与えられただろうし、飢えさせられるかもしれないと怖かったとシムは言った。「ただでさえ、両親には満足に食べさせてもらえませんでした。毎朝、父と母がこんなことを言っていたのを覚えています。この子の脚はずいぶん太いな、とか、お腹がかなり出ているわねと。こう言っていました。『この子は大きくなっても、妻に選んでくれる者がいないだろう』と」(25)。シムの例は彼女の世代には珍しいものではない。多くの家庭では、社会的にも経済的にも成功するための手段として、美しくなることに重点を置いていたのだ。

顔や体の自己管理は、目的を達成する手段として必要だと考えられている。わたしは韓国に行くまで、まわりで奨励されているあらゆる労力や、女らしさというものの厳格な定義を深く考えたことがなかった。だが、女性に期待されているこういう事柄の相互作用に思いを巡らせると、韓国がそんなに稀な国でもないと気づいた。そうじゃないだろうか？　Ｋビューティー業界は並外れて大きな影響力や強さを享受している。けれども、それは美容業界が明確に示した、次のものと同じ考え方で動いているのだ。

1　あなたは見た目があまり良くないから、修正すべきだ
2　人と競争するためにエネルギーと金銭を費やせば、自分に自信が持てるようになる

美容文化に参加する韓国の女性は、孝行という伝統的な価値観と、個人主義という韓国の超現代的な新自由主義の引力との間で、絶えず押し引きされながら必要な行動をとっている。自己決定と成長というゲームで「勝利」を収めようとしているのだ。

１９９７年のアジア通貨危機のあと、韓国の失業率は20パーセントにまで達し、同時に、政府は社会福祉に関する支出を縮小した。そのため、多くの韓国人は自力でやり繰りするか、パートタイムの仕事を掛け持ちするか、家族を頼るか、どうにかこうにか食いつなぐだけということになった。当時の不安定な状況のせいで、仕事や結婚で成功しようと際限なく競争するうちに、自分の「人的資本（ヒューマン・キャピタル）」を増やすための新自由主義の権限が助長されたと見なす有識者もいる。[26]

フェミニズムの研究者のチョ・ジュヒョンはこのように書いている。「最も成功している自己（セルフ）起業家（アントレプレナー）は……自分自身を意のままに操るという新自由主義の論理を忠実に取り入れた者だろう[27]」。

これは市場競争によって駆り立てられる、一種の社会進化論を描写している。「戦後の資本主義の

中で、競争という考え方が生活の新しい規範となっている」ことが韓国を「新自由主義の機械」に変えたと、慶熙(キョンヒ)大学校の文化研究の教授であるアレックス・テグァン・リーは言う[28]。「伝統的な社会では、女性の体は男性中心の社会によって完全に支配されていた。女性の体を厳格に支配する道具としての処女を守るというイデオロギーがあったのでなおさらであった。しかし、今ではルッキズムがそのイデオロギーに取って代わっている」と、韓国最大のフェミニストグループである「ウィミンリンク」の事務局長だったキム・サンヒは2003年の論説で書いた。外見に対する抑圧によって、女性の体には一種の支配が働くが、大量消費主義が伴うと必ずゆがめられてしまうと彼女は主張した。「外見至上主義者(ルッキスト)の社会では、外見は自己保全だけの問題ではない。美しくない女性は怠惰で無能だと見なされるのだ[29]」

韓国には労働に関連したこんな言葉がある。「**クミム ノドン**」、つまり「着飾る労働」だ。働き手の外見は見られるのにふさわしいように飾られなければならない。そして、女性は見られてもいいように労力を用いなければならないのだ。「それは新自由主義の完璧な現れです」とジェニー・ワン・メディナは言う。「女性は自分の体を利用して労働すると同時に、自分の体を消費しています[30]」

抵抗する人はいないのか？

美容のための労力は厄介だ。楽ではない。お金もかかる。時間も取られる。だったらなぜ、もっとそれに抵抗する人がいないのだろうか？　韓国で人と違った行動をとることは、孤立してまでするほどのものではない。孤立は唯一の家族や知っているコミュニティから、追放されたり疎外されたりすることを意味する。社会的調和のほうが個人主義よりも尊重されている。これはわたしが韓国で暮らしていたとき、さまざまな形で現れた文化的な現実だ。

韓国の共同体の文化が、わたしの育ったテキサス州でのまさに「自由に生きるのでなければ、死を」と比べてとても新鮮だと、よく思ったものだ。わたしが海外で暮らしていたとき、アメリカは「謝罪しない時代」の絶頂期だった。韓国人が相互に示す社会的責任をわたしは称賛している。こういった互いの関わり方はより広い文化的適応の一部で、この国が共同社会の農業経済によって支えられていた、わりと最近の時代の名残だ。

韓国系アメリカ人の作家のT・K・パクが述べたように、近代以前の農業を基盤とした社会の多くは、生計を立てるために協力するメンバーが固く結びついたコミュニティによって作られている（現代の例だと、アーミッシュを思い浮かべてほしい）。そのような社会では生き残るための方法として、当然のように均質性が生じる。

同じように、見知らぬ者同士でも信頼関係という社会的契約が共有されている。わたしがソウルのバスキン・ロビンスにうっかり財布を忘れたときのことだが、3時間半の間、誰にも手を触れられずにテーブルの下に置かれたままだった。何十人もの客が出たり入ったりしていたのに。あとでわかったが、ソウルのカフェではテーブルの上に自分の最も高価な持ち物を置いておくのが、実際のところ、席を確保する方法のようだ。暗黙の了解とされている規範があるらしく、わが子と一緒にいる見知らぬ大人を信頼してもいいとさえ思えてしまう。

ある日の午後、軽食に払う小銭が足りなかったとき、わたしがマンションまで急いでお金を取りに行った5分間、コンビニの店員は喜んでうちの子を見ていてくれた。戻ってくると、当時3歳だった娘はカウンターの後ろのスツールに座り、店員のスマートフォンで遊んでいた。わたしは韓国語をほとんど話せなかったので、娘を抱き上げたとき、言葉を介さずに店員と意思を伝え合った。けれども、社会的契約は言語に勝るのだ。人々がどのように振る舞うかが予想できるので安心感があったし、信用もできた。

こんな社会的契約の感覚は、自分たちがひとつにまとまっていると思いたいという、もっと大きな、国家の意志の一部だ。そして、この感覚が現れるもうひとつの状況は、クールな新しいものを試そうと誰もが（本当に誰もがなのだ！）まわりの人に倣う、恐るべき速さだろう。ソウルの人間ほどすばやく、最新の流行を試そうと列を成す人々を見たことがない。

ある夏、**台湾カステラ**が流行したことがあった。冗談ではなく、1カ月のうちにわたしの家の近くの大通りに**台湾カステラ**の店が3軒でき、どの店の前にも長い行列ができていた（そんなにすぐ開店できるなんて、どうやってローンを組むのだろう？）。**台湾カステラ**よりも前に流行したのは**チュロス**だった。**台湾カステラ**のあとは**カラメルがけアーモンド**。韓国でいったん根を下ろした流行は、否応なくいたるところに広がる。だから、あるものが人気になると、韓国人はためらいもせずそれに従う。「ほかの誰もがそれをやっている」ということは大きなエネルギーになる。

国全体の同意を得られることは大きな市場競争力だ。これはパンデミックと戦うとか、オリンピックのための事業に従事するといった、大規模な国家レベルの協力が求められるときの利点となる。オリンピックの開催準備という巨大な任務を引き受けたときに他の国々に起きたことと違い、2018年の**平昌**（ピョンチャン）オリンピック冬季競技大会の準備はほぼ滞りなく進んだ。

2020年、すでに世界に誇るほどだった韓国の医療制度は、新型コロナウイルスによるパンデミックへの対応で、信じられないほど迅速に動いた。15年のMERSとの戦いから得た教訓に従ったのだ。新型コロナウイルス感染症のワクチンが広く入手できるようになると、7カ月のうちに韓国人の90パーセントがワクチンを接種した。[31] このワクチンの接種やほかの対応のおかげで、韓国の犠牲者は他国が経験した破滅的な死者数と比べて、ごくわずかにとどまっている。人口あたりの死者数はアメリカや英国の40分の1以下だった。[32]

自信のない若い女性たち

こういう成果の別の側面は何か。ほかの人と同じような見方をし、同じように振る舞えという容赦ない圧力。そこから、韓国が近代化の最前線へ押し進んでいく一方で、文化のほうは農耕時代の結束の固いコミュニティ以来の調和を優先することにひどく執着する理由が明らかになってくる。社会学者によれば、圧縮型の経済成長も、他人が何を考えているかを絶えず気にしなければならないというプレッシャーを増大させているそうだ。だから、ある個人が何か恥ずべき行動をとったとき、その人はコミュニティ全体に恥辱をもたらしたと感じるだろう。

韓国の元大統領[33]も最近のソウル市長[34]も、不正行為への告発が表面化したあとに自殺した。それぞれ、汚職とセクシャルハラスメントで訴えられたのだ。CEOやほかにもリーダーシップをとる立場にいる者も、自分が公の場で辱めを受けるとわかったときに自殺した。このような死を迎えるのは権力を持つ人々に限ったことではない。

わたしがソウルに着いた最初の月、韓国のティーンエージャーの自殺率が先進国の中でトップである理由を人口学の研究者が説明してくれた。[35]

10代の子どもの死因は自殺がトップで、11歳から15歳の子どものストレスは先進国30カ国の中で最も高かったと報告されている。[36] その研究者はこういう状況の原因が社会にあると言った。韓国の社会は充分に成長していないか、急成長しすぎたせいで、移行のきわめて重大な時期、つまり「社会としての思春期」を飛ばしてしまったからだと。なんといっても、韓国は驚異的なスピードで開発途上国から、世界の上位10カ国に入る経済大国のひとつになり、そのほとんどは上から圧力をかけられたことによる成長だった。国家のインフラ投資、主要産業の国有化、教育への公共支出といったものだ。人間はそんなに速く適応できないだけかもしれない。

「実を言うと、それは一種の警報なのです」と韓国保健社会研究院の研究者のキム・ミスクは話してくれた。彼女の予測によると、若者が大人になったときの幸福を国が保証できないと、未来は「非常に暗く」なるだろうという。ソウルに住んでいるうちに、間違いを犯した人たちがテレビに出て深々とお辞儀をし（最も丁重なお辞儀だ）、「最善を尽くす」（文字どおり訳すとそうなった）ことをしなかったと国じゅうに謝罪する現象に慣れるようになった。

Kビューティーが誕生した、前進と後退が同時に起きる国では、美という規範が最も罰しやすいのは無理もない。美の規範は調和を強調し、普通であることから逸脱しないようにという、ペースが速い集団的な文化の中に存在している。教育や富やステータスの面でほかのみんなに遅れまいとする努力の中でも、好ましい外見は最小限の努力で済むものだろう。それに、完全に個人でコントロールできるものなのは間違いない。

「実際、彼らにどんな選択肢があるでしょうか？　外見が良ければ見返りを与えられ、悪ければ罰せられるのです」とヘザー・ウィロビーは言う。

彼女は韓国のいわばウェルズリー大学と見なされている、エリート女子大の梨花(イファ)女子大学校で1990年代から教えている。ヘザーは自分の講座を受講した大勢の女子大生たちを指導してきた。彼女の話によると、毎年、すでに美容整形を受けたと言う女子大生の数は増えているそうだ。

「若い女性は自分にあまり自信がないし、ありのままの自分に満足していません。彼女たちの個性や学校の成績、ほかのどんな成果のレベルにも満足していないのです。わたしは講座のひとつで〔学生たちの〕成功のパターンを見つけました。彼女たちは何が得意か？ 何を成し遂げているのか？ 初めのうち、彼女たちの中にはごく小さな成功例さえ、なかなか考えられなかった者がいました」

わたしはヘザーの話を聞いて思った。〝ついていくため、適応するため、そして競争するために努力するということよね？〟。それはまさしく成果。いくつもの成果だ。ただ、期待されるものが大きすぎるので、そういう成果は数のうちに入らないのだ。

第6章　顎を削って「V」に変える場所

世界一の美容整形ビジネス

ソウルを二分する**ハンガン**を渡って南に行くと、**カンナム**に着く（「カン」は川を意味し、「ナム」は南を意味する）。マンハッタン島よりも少し小さい**カンナム**は**PSY**のおかげで多くの人に知られているソウルの地域だ。

道路は10車線もあり、輝く高層の多目的ビルが建ち並び、その1階にはたいていフランチャイズのコーヒーショップが入っている。**カンナム**に高所得者向けの住宅がたくさんあるのは確かだが、それだけではない。おそらく**カンナム**で最も裕福な地区である**狎鴎亭**（アックジョン）には非常に多くの高級店が並び、街並みの大きさのショッピングモールのような高級車のショールームがいくつもある。夜になると、精巧なアート・インスタレーションのように見えるビルもあり、前面の色が10秒ごとに変わって、前をゆっくりと進む車に無料で光のショーを見せてくれる。

そして**アックジョン**や**新沙**（シンサ）といった地区は、韓国が世界をリードする美容整形ビジネスが、驚異的なほど集中しているところでもある。このあたりは「ビューティー・ベルト」とか「整形ベルト」あるいは単純に「美容整形通り」（これは間違った名前だ。この地域のこんな通りは1本どころでは済まないのだから）というあだ名がついている。

2020年、韓国の国税庁によると、国内には総計で1008軒の美容外科医院があった。そのうちの538医院はソウルにあり、その中の400ほどが**カンナム**にあった。**カンナム**のビルの横側にはさまざまな美容整形クリニックの看板が並び、15階建てのビルの各階にそういう診療所が入っていることはよくある。クリニックの英語名はいかにも期待が持てそうなものだ。「エレベート（向上させる）」。「ソリューションズ（解決策）」。「リボーン（生まれ変わる）」。「フィール・ソー・グッド（とてもいい気分）」。

「エレベート」は本当にふさわしい。視覚文化によって設定された達成不能な理想に近づくために、たいていの人間にとって唯一の方法はデジタルで加工するか、実際に「フィラー」を行なうかだ。正真正銘、肉体を変えるしかない。韓国の急速に発展している産業や生物医学（バイオメディカル）部門は、ソーシャルメディアによって増幅された他人との競争的な傾向に対処するため、体の表面の強化、つまり自分のスペックを向上させることを、ほかの国よりも手頃で開放的で入手可能なものにした。

アメリカの形成外科医や皮膚科医は「スナップチャット異形症」という言葉を作った。これはアプリで加工した自分の顔にもっと近づけるため、美容整形したがる若い患者を表現したものだ。こういうアプリは「われわれに現実感を喪失させる。人は現実の自分も、完璧に整えられてフィルターを掛けられた姿に見えることを期待するからだ」と、医師たちは「JAMAフェイシャル・プラスティック・サージェリー」誌で警告した。[1] 韓国の外科医はこのような状況を病的な症候群と考えずに、長年、患者に手術をしてきたと言う。スマートフォンによる幻想と現実の境界線が曖昧になるにつれて、人はもういっぽうの人間、つまり人工的に作られた自分になろうとしていく。

韓国での美容整形に関しては、「それが良いか悪いかという倫理の問題ですらありません。単に美容整形とはそれだけのものだということです」と韓国の梨花女子大学校の教授ヘザー・ウィロビーは言った。ここでの明るい見通しは、人間の肉体が絶えず向上したり、若さを保ったりできることだ。重力など問題ではない。体の新たな部分を修正しろという圧力が大きくなり続ける中で、腋毛を染めるのでも、肛門を漂白するのでも、ソウルに行けばやってもらえる。好みに合わせて丸みがつくように、額や頭蓋骨の後部を削ってもらうことさえできる。ソウルの形成外科医は次第に増えていくテクノロジーのスペックの原則を体に適用する専門家だ。韓国ではどんな人間でも、修正したい人がいるとは思えないような特徴ですら修正が可能なのだ。

満足していない体の部分は？

外見を修正するプロセスが画面上から始まるのは、たぶん驚きでもなんでもないだろう。美容医療の予約アプリである**〈バビトーク〉**のライバル、**〈カンナムオンニ〉**はオンラインでの巨大な小売店だ。そこでは美容整形を選んで会計ができて、割引を受けられることもあるし、医師ともつながれる。車の購入アプリのようだが、対象物は整形手術や美容注入だ。ユーザーはまず自分が満足していない体の部分のアイコンを選ぶ。

顔

肌
髪や生え際
鼻
目
額
口
胸
ウエストラインや腹部
生殖器
眉毛やまつ毛、体毛
歯
耳
その他（もっとも、わたしはここにあげた以上のものを想像できないが）
《同アプリ日本語版では、顔の形、肌、目、額、鼻、ボディライン、唇、胸、脱毛、デリケートゾーン、歯、ヘア、耳、その他》

あらゆる車種や型や特徴が載っている車の購入用アプリそっくりに、それぞれの項目にはサブカテゴリーがある。または、「wine.com」にアクセスしてさまざまな産地や、きりがないほどの種類からワインを選ぶようなものだ。仮に、あなたが「顔」を選ぶとしよう。すると、この部位はとても具体的な領域という、めまいがするほど多様な部分に分解される。アプリはこんな文を完成させるようにと促してくる。「わたしの問題は……」

頬の脂肪
二重顎
顎の輪郭
額のボリューム
こめかみ
頬骨
頬の脂肪が少なすぎること
出っ歯
もっと具体的な頬骨の部分（高すぎる、または低すぎる）
顎
小帯［頬や唇の内側の粘膜と歯茎の間をつなぐすじのこと］の長さ
膨れた顔
頭の形
頭蓋骨後部のへこみ
《同アプリ日本語版では、輪郭ライン／顔の形、二重顎／顎の肉、頬の肉、エラ、頬骨の大きさ、額のボリューム／平らなおでこ、顎の筋肉、頬のたるみ、顎がない／短い顎、頬のへこみ、突出口、前頬骨のへこみ／前頬骨のボリューム、バッカルファット、しゃくれ、腫れ、こめかみのへこみ、人中の長さ、顎の梅干しジワ、頭蓋骨矯正、えくぼ、唾液腺の肥大、輪郭再手術》

当然ながら、「以上のどれにも当てはまらない」は選択肢にない。

わたしがダウンロードした日、そのアプリは高校の卒業生に向けて韓国の大学修学能力試験後の宣伝を行なっていた。「18歳の男女のための特別価格！」と。ユーザーがやるべきなのは、国による一発勝負の試験である大学修学能力試験を、最近受けたという証拠を見せることだけだ。

わたしはさまざまなオプションの配列を見て、自己改善のテクノロジーは大量消費主義のほかのアプリとまったく変わらないと思った。もっと速く作業するためとか、人生を「最適化する」ために使っているインターネット・ショッピングのアプリや食料品のアプリと同じだ。または、もっと自分を向上させるためとか、人生をもっと楽にするため、おびただしい数の選択肢から選ぶようにと誘われるどんなアプリとも変わらない。

テクノロジーが進歩すると、それを使うことによって買い物の方法も楽になり、自分を修正する方法も楽になる。外科や美容工学の進歩で、美容整形はだんだん値段が安くなり、前ほどは体を傷つけないもの、あまり大掛かりでないものになっている。かつては改良のために整形手術が行なわれたものが、今は注入物質やレーザーを用いたり、カミソリを使わずに「糸脱毛（スレッディング）」をしたりするものに変わっている。

カンナムの〈オラクル・クリニック〉

２０１６年の終わりごろ、韓国の冬には珍しくないが、刺すように空気が冷たくなった日、わたしは**カンナム**の**〈オラクル・クリニック〉**でタクシーを降りた。ここは韓国で最も知られた美容皮膚科のひとつだ。わたしはKビューティーへの好奇心を、ＮＰＲ［米国公共ラジオ放送］での報道にうまく組み入れる方法をようやく見つけたのだった。

ソウルに赴任してから2年近くが経っていた。風変わりな同僚たちのチームが、「Elies Tries」と名づけられた旅番組シリーズの製作に手を貸してくれた。当時流行していたものを試すための、ジャーナリストの口実として完璧だった。それは毛穴吸引だ。まだ皮膚科の巨大なクリニックにも、どんな種類のメディカル・スパにも行ったことがなかったし、わたしの顔にはそういうケアが必要だったかもしれない。ソウルの大気汚染や乾燥した空気のせいで、顔は常に赤みがかっていて、鼻の両脇には乾燥した部分があった。わたしの顔にとっても体にとっても、美容皮膚科を訪ねるのにふさわしいときだった。ふたたび身ごもっていたが、妊娠して17週目になり、初期のつわりを乗り切ったからだ。少しは自分を甘やかしてもいいころだった。

その少し前、わたしはジョイスというテキサス出身の人と知り合った。ある結婚披露宴で隣に座っていたのだ。そもそも結婚式に招かれるほど強い結びつきができたのはソウルに来て2年ほど経ってからだった。こういうつながりのおかげで、ソウルでの暮らしは以前よりも居心地が良くなり、故郷にいるような感じがした。

韓国系アメリカ人のジョイスは「リファインリー29」というサイトで美容について書いていて、披露宴の間、自分のスキンケアの習慣に関して熱心に話した。わたしは興味をそそられて話についていった。ジョイスは韓国でアクアピールと呼ばれる美顔術を試すため、わたしを連れていってくれることになった。彼女に言わせると、もっと正確に表現するなら、その施術は毛穴吸引と呼ばれるべきらしい。わたしは施術で魔法のように肌の色合いがきれいになって、肌がなめらかになり、ジョイスのように1日に2度、複数の手順を踏む手入れをしなくても済めばいいと願った。

〈オラクル・クリニック〉はかつてコピー会社のキンコーズが入っていたスペースにできた、3階建ての美容整形の迷宮だった。皮膚科のクリニックとして、形成手術よりも美容注入やレーザー治療のほうを専門としている。毎日、何百人もが出入りし、マニキュアやペディキュアのためにネイルサロンに立ち寄るように平然と追加注入（タッチアップ）や施術を受けに来る。わたしがそこにいた間にあるマネジャーが話してくれたところによると、同クリニックの患者の多くは週に1回かそれ以上、通院しているという。

〈オラクル〉のロビーは土曜夜の人気レストランも顔負けのにぎわいだ。ロビーにある6台か7台のウッド調のテーブルにはそれぞれ、顧客になりそうな人がてきぱきした女性スタッフと向かい合って座っている。彼らは、記入用紙と利用可能な施術についてのメニューが載ったパンフレットの上にかがみこんでいた。

スタッフは「コンサルタント」とか「コーディネーター」と呼ばれ、患者が最初の問診票に書き込んだら、受付をして施術の選択肢について話し合う。わたしがのちに訪ねることになったほかの美容クリニックもそうだったが、**〈オラクル〉**の問診票には顔や体の輪郭が白黒で描かれていた。患者は自分が修正したい顔や体の部分に線を引くだけでいい。わたしはそれを見て、大学の女子寮でのいじめについて絶えず流れていた噂を思い出した。そこでは上級生が、入寮希望の新入生の鍛えるべき体の部分に油性ペンで印をつけると言われていた。

その日、わたしが受ける施術は医師や看護師が必要なものに該当しなかったが、まわりではもっと医療的な処置が行なわれていた。大理石張りの壁に沿って置かれたいくつもの長椅子に女性たちが座っている。髪はプラスチックのヘアバンドで後ろへ押しやられ、顔には厚いクリームが塗られて、何枚も重ねた「カークランド」ブランドのラップで覆われていた。スタッフの説明によれば、白いものは**麻酔クリーム**で、ボトックスやフィラーのような注入美容の前に塗るのだという。

〈オラクル・クリニック〉は医療観光、または外科観光、もしくはわたしなら美容向上のための休暇と表現するものの拠点として知られている。ソウルの美容外科医院は2000年代の初めには供給過剰のせいで閉院することがあった。形成外科医が多すぎ、患者は足りなかったのだ。だが2007年、韓国観光公社が医療観光を成長の焦点のひとつ、また、国の「戦略的商品」のひとつとして設定した(2)。

韓国の進歩や外科医の技術をしきりに宣伝し、競争力の高い美容整形の価格を医療観光に来る客への魅力として打ち出した努力によって、**カンナム**の「整形ベルト」は、外見を向上させたい人たちをおおいに引きつける地域へと変わった。今日では**インチョン国際空港**、つまり毎年、施術のために韓国を訪れる何十万という人々の入り口で「医療観光サポートセンター」が観光客を出迎えている。

患者の40パーセントが中国人、26パーセントが日本人

2009年、約6万人の外国人が医療処置を受けるために韓国を訪れた(3)。2019年までに、医

療観光に来る人の数は50万人近くに達した。韓国保健産業振興院によると、毎年、その人数は着実に増加し、この10年間で8倍になったということだ。[4] 14年の韓国で美容整形を受けた人の約3分の1が観光客で、その割合は2020年に新型コロナウイルス感染症が大流行するまで増え続けた。[5]〈**オラクル**〉はほかの多くのクリニックと同様に、ホテルやレストランとあらかじめ提携し、美を求めて来る観光客向けのパッケージ商品を提供している。大金を賭けるギャンブラーが、ラスベガスで宿泊場所を無料で提供されるようなものだ。最高級のパッケージには、ホテルからクリニックまで車体の長いリムジンで送迎するといったサービスも含まれている。[6]

韓国コスメやスキンケアの場合と同様に、桁外れに人気の韓国のエンターテインメント業界が美容整形業界の動く広告塔となった。韓流ファンが世界じゅうからソウルにやってきて、お気に入りの韓国の俳優やK‐POPのスターにもっと似た外見にしてもらえる手術を受けた。そして、術後の回復を待つ間、韓流ツアーに参加したのだ。

このような「大衆文化と美容とマーケティングとの結びつきは、韓国の政府機関にも認識されている」と、韓国の美容整形に焦点を当てた研究をしている、教授のシャロン・ヘジン・リーが書いている。彼女によると、美容整形産業は宣伝する必要がないそうだ。なぜなら「韓流が世界的な宣伝となるからである」と。[7]

新型コロナウイルス感染症が流行する前年、海外から韓国に美容整形を受けに来る患者の40パーセントは中国人で、2番目に多いのが26パーセントを占めた日本人の患者だった。アメリカ合衆国、タイ、ベトナムが手術を受けにくる旅行客の上位5カ国に入った。[8] 韓国エステの人気の高まりによって〈**オラクル**〉の成長に拍車がかかり、同クリニックはこれらの国へ進出した。フランチャイズはアジア全体で60軒以上に拡大し、中国や日本、フィリピン、その他の国にある。**〈オラクル・クリニック〉**のような韓国のフランチャイズがほかの国々で営業を開始しても、韓国の「整形ベルト」は最新の、そして最も進歩した美容の施術を行なう地域として存在し続けている。韓国美容外科医の中には、世界で最高の技術を誇るものもいる。個人経営の外科クリニックの多くに院内薬局や幹細胞研究室があり、予測される結果を３Ｄ化して見せてくれる独自の診断用機器がある。

「ソウル、とりわけ**カンナム**は世界一、成長している形成外科市場かもしれない」とロサンゼルスに拠点を置く形成外科医のドクター・チャールズ・スーはわたしに話した。「間違いなく、すべての面でビバリーヒルズよりもはるかに成熟した市場だ。非常に競争力が高い点でも、専門性の点でも」

形成外科医やクリニックがあふれているせいで、施術料は原価かそれ以下に引き下げられる。ソウルの**〈オラクル・クリニック〉**ではひとつの部位（たとえば、額の部分とか、眉間のシワの部分）あたりのボトックス療法が、30ドルまで引き下げた価格で提供されている。巨大な形成外科医院ではもっと安い価格も可能だ。ドクター・スーがロサンゼルスのコリアタウンに移転する前の10年間クリニックを経営していたビバリーヒルズでは、部位ひとつにつき軽く２００ドルは請求される。

多くの東アジア人に生まれつき備わってはいない、浅い折り目をまぶたにつける二重まぶたの手術は、ソウルでとても普及しているので、ディスカウント価格で３００ドルまで下がる場合もある。アメリカの形成外科では、同じ手術の上眼瞼形成術がソウルの10倍もの高価格となるだろう。

「膣美容整形センター」

最大手の病院やクリニックは患者を絶え間なく引き入れるため、途方もない額の予算を宣伝に費やしている。その結果、**カンナム**ではきれいな顔のさまざまな画像を絶えず見せられる羽目になる。彼女たちはあらゆる方向からにらみつけてくるのだ。

長年にわたって地下鉄の駅の構内はクリニックの広告でいっぱいだし、エスカレーターには床から天井まで、完璧な韓国女性の顔の広告がこれでもかとばかりに貼られている。(9) そういう広告にはこんなキャッチコピーがついている。「きれいな女性はみんな知っている」。「目と鼻とフェイスラインの調和」。「追加手術なら当院にお任せ」。

最近「2014年」では、このようないらだたしい広告は非現実的な女性のイメージを助長すると、ソウル市民から何千もの苦情が殺到したことを受けて、ソウル特別市庁は美容整形の広告が大量展開されるのを減らすための規制を導入した。一例として、地下鉄の駅の構内では、美容整形のビフォーアフターを比較する広告は禁止されている。

だからと言って、顔の修正を思い出させるものが消えたわけではない。地上では、車が橋から降りて**カンナム**の形成外科地帯に入ったとたん、あちこちの窓にある看板が目に入ってくる。整形の前後を比較する女性の顔が載っているものだ。彼女たちの鼻や額や顎がクローズアップされている。韓国へ来たばかりのころに裕福な**アックジョン**地域に足を踏み入れたときのことを、わたしは決して忘れないだろう。地下鉄の駅のエスカレーターから通りに出て上を見ると、きらびやかな5階建てビルのてっぺんを横切るように鮮やかに書かれた唯一の英語に気づいた。「膣美容整形センター」

と。パンフレットによれば、そのセンターは「美的感性を考慮した」方法で女性の内陰唇をレーザーで整形することを専門にしているという。

「整形ベルト」で行なわれている形成外科手術の莫大な数は驚きにほかならない。最近、国際美容外科学会［ＩＳＡＰＳ］に提供されたデータに基づくと、韓国は人口あたりの美容整形手術の件数が世界一だ[10]。さらに、２０１８年のＩＳＡＰＳの調査によると、韓国は国民ひとりあたりの美容外科医の数でも世界一を誇っている。人口あたりの美容外科医の数がアメリカの2倍で、国民ひとりあたりの外科医の数は2位のブラジルをはるかに引き離して同国の１・５倍なのだ[11]。

21世紀になるころから、整形手術は韓国にとって、利益が上がって競争力の高いビジネスになった。この時期に医療保険制度や規制環境が変わり、医師にとって最も儲かる仕事は「外科の専門化、診断検査、薬剤の処方」に焦点を合わせることだった[12]。国は一時的に優遇税制措置をとり、その減税分を美容整形に充てて体を修正することが、良き市民の行動だという論理を支援さえした。

２０１０年までに、政府による韓流と医療観光の支援が後押しとなって、美容整形手術は日常の議論やオンラインフォーラムで普通のものとされ、一般大衆におおいに受け入れられた。包帯を巻いた整形手術後の患者がソウルを歩き回っているのを見るのは珍しくない。２０２０年の韓国ギャラップの調査によると、２０００年代の初め以来、70パーセントの韓国人は美容整形をタブー視していないという。ソウルの美容整形では、たいていは隠すような体の部分に関してすら、隠すものが一切ない。

いくつかデータをあげよう。

・12歳から16歳までの娘がいる韓国の母親の4人にひとりが、娘に美容整形を勧めたことがある。[13]
・2020年の韓国ギャラップの世論調査では、19歳から39歳までの女性の3人にひとりが美容整形を受けたことがあるという。[14] 19年のある調査によると、韓国人が初めて美容整形を経験した平均年齢は23歳だった。[15]
・前述の世論調査によると、労働市場でのチャンスを高めるためなら美容整形を受けると答えた男性は59パーセントだという。これは94年に比べると、30パーセントの急上昇だ。[16]
・結婚市場でのチャンスを増やせるなら美容整形を受けると、66パーセントの女性が答えた。[17]

整形リアリティ番組の「猿」

数十年にわたる宣伝と、形成外科クリニックがスポンサーになることもある圧倒的なポップカルチャーによって、何度も伝えられるメッセージは強固になる。体は監視されたり修正されたりするものであり、容赦なく観察され、矯正される。そして、医療的な介入を通じて体の表面を変える行為はかなりありふれたことだ。韓国の**「Let美人」**は、減量をテーマとするアメリカの「ザ・ビゲスト・ルーザー」のようなリアリティゲーム番組だが、こちらは整形による変身を売りにしている。数シーズンにわたって放送され、韓国で最も視聴者を獲得した。番組の出場者にはそれぞれあだ名がつけられた。たとえば、「フランケンシュタインそっくり娘」、「笑えない女」、「ぺちゃパイ母さん」、「猿」（美人でないと見なされる人にはよくある中傷だ）。そして彼らは審査員の前で、自分の外見を手術で完全に変えるべき理由を強調した。[18] 出場者は同情されるが、この番組は美の権威者で女性の外見を向上させる能力がある、神のような存在として現れる形成外科医たちをスターにするものだった。番組は「醜いあひるの子」である出場者たちが医師の診察を受けるシーンから、各エピソードの終わりに魅力的な姿を見せる映像へと切り替わる。だが、出場者が経験する副作用や、長期にわたる苦痛を伴う回復期間は番組で映さず、その間、彼らがしたはずの自問自答についても一切触れられなかった。もっと最近のドラマだが、新しいスタートが切れるようにと、大学に入る前に何度も整形手術を受ける少女を描いたものがある。それは**「私のIDはカンナム美人」**というタイトルでネットフリックスで見ることができる。

当然ながら、このような変身すべてを正常とすることにはデメリットがある。それは広い額とか豊胸手術を受けていない胸、くびれのないウエスト、低い鼻といった特定の体の特徴が、今では医療的な修正が必要な「変形」だと見なされることだ。

友人のジョイスとわたしは**〈オラクル・クリニック〉**の埋め込み式の明るい照明の下でほかの施術エリアを抜け、狭い部屋に案内された。そこにはシーツと柔らかいブランケットが掛けてある2台のベッドがあった。担当のエステティシャンは吸引ホースがついた加湿器そっくりの、基部が四角い、白いプラスチック製のマシンを2台運んできた。わたしたちは温まったベッドに横たわり、心地いいピンク色のブランケットで体を覆った。わたしたちがくつろぐと、エステティシャンたちは回転しながら吸引する棒状のものがついたマシンの吸引ホースを顔に当て、あちこち動かしながら油分や皮脂、そのほかの汚れを毛穴から吸い出し（言うまでもなく、小さな吸引音が聞こえていた）、同時に保湿成分を肌に与えていく。

施術の吸引の部分が終わって、わたしは紫外線A波（UVA）ライトを放射するヘルメットタイプの装置の下に座った。その後、空色の仕上げ用マスクで顔を覆われたけれど、それはベタベタして、光沢のあるゴム状に固まり、まるで生き埋めにされているような感じがした。いらいらしながら横たわったまま、マスクを顔から引きはがしたくてうずうずしていると、のちに3人目の娘として生まれた胎児がすばやく動くのを感じた。娘はわたしの閉所恐怖症を感じ取ったのかもしれない。

　美顔術が終わり、ジョイスとわたしは色つやがよくなった顔で眠気を覚えながら施術室を出た。前よりもジョイスに親しみを感じた。友人の毛穴から出てきた汚れがマシンの中で動き回っているのを見ると、たちまち友情が深まるように思う。

　ロビーに案内されていったところ、さっきよりも多くの人が顔に**麻酔クリーム**を塗られてラップで覆われていた。アメリカの美容整形ではプライバシーが重視される。**〈オラクル〉**や同じようなほかのクリニックでは、顧客がどんな美容処置を施されているかがまわりにわかっても気にかけない。そして、施術の対象のほぼすべてが顔だ。2021年の韓国の女性を対象にした調査によると、「ちょっとした美容外科手術」（ボトックスやフィラーのような注入美容）は回答者が経験した最も一般的な施術で、それに続いたのが二重まぶたの整形と鼻の整形だった。4番目に脂肪吸引術があげられた。整形手術の第2位の市場であるブラジルと第3位のアメリカでは、体の整形手術のほうがはるかに一般的で、少なくとも、つい最近まではそうだった。いっぽうアジアではフェイスファーストだ。[19]

　1980年代の中国のメロドラマにラウ・シュッワーというスターがいたが、彼女の名前はわたしの記憶に焼きついている。記憶にあるのは彼女の名前であって、顔ではない。彼女がどんな顔立ちだったのか思い出せないのだ。わたしが子どものころ、両親の友人がディナーパーティやマージャンのためにやってきたとき、ふたつの感想を述べたものだった。ひとつ目はわたしのまぶたに関するもので、ふたつ目はわたしがラウという女性に似ていること。彼らは中国語でこう言った。「ごらんよ、あのシュアン・イェン・ピィー〔翻訳すると、二重まぶたということ〕を。あんたはミニサイズのラウ・シュッワーだね」

わたしは子どもなりにそのような言葉、つまり二重まぶたも含めて、見たこともない女優に自分が似ていることを好ましいと解釈した。もっとも、どうしてそんなことが褒め言葉になるのかという疑問は残った。わたしには理解できなかったが、それは大人にとって価値のある長所だったのだ。小学校3年生のとき、どうあってもわたしが自分たちと違うことを指摘しようとする白人が、アジア人の目は「つり目」だと見なしていることを初めて知った。スクールバスの後部席に座る、いじめの対象を絶対に見逃さない男の子たちがこんな歌でわたしを嘲った。「チャイニーズ、ジャパニーズ、ダーティ・ニーズ（汚れた膝）。これを見ろ」。そして顔の両側を横に引っ張って目が細長くなるようにした。

〃わたしはつり目じゃないわよ〃と当惑して自分に言い聞かせた。わたしの目は白人のものと同じように丸くてまぶたがある。東アジアの女性の半分は生まれつき二重まぶただ。[20]ということは当然、もう半分の女性は一重まぶたで生まれると推定される。一重まぶたはシワのない「1枚の」まぶたで、それが細い目とか、つり目とか、垂れ下がっていると悪口を言われる。一重まぶたは上眼瞼形成術で二重まぶたにすることができる。この手術は垂れ下がった、またはたるんでいる上まぶたの皮膚を持ち上げ、美容が目的の場合は一重まぶたの中にシワを作って、韓国語で「**サンコップル**」、つまり二重まぶたを作り出す。それは韓国で最も人気があって一般的な美容整形で[21]、高校を卒業する娘や息子に贈るようにと親に勧められる、特別に値引きされた3点セットの手術の一部だ[22]。

西洋化? いや違う

韓国で次に人気がある手術は鼻整形術、別の言い方をすれば、ノーズ・ジョブだ[23]（これも特別値引きされた3点セットの手術のひとつだ）。形成手術が韓国であまりにも求められ、受け入れられたので、このふたつの手術、特に二重まぶたの手術が一貫して普及していることが、不穏な疑問へと発展した。つまり、韓国人は白い肌と大きくなった目、それに長く高くなった鼻で外科的に外見を「西洋化」しようとしているのではないか、と。簡潔に言えば、答えはノーになる。もっと長い答えは、医療が歴史と絡み合った複雑な事情に関わりがあるというものだ。

２０００年以前、韓国の美容整形産業が未熟だったころ、まぶたと鼻の手術を西洋の美の基準と結びつけた研究者たちがいた[24]。だが、21世紀の韓国の医師や患者は「白人のような顔」という概念すら否定している。本書のためにわたしが話した何百人もの中で、韓国で形成手術を受けようとする動機が、ますます白人らしく見えるようにすることだと言った者はひとりもいなかった。

「美の理想が変化することを、『白人』になりたいという短絡的な願望に単純化するべきではない。『白人』という概念自体が非常に流動的な、人種のカテゴリーに関連するものだからだ」とオーストラリアの研究者のジョアンナ・エルフヴィング＝ウォンは書いている[25]。人類学者やエルフヴィング＝ウォンのような学者は、特定の地域で整形手術が人気になった最も影響力のある要素として、その地域の歴史や文化、そして重要なことだが、階級を基盤にした力学を考慮してきた。彼らは一様に、健康や美の規範に関しては、外部の影響よりも地域の文化的な力学のほうが重要だと発見している。それどころか、そもそもアジア人の美を判断する場合、人種を決定要素として強調することは植民地主義的であると、多くの学者は指摘する。

磁器のように白い肌が好まれるという問題については、西洋による植民地化の影響より何世紀も前にさかのぼる。918年に建国された韓国最初の王朝である高麗の時代というはるか昔から、肌が清潔で白くなるようにと、子どもは桃の花の水で顔を洗っていた[26]。農耕社会の韓国では、白い肌は階級の目印となるもの、ステータスシンボルとされた。「特権階級の者は太陽の下で労働をしません」と韓国のメイクアップアーティストのキム・チョンギョンは言った。「その結果、肌がいっそう白かったのです[27]」

今日では、いわゆる美白セラピーや美白の施術、美白関連製品が豊富にあり、東南アジアのように生まれつき肌の色が割と黒い国の市場にかなり出回っていることが、論争を引き起こしている。前にも述べたように、美白成分が入っているとされる製品には、それほど肌を明るくする効果はない。だが、ヨーロッパ諸国による東南アジアの征服や植民地化の歴史を考えると、インドネシアやベトナムやタイの人々に、肌の色を明るくするというメッセージを大量に押しつけることは好ましくないだろう。

発明者は日本人医師

最も人気のある美容整形手術に関してだが、まぶたの整形手術が行なわれた記録は19世紀後半にさかのぼる。1896年、当時、日本の眼科医の美甘光太郎（みかもこうたろう）は自分が発明したと主張する手術を行なったあと、一重まぶたから二重まぶたを作ったという自身の外科技術について、この手術では最初に知られている論文を書いた。[28] 彼は日本の医学誌の「中外医事新報」に自身の方法を詳細に記し、手術前後の目の絵も載せて、自らの独創的な手順の改良点まで紹介している。美甘は目の上を切断せずにまぶたを縫合することで二重にする方法を考案し、彼よりも1世紀以上あとの外科医たちがまぶたの手術に使い始めた、メスを使用しない「新機軸」を予測していた。

日本は数百年もの鎖国のあと、1854年の日米和親条約の締結に続いて、西洋の影響を受け入れるようになった。西洋化の波は食べ物からファッションにまで及んだ。美甘自身は、日本人の顔に関する論文で人種的な力学については触れていなかった。彼は一重まぶたを「不具合」として描写し、眼科医が見落としがちだった「状態」と述べていた。「しかし、日本の浮世絵師や作家は」と彼は書いた。「注目した……彼らは二重まぶたを穏やかなかわいらしさの象徴と見なしている。一重まぶたは女性を無愛想に見せるときもある」[29]

当時は最新のものだったこの手術に、アメリカの特派員たちによって人種的な意味がつけられた。1895年2月、名前は不明だが、「ロサンゼルス・タイムズ」紙のある特派員が日本の手術について書いた。先駆者的な医師の名はあげずに、「小さな眼瞼形成術」と書いているが、当時、美甘が多数の患者に行なっていた手術のことだろう。「文明化された世界で認めてもらおうと努力する中で、日本人は自分たちにとっての最大の障害が、蒙古系の祖先を持つという見間違いようのないしるしだと気がついた」。さらに特派員はこう続けている。「蒙古系の民族に対する偏見は明白である」ため、日本人は蒙古系の遺産の「証拠」と「呪い」を隠すためにその手術を適用した、と。[30]

その手術法が実際に普及したのは50年経ってふたつの世界大戦を経験し、朝鮮戦争が終結してからだった。韓国に駐留していたアメリカ人の外科医が手術法を編み出したときのことだ。整形手術が盛んになった理由の多くが戦争と結びついていることは間違いない。それは戦闘によって損なわれた外見を修復する方法として始まった。第二次世界大戦中と戦後にアメリカ軍とヨーロッパ軍がアジアの国々にいたのは、これらの地域で整形手術がもっと一般的になる最大の要因だった[31]（その時期にアメリカとヨーロッパでも整形手術が増加した[32]）。ジョン・ディモアは著書の『Reconstructing Bodies』に、「手術そのものよりもさらに重要なのは、手術が行なわれた戦後の状況であり、医療援助は善意の現れの証拠として行なわれることが多かった」と書いている[33]。その後、外科の傾向は体の復元から美容整形へと拡大していき、今日ではそれが形成外科分野で多数を占めている。

「形成外科医の楽園」

ディモアは２０１３年の著書で、世界でもトップクラスである韓国の形成外科業界のルーツは、現在の国を形成することになった20世紀中ごろの流血の戦闘後の再建医学にあると主張している。第二次世界大戦が終結した直後の数年間、かつては統一されていた朝鮮をアメリカとソ連が占領し、日本による同国の長い占領期間は終わった。その後、アメリカは１９５０年から53年までの朝鮮戦争で南側と連携し、韓国との同盟は現在まで続いている。

二重まぶたの手術が一般に普及し始めたのは１９５４年、米国海軍の韓国での形成外科医長だったデイヴィッド・ラルフ・ミラードが二重まぶた整形の独自の方法を考えついたときだった。自分の患者ではなかったが、彼は売春婦たちにその手術を試みた[34]。ミラードの業務は米軍兵士と戦争犠牲者に焦点を当てたもので、彼は戦後の韓国を「形成外科医の楽園」と断言した。戦後の負傷者の症状が多岐にわたっていて、ミラードにとって自分の技術を実践する機会がいくらでもあったからだ。[35]

ミラードは長短両方ある遺産を残した。まず、生まれつきの一重まぶたは治すべき欠陥だと彼は考え、その論文には民族的な自覚と白人優越主義の概念が含まれていた。[36] 1964年の論文で、ミラードは「西洋の目」と「東洋の目」を区別し、二重まぶたの手術は、東アジア人の半分が生まれつき持っている一重まぶたの特徴を消すことだと認識している。[37] ミラードの立場を無視するわけにはいかない。彼が担当した韓国人の売春婦である患者たちは、顧客の米軍兵士を引きつけたいと願ったのだ。ナディア・Y・キムはそれについてこのように書いている。「米軍と［ミラード］は白人という人種の体に対する韓国人の劣等感を具体化していた」と。これはアメリカと韓国の関係に力の差が組み込まれていた結果だ。[38] ミラードはアメリカ人の好みに合うように韓国人の顔を変える方法を普及させ、そうすることで、韓国においては戦後の西洋男性の視線が望ましい判断基準だと決定づけた。

韓国形成外科学会は1966年に設立された。[39] 初期の外科医は訓練や医学面での交流をアメリカに頼っていた。20世紀後半、韓国が急速に発展すると、美の理想の一部はアメリカやヨーロッパとの文化的な交流の影響を受け、ハリウッドを通じて広まった情報も多かった。[40] 初期の外科診療もアメリカの影響をおおいに受けた。韓国の施術者は技術や手術について西洋のテキストから学んでいたのだ。[41]

1970年代と80年代のそういう技術は「西洋の」特徴を指すかもしれないが、韓国美学の研究者ジョアンナ・エルフヴィング＝ウォンはこう書いている。「初期の外科診療が西洋の技術の影響を多大に受けているとしても、体から『人種的特徴を除去』したいと韓国が明確に望んでいるという結論を引き出せるほど、現代の状況は単純ではない」。つまり、「西洋の」特徴を作る時代は、限られた間しか続かなかったということだ。今日でも西洋の特徴が続いていると言うのは、近頃、髪を短くしている誰もが、1970年代のドロシー・ハミルの真似をしていると言うのと同様だろう。医師や患者自身は「西洋」風の外見にしてほしいという要望を聞いたことも、出したこともないと語っている。

とはいえ、韓国人が目を「西洋化」したという植民地主義者的な概念は根強く残っている。一重まぶたの東アジア人がもっと局地的な何か、ほかの東アジア人の顔の特徴を求めているだけかもしれないという考えは、太平洋の向こう側に伝えられなかった。1990年代、韓国の形成外科産業の成長が「ウォール・ストリート・ジャーナル」紙や「ロサンゼルス・タイムズ」紙のようなアメリカのメディアに注目されたとき、記者たちはふたたび植民地主義的な推測をして、韓国が西洋化を決意したといった記事を掲載した。(42)

実際には、1990年代に形成外科業界の拡大を駆り立てた二重まぶたの魅力は、わたしが絶えず耳にした、標準中国語を話す移民の間で人気が高かった中国人の女優のラウ・シュッワーのような、近くの国の影響を受けていた。また、韓国にはメディアが理想の韓国美人と1980年代に呼んだ、映画スターのファン・シネがいる。(43) 東アジアで最も求められた顔はメグ・ライアンではなく、二重まぶたのファン・シネのものだったのだ。

韓国が本格的に「裕福な」国になった2000年代から、美と見なされるものや、そういう美を手に入れる方法は韓国人によって何度も再構成され、再取得されてきた。[44] わたしは西洋メディアの思考が染み込んだ自分の推測と闘いながら、1800年代後半に初めて美容の眼瞼形成術を行なったとされる日本の眼科医の論文に戻った。彼が何と書いたか、覚えているだろうか？「日本の浮世絵師や作家は……この〔目の〕状態に注目した」。報道をしていた数年間、白人みたいに見られようとしていると、普通の韓国人から聞いたことは一度もなかった。彼らはもっと若くなりたい、もっと「**愛嬌**（エギョ）がある人」に、つまり「かわいい人」になりたいと言った。そして率直に言うと、「かわいい」の標準はアニメのキャラクターや、ソーシャルアプリのデジタルフィルターで加工されたもののように見えた。その意味で、二重まぶたの手術を最初に考案した日本人医師はそんな手術方法を生み出した点で時代を先取りしただけでなく、この手術が人気になった理由を、早い時期に人種的な件とは無関係に示していた。つまり、目を大きくする手術を受ければ、顔がいっそう芸術的に見えるということだ。人生は芸術を模倣するという考えは目新しくないが、今ではそれを実現するためのツールが格段に優れたものになっている。

研究者のジョアンナ・エルフヴィング゠ウォンの指摘によれば、アジアの外で交わされるこのテーマについての話は、「生物医学や外科技術の急激な変化を都合よく無視している」そうだ。彼女の著作によると、そのような急激な変化は「今や韓国における美容整形がアジア人の特定の顔や体の美しさを強化し、自然に見える韓国人の美（**すっぴん**（センオル））を作り出すように考えられていることを意味する」という。[45]

「バランスの取れた顔」という美学

顎の輪郭は、アジアを起源にした美学が最も明確に現れる部分だ。21世紀になるころ、韓国の医師やメディアは美容整形のひとつのトレンドを煽り始めた。韓国の価値観にとってとても特殊なトレンドなので、韓国人が西洋化を試そうとしている可能性など完全に排除されるだろう。

１９９０年代の後半から、韓国の医師は目や鼻などの大きさや形といった特徴よりも、顔全体の形やバランスを考えるようになった[46]。

最もきれいな顔や最も「バランスのとれた」顔になりたいという要望によって、主に改善すべき部分として顎に注目する人が増えた。左右対称の顔を好む場合、顔の上半分（額、目、鼻）は下半分よりも大きく見えることが求められる。若者にとって理想の顔の典型は、大きな目（必ずしも二重まぶたでなくてもいい）、やや鼻梁が高くて尖った（だが、上を向いてはいない）鼻、そして左右の輪郭が合わさって**V**の文字、つまり**Vライン**を作った鋭角的な顎をしたものだ。このような理想は男女に共通で、若く見える柔らかそうな外見に焦点を当てている。「**エギョ**がある」外見ということだ。

Kビューティーのほかの側面と同様に、顔の比率に焦点を当てることの起源は古くもあり、新しくもある。古いものは「人相（インサン）」、つまり第一印象についての伝統的な東アジアの信念に起源を発する。そして新しい起源は、魅力的な顔を作り上げる正確な比率に関する疑似科学に関連している。インサンは東アジアの文化で歴史的に重要だ。それは自己のほとんどが顔に現れるという概念、人相学に基づいていている。

顔はその人の全体的な性格を表す窓であり、運命さえ予測できるとされる。占い師に助言を求めることは韓国で長らく人気だったが、1997年のアジア通貨危機のころ、職を巡る競争が激化してからいっそう注目されるようになった。市場調査会社のトレンドモニターによると、2020年の調査で、回答者の80パーセント以上が占い師を利用したことがあると答え、運勢を見てもらったことが複数回あると答えた者は29パーセントだった[47]。

中国が起源の伝統的な人相占いでは、顔の下3分の1である顎が人生の後半を読み取るために用いられる。顎の形に関心を持たれる理由の一部は、それで説明がつくだろう。そこでわたしは人相見のタオ・ソクに、美容整形した人が多くなると、彼自身の仕事も含めた人相占いの仕事は影響を受けるのかと尋ねた。「最近では、整形した顔を見ることがますます多くなっています」と彼は語ってくれた。そこでタオと同業者は、運勢を読むときに整形による変化も考慮することにしている。インサンを変えることで事前対策を講じることができ、その結果、運命を変えられる者もいるとタオたちは信じているのだ。そうした人々はキャリアを高め、パートナーを得る可能性が増えるように、人生をコントロールしているに違いない。「顔を変えれば、惹かれる人々も変わるかもしれません。その結果、人の運命も変わるでしょう」とタオは言う。

切除、分解、再配置

医師たちは2000年代の初めに、かつては再建の目的でしか行なわれなかった顎の輪郭の手術を、商業的な美容整形手術として普及させ始めた[48]。さらに、顔の下半分の再形成を目的とした**Vライン**手術も普及するようになった。これは華奢な外見の顎にするため、上顎と下顎の両方（上顎骨と下顎骨）を削り、ときには切除し、分解し、そして再配置することが含まれている[49]。顎の大きさや形を変えると、顔全体が変わってしまう。顎の輪郭の手術は韓国で韓国の医師によって標準化されたため、まぶたの手術や鼻形成術よりも注目を浴びている。

こういう動きにはささやかな地元の誇りも見られる。２０１４年、あるクリニックがふたつの巨大なガラス容器に入れた２０００以上の顎の骨の断片を展示した。ひとつひとつの骨にはそれを削り取られた患者の名前が貼ってあった[50]。韓国では10年以上にわたって人気がある顎の輪郭の手術だが、アメリカやヨーロッパの医師にはまだ「異質の」手術と考えられている。

インサンの概念によっては手術する気持ちをかき立てられない人には、ポピュラーサイエンスがある。クリニックは生物統計学を利用して、中庸とか、１・６１８という黄金比を引き合いに出し、顔の「完璧な比率」を表現してみせる。この真偽が怪しい考え方は自然や建築物、または人間の体において、見た目が好ましいと感じる数学的な比率によるとされている。

花びらの枚数でも、巻貝の同心円状の輪でも、そのように製造されたわけではないが、自然界のさまざまなものに１・６１８という数字が見られると言われている。この比率を人の顔に適用する場合、顔の長さを幅で割って理想の結果を出すのだが、多くの形成外科医によると、それは１・６になるという。最も魅力的とされる顔は横幅よりも縦幅がおよそ１・６倍長いことになる。

「それには何らかの学術的、または知的な根拠があるのだろう」と形成外科医のドクター・スーは言った。「多くの生物学的発達の過程はフラクタル幾何学と関連している可能性がある。フラクタル幾何学は黄金比と数学的に関連づけられる。ぼくの場合、実際の施術に関しては具体的に顔を測定するわけではない……しばらくすると、患者の顔を見るだけで、美しくするためのゴールをどう目指すのがいいか、手術でどんなことが可能なのかよくわかるようになる」

韓国の生物学者から社会科学者になったイム・ソヨンは研究の一環として、ソウルにある最大手の美容外科クリニックに3年間、身を置き、患者の情報入力をしたり、手術や術後の回復過程について患者に案内したりしていた。病院の内部で数年働いた経験によって、医師が推奨する顔がいっそう具体的に明らかになった。それは1：1∨1だ。顔の縦と横の長さだけを考えるのではなく、医師は顔をみっつの部分に分けた。便箋をみっつに折るときと同じようなやり方だ。まずは額、そして眉から鼻の下、そのあとは鼻の下から顎である。バランスの取れた比率はこれらの部分が等しいもの、つまり1：1：1となる。「それは平均の数字です」とイムは言う。「美とは平均を超えることなので、理想としては、鼻の下から顎の部分はもう少し短くなければなりません――つまり0・7ですね」

イムはこれが「完全に社会的に構築されたものです」と述べているが、医師たちは自然界にある美の証拠を見つけ、「美しい」とされる顔との共通点を探すために分析して、黄金比の正しさを説明している。「彼らはあらゆるものを測定します」とイムは医師について述べる。「目と目の間の長さとか。顔のどの部分も測るのです」

重要な点だが、測定は三次元の顔の表面で行なわれるのではなく、相談で来院した患者の顔を病院が撮影した写真で行なわれる。「直接、誰かの顔を見ても、比率はなかなかわかりません」とイムは言う。「しかし、顔の写真を撮れば、コンピュータ画面やモニターを通じて二次元の表面が見られ、比率はかなり明確になります」。わたしはこう尋ねた。でも、それだと三次元で直接相手と会ったときよりも、二次元での見た目を優先することになりませんか？「そうですね」イムは言う。「違いはあります。だから、手術の結果に失望する患者もときどきいるわけです」

このような比率は自己強化的に影響を拡大していき、望ましい顔についてのフィードバックのループが生まれている。リサーチからわかったことだが、２０１０年から２０１９年の間に韓国の形成外科医、美容系インフルエンサー、そしてリアリティテレビのそれぞれによって、より細くて華奢な顎の輪郭が望ましいという考えが強められた。形成外科医は顎の骨を削る手術でそのような顎になれると請け合った。「リアリティ」テレビの大変身をうたう番組に出演した「現実の（リアルな）」人々は追いたがった。有名人はそんな手術を受け始め、彼らが作り出した流行を現実の人々は前よりも細くなった自分の顎を称賛し、それは外科医の行なった手術の宣伝になる、というふうに続いていった。このような市場は広い意味での美という規範を受け入れない。もしも誰もが美しいなら、美しい人がいないことと同じになってしまう。そのため、美の基準は狭くなっていくが、手術を受ける金銭的余裕があれば、手に入ることになる。

自己強化と自己評価

英国の哲学者のヘザー・ウィドウズは著書の『Perfect Me』で、美と倫理観との融合について書いている。彼女は美が倫理的な理想として機能するようになったと主張し、ある人間の善良さが外見によって示されるための条件を3点あげている。

（1）変えることができる体である（体の可変性は比較的新しい現象だ）

（2）「ボディワーク」［ピラティスやヨガなどのように、体に働きかけること］または労力が必須である

（3）力を秘めている

現代の韓国では、これらのどの要素も一段と強力になっている。[51]「自己変革」の技術にこれほど引きつけられるのは、このような改善策が金銭で手に入り、低い自己評価を克服して人を強くする手段として内面化されているからだ。[52] だが、自己強化と自己評価とは同じものではない。研究で示されているが、美容整形によって体に関するイメージは向上するものの、[53] 全体的な「心理的な幸福感」は「かなり小さい」という。[54] 心理的な結果は手術の種類や、そのような施術を受けることについての個人の動機によってさまざまだ。[55]

整形手術を受ける患者の中には身体醜形障害［自分の顔や体を醜いと感じる心の病気］に苦しんでいる者もいて、手術を受けることでドーパミンによる快感を経験するかもしれないが、その喜びは薄れていき、小さな手術を何度も繰り返し、あれこれと果てしなく受ける可能性がある。[56] 調査から示されているが、最終的に、完璧さを追求する行為には中毒性があり、自分を破壊することになりうる。不完全と思われそうな自分を世間に見せることを恐れるようになり、鬱病や不安症に陥り、生活が停滞する場合もある。[57]「もし、測定基準がＫ－ＰＯＰのアイドルのようになろうとすることなら、決して終わりはありません」シャロン・ヘジン・リーは言う。「それには限界がないのです。完璧な韓国女性に見えるようになりたいなら、時間も労力もいくらあっても足りないでしょう[58]」

時が経つにつれて、美がますます道徳性と融合するようになると、「良い人」のイメージと経済的に合理性を持った人間とが結びつき、「自己評価」の意味が変わり始める。現代の資本主義社会

（アメリカや韓国）での自己評価は、さまざまな外的指標に基づいたポジティブな自己査定を意味することがある。[59] それは必ずしも自尊心や思いやりを意味するわけではない。

人々は競争の激しい結婚や仕事の市場で「成功」するために絶えず自分自身を測定し、判断して、規律を守らねばならない。そのため、社会的な基準や美的な尺度を満たして、個人的な「力」を得ている。このような測定基準は人の心の中で何が起こっているかについては考慮しないのだ。

第7章　そしてわたしも顔面注射（274回）をした

心理クリニックの隣の形成外科

わたしはある形成外科医と話すために、ソジョンという名の通訳と会った。彼女は30代初めと思われる、低い声をした落ち着いた韓国女性で、一緒にドクター・ソ・グァンソクに会いに行くことになっていた。彼の診療所は英語テスト対策の語学学校のチェーン（アメリカの教育会社である〈カプラン〉の大学進学適性試験対策の講座を思い浮かべてほしいが、一発勝負の英語試験のためのものだ）でほとんどが占められた建物の12階にある。エレベーターから降りると、ソジョンはくすくす笑った。形成外科クリニックが、不安感や抑鬱が専門の心理クリニックの隣にあることに気づいたのだ。「まあ、何を言いたいかはわかるけど」わたしはからかった。

わたしたちは高級そうな照明がある巨大な白いタイル張りの床のロビーを通って、ドクター・ソと対談するためにオフィスに案内された。40代半ばに見える、紫色の手術着に身を包んだドクター・ソはわたしと向かい合う席に腰を下ろした。彼の横には30インチのモニターが2台あり、背後の窓際には虹色をした人間の頭蓋骨のレプリカ、**〈ペペロ〉**(スティック型プレッツェルにチョコを掛けた菓子)の箱、それにアイアンマンの小さなポスターがあった。

ドクター・ソは何についても淡々とした口調で話し、まるでみんながすでに知っていることだと言わんばかりだった。そこに座っていると、わたしは穏やかな気分になると同時に、どう見られているかが気になってしまった。彼が毎日やっていることは他人の顔を判断し、修正することだと知っていたからだ。

彼は2004年に診療所を開き、顎の輪郭の手術、豊胸手術、鼻形成術、脂肪吸引といった人気の手術を何でも行なっていたが、10年ほど前、自分の最も得意な分野である顔のたるみ治療に特化しようと戦略的決断をした。ドクター・ソの見積もりによると、彼の施術の60パーセントは目の下のクマを取り除く下眼瞼形成術だという。残りの施術は頰の**スレッドリフト**と額の**スレッドリフト**。**スレッドリフト**は切らない**フェイスリフト**で、とても見事な施術だ。外科医はピンと張ったワイヤーのような溝のついた「糸(スレッド)」を使用して、患者の皮膚の下に滑らせて溝が頰や額の内側に引っかかるようにする。いったん、ワイヤー状の糸が皮膚をとらえると、その糸を引き上げることによって、たるんだ部分の皮膚が持ち上がる。

彼はこのような手術の専門家になることを選んだ。これほど競合がいる美容整形の市場では、生き残るために得意分野を主張しなければならなかったからだ。さらに、韓国で形成外科医として成功するため、ドクター・ソはアメリカの形成外科医ならめまいがするほどのペースで多くの手術をこなさなければならない。わたしが報道の仕事を通じて相談していた形成外科医にドクター・チャールズ・スーという人物がいる。彼が26歳でわたしが19歳だったころ、ふたりで真夜中すぎに台北（タイペイ）のカラオケで一緒に歌ったものだ。そのころ、彼は台湾の首都の国立台湾大学病院で、ハーバード大学医学大学院のプログラムの一部としての実務研修を終えるところで、わたしは短期留学中だった。卒業後、彼はスタンフォード大学でさらに研修を受け、ビバリーヒルズに個人経営の形成外科クリニックを開いた。彼が言ったように、そこは「顧客がいるところ」だからだ。ドクター・スーは週に3日、手術をすると話してくれた。それはアメリカの外科医にとってはぎっしりつまったスケジュールだと考えられている。

週に何件くらいの手術をしているのかと尋ねると、ドクター・ソは言った。「週に何件か、というのですか？　1日に何件かという答えでどうでしょう？」。彼がさらに続けたところによると、日曜以外の毎日、手術をしているという。1日につき、少ないときで2件、多いときは10件、手術をするそうだ。平均すると、1日あたり4件の手術を週に6日行なっている計算になるらしい。ドクター・ソは同僚の形成外科医の大半と同じように、開業以来ずっとこのペースで働いてきたそうだ。

こういう医師たちは手術を数多く繰り返して実践することで優秀になる。本書のための調査でドクター・スーと再会したとき、彼はロサンゼルスのコリアタウンにある診療所を引き継いでいた。そこは多くの韓国系アメリカ人の顧客を対象にしており、彼は革新的な韓国の外科医の治療について聞く機会を得て、やがてそれを学ぶことができた。彼はソウルにある形成外科クリニックを訪れ、そこの医師たちを観察して学習した。そういうクリニックには海外から医師が頻繁に訪れ、少額の料金と引き換えに見学している。「ぼくは［**カンナム**のクリニックを］4軒か5軒訪ねて、技術をいくつか習得したよ」ドクター・スーはわたしに語った。「そこの外科医の中には驚くほど優秀な人もいた。見事と言うしかない技術を持っていたんだ。怖くなるくらいの者もいたよ。手術をスピーディにこなすことに集中しすぎていたせいでね。なんというか、もう信じられないほどの速さなんだ」

供給過剰の市場と激しい競争のせいで、韓国の形成外科医は絶えず診断の方法を革新的なものにし、新しい手術を考案している。そのひとつは「普段の表情が怒っているように見える」顔を修正するため、患者の口の両端が上向きになるように手術で留める方法で、これによって常に微笑んでいるような表情になる。もうひとつの革新的な方法は目の下にフィラー注射をして、「もっとかわいい」外見にするものだ。これはドクター・ソが学生時代に医学の教科書からは学べなかった事柄に対処するため、彼とほかの韓国の医師たちが考案した施術の一例だ。アジアの顧客が顔に求めているものに応えるために。

東アジア人の目は白人や黒人の目よりも下まぶたに脂肪が少ない傾向があるので、まぶたの下に脂肪を少し注入すると、見た目が良くなる。これは彼が読んだ教科書になかったテーマだった。「医学は西洋から入ってきた学問の分野なので、わたしはおおいに苦労しました」と彼は語ってくれた。「わが国では本を判断の基準にはできません」

アンジェリーナ・ジョリーかソン・ヘギョか

ドクター・ソはオフィスで、2台のパソコンのモニターにある小さなフォルダー・アイコンをあれこれ探し回り、2枚の写真を取り出してスクリーンに並べた。左側はアンジェリーナ・ジョリーの顔を大写しにした写真だった。右側は同様に画像をトリミングした、韓国スターの三大女優である「ビッグ・スリー」のひとり、**ソン・ヘギョ**の写真だ。この三大女優の輝きは、１９９０年代のジュリア・ロバーツとメグ・ライアンとサンドラ・ブロックに比べられていた。

「どちらのほうが美しいですか？」彼は尋ねた。

わたしは答えた。「あなたが何を美しいと考えるかによりますね」

彼はさりげなくその言葉を受け流した。そして、窓際にある虹色の頭蓋骨のレプリカを片側に寄せ、それぞれの女性を例として提示した。アンジェリーナ・ジョリーをアメリカ美人の例として、**ソン・ヘギョ**を韓国美人の例として。彼は細長いタッチペンを使い、ふたりの有名人の生来の違いを強調するために、顔のいくつかの部分を何度も円を描くようになぞり始めた。

「彼女の顎の輪郭を見てください」彼はアンジェリーナのくっきりした顎の輪郭をペン先でつついた。

「この部分はあまりにも男性的だと思います。そうでしょう？　わかりますか？」

右のモニターに映し出されたアジア人の女優の写真にタッチペンを動かしながら、彼は目の下の部分をペンでなぞり、アジア人の目が顔に沈むというよりは、飛び出ている傾向があることを示した。だから、笑っている目とかキュートな肉という意味の「**愛嬌肉**（エギョサル）」［涙袋のこと］と呼ばれるものを作る施術は目の下にフィラー注射をして、顔をもっと子どもっぽく見せます、と彼は言った。

「そんなわけで、わたしたちが行なう手術の方向性は西洋のものと違います。目の下に少し脂肪がありますね。韓国ではそういう特徴が好まれるので、そのために修復術［脂肪を追加する］を行ないますが、西洋人はその特徴を好まず、脂肪を取り除こうとする傾向があります」

ドクター・ソの話によると、これまでのキャリアではたいていの場合、韓国人は自分がなりたい顔の韓国の有名人の写真を持参したという。だが、こういう顔にしてくれと、患者がインターネットのインフルエンサーの写真を見せることが次第に増えてきたし、魅力的な友人といった無名の人間の写真を持参することさえあるそうだ。

「魅力的な顔」のためのアルゴリズム

2021年12月、著名なアメリカのエンターテイナーのアリアナ・グランデが自分の写真をネットに投稿した。目尻からVの字に仕上げる濃いウイングアイラインを入れ、肌の色よりも明るいファンデーションを塗り、韓国メイクと関連づけられることが多い鮮やかな赤いリップを塗った顔だった。

アリアナがアジア人の特徴を真似した、「アジアン・フィッシング」だという批判のコメントがオンライン上に殺到し、彼女は即座に投稿を削除した。だが、アジア人を自認する擁護者の中には、そもそもそんなアリアナの見た目を「アジア人」に関連づけることが、アジア人の外見に対する偏見を裏づけたと意見を述べた者もいた。アジア人は肌が青白く、西欧人よりも小柄で、つり目だと考えられているということだ、と。同じ年のそれよりも前に、K‐POPファンの白人の英国男性であるオリ・ロンドンが、何度も美容整形をしてBTSのJIMINのようになった。それからロンドンは自分を「トランスレイシャル」と表現し、その結果、物議を醸すことになった。文化の適応に力の差があることは脇に置くとしても、こういう例は、世界的な美の基準を設定するリーダーとしての西洋の地位がある意味で薄れてきたことを示している。地政学的な指導者としてのアメリカの役割が衰えてきたのと同様だ。

常に最先端を行く韓国の医師たちは、すでにグローバリズムを考慮に入れている。韓国の美容整形を研究するイム・ソヨンの話によると、クリニックは美しくて魅力的な顔を分析するためのコンピュータアルゴリズムを設計し、絶えず微調整しているという。これによって彼らは顧客に最適な手術を提案できる。

このようなアルゴリズムがさまざまな民族の美人の顔の比率を測定し、集計データを分析して「世界的な比率……あらゆる人種での一般的な美の理想」を見つけるらしい。これはテクノロジーによる視線が作用していることの現れの一部で、人々の需要を満たすと同時に作り出してもいる。機械は科学に基づいた「魔法の」比率に一致する顔や方法を学び、達成するための最新の美的な基準を提供する。このような美的基準に到達するには高額な手術をしたり、より多くの美容医療を施したりすることが必要だ。

２０１０年代、社会学者は多くの望ましい特徴が均質化されてひとつの顔となった「汎アジア的な顔」という、地域的な傾向に気づいていた。これは社会学者のキンバリー・ケイ・ホアンが「東アジア人特有の理想」と呼ぶ、注目されて好感を持たれる、ヨーロッパとアジアの特徴が結びついた見かけを指している。

「卵型の細面の顔、日焼けしていないなめらかな肌」といったものだ。ホアンは現地調査で、ベトナムの性産業従事者における美の慣習について研究した。さまざまな外見が混ざってはいるが、アジア人らしさを優先した見かけになるようにと、彼女たちが整形手術や顔の修正をしていることにホアンは気づいた。「今のトレンドはアジア的なものよ」とホアンの情報提供者たちは語った。

現代のアジア人の顔は、ますます韓国の美の基準で定義されることが多くなった。特に東南アジアの女性が最も進んだ最新の美容製品や手術を求める場合、韓国に注目している。韓国を「ハイパーモダン」と呼ぶ、社会学者のマイケル・ハートは毎年、ファッションイベントの「ソウル・ファッション・ウィーク」の写真を撮る。また、10年以上にわたって街角で、韓国のファッションを撮って記録してきた。

2019年にファッションモデルの撮影でベトナムを訪ねたとき、マイケルはあるモデルが特に韓国の女性に似ていると思った。「彼女がこちらを振り向いたとき、わたしはそのことに気づいて『いやあ、あなたはずいぶん韓国人に似ていますね』と言いました。すると彼女はこう言ったのです。『まあ、ありがとう。聞いた中で最高の褒め言葉よ』と」

このような外見の理想が伝播するのは、直線的にでも一方向のみにでもない。学者が「ネオリベラル多文化主義」と呼ぶ、もっと文化が混交して混合が進んだ状態だ。ジョディー・メラメッドが作り出したこの「ネオリベラル多文化主義」という言葉は、国の固有の文化を低く評価し、複数の文化を融合させることを好む、グローバルな人種形成のイデオロギーを意味するために使われている。それはアメリカの公民権運動後に生まれ、資本主義のグローバル化と同時期だった。多文化主義を取り入れた新自由主義の一派であり、利益優先で、消費し消費されるという資本主義の精神にいっそう光を当てるものだ。[1] エミリー・レイムンドのような韓国文化の研究者は、こんな状況をグローバルな「美の」理想の融合と見ている。つまり、グローバルサウスからの分厚い唇、アフリカやラテンアメリカからの大きなお尻、北ヨーロッパからの高い鼻が結びつくといったことだ。「〝顔〟の統合とは、美の基準（Kビューティー、ボリウッド、ハリウッド、インスタグラムの世界的なインフルエンサーなど）の国際的な混合ということです」と彼女はわたし宛てのメールに書いてきた。

このような太平洋をまたいだ美的な違いが、完全に人種間の壁を越えた外見に統一されるまで、そう長くはかからないかもしれない。美の主な基準がますますインターネット主導になってグローバルに均質化されている今日、韓国の美の基準はふたたび混合されて、より広い範囲の美の基準になっている。

たとえば、住宅の設計には、〈エアビーアンドビー〉のようなレンタル用のインターネットプラットフォームの登場によって、どれもそっくりの無味乾燥な居住空間がもたらされた。[2] 人間にとっての美の理想をインスタグラムで世界じゅうに誇示する行為が、〈エアビーアンドビー〉と同様に展開され、人々はほぼ均一の美の基準にたどりつく。その基準は理想の顔や人々の欲求といった市場で広まるにつれて、さらに深く根付いていくのだ。

こういう現象は「インスタグラム・フェイス」として知られるようになっている。その用語が初めて現れたのは2016年、『ニューヨーク・マガジン』の「ザ・カット」というブログでだった。この言葉はインスタグラムのアルゴリズムが認めた顔の特徴をいくつも合成した、サイボーグのような外見を表す。なめらかな肌、先に行くほど細くなる鼻と顎、広い額、大きな目、高い頬骨、そして上も下も同じようにふっくらした唇。イヴ・ペイザーは「ニューヨーク・タイムズ」紙の論説で、インスタグラム・フェイスについて「ジェシカ・ラビット［映画の「ロジャー・ラビット」に登場するセクシーな女性］と一体化したセクシーな赤ん坊」と滑稽な描写をした。それは利用できるフィルターやインスタグラムのアルゴリズムとのフィードバックのループによって、現実の人々から生み出された、人工的でフィルター加工された単調な外見を指している。[3]

北朝鮮亡命者なら手術無料？

「理想」がどんなものであっても、固定されたものではない。体は両親からの贈り物で、髪さえ切るべきでないという儒教の教えを受けた伝統的な信念が、理想の顔はテクノロジーで変えることも修正することもできるという理解に取って代わられた。もっと丸みを帯びて目は小さく、頬はふくよかで鼻は幅が広いという「生まれつきの」韓国人の顔は、今や北朝鮮人の外見と結びつけられている。[4]

実は、北朝鮮からの亡命者に対しては無料、または格安の価格で形成外科手術を提供している。容姿への要求が高い韓国の体制に、彼らがもっと馴染んで適応できるように。[5]

「これが韓国の社会での変革です」と、現代の韓国社会を研究対象とする学者のステファン・エプスタインは言う。

「人々の体はただ維持するものから、競争の激しい基準を生きるために修正すべきものに変わりました。ここ10年間に起こったことは成長です……自己の商品化なのです」

皮膚科や形成外科のクリニックは、定期的に客が訪れる美容院のように作られているので、整形手術の患者はリピート客と見なされる。なにしろ、テクノロジーによって絶えず変身できるようになったのだ。手術の技術が変わっただけでなく、患者も変わった。眉が気に入らないって？　変えなさい。もっとほっそりした顎がいいって？　削りなさい。美の基準が不変ではなくなり、変えられるものとなったことが形成外科業界を煽り、激しく動かし続けている。スキンケアから化粧品や整形手術まで、外見を改善するための一連の努力の重要な点は、そのようなものに慣れて習慣になってしまうことだ。

今はソウルで小学校教師をしているキム・ジミンは、大学生時代に衣料品店で働いていたときにそんなことに気づいたと語った。「同僚たちは見かけのことばかり考えていました。だから、店長はこんな意見を言ったものです。もし、きみがこの部分とその部分を変えたら、完璧になるよ、と」キムは言った。

「彼女たちは年に3回か4回、注入の施術や整形手術を受けて、美しくなるためにしょっちゅうお金を使っていました。流行に合わせた顔にするため、何度も何度も手術を受けていたものです。『もっと流行の』顔に絶えず合わせなければなりません。多くの人はそれを化粧で行ないますが、施術を受けてそうする人も大勢います。自分の姿かたちを変えてしまうんです」

ドクター・ソはYouTubeを始めて、約3万人というまずまずの登録者数を誇りながらも、整形手術を「中毒」と非難している。しかも、患者側だけでなく、施術する側も非難しているのだ。彼の動画のひとつでは、完璧にするために11回のタッチアップ手術を受ける、二重まぶたの手術例が指摘されていた。彼の話によると、儲け主義のクリニックのせいで、多くの顧客はまったく不要な手術に駆り立てられているという。

彼は広告がいたるところにある、**カンナム**の有名な手術センターの名をあげている。そこは10人の外科医と麻酔専門医を抱えた病院で、リアリティショーに出た者もいる。このような病院はあらゆる種類の手術を提供し、仲介業者や、国の観光省や地方の観光局といった政府機関と提携して、手術のために外国から来る患者を受け入れ続けている。わたしはドクター・ソが名前をあげたクリニックに相談とインタビューをしようとしたが、何度も断られた。たぶん、患者になりそうな人として行ったほうが、話はもっとうまく運んだだろう。

ドクター・ソは、このような病院が工場そっくりで、利益だけを追いすぎていることが心配だと語った。彼は韓国政府にも批判的だった。政府は整形手術の前後を比較する写真広告をより厳しく規制し、美容整形の拡大という問題の一部に対応しようとするいっぽうで、韓流と医療観光を推進する行動もとっているのだ。「韓国の美容整形は韓流とペアを組んでいるようなものです。韓流は注目を浴びています。そして政府は韓流を支援し続けているのです」と彼は言った。

コンシェルジュサービス

医師は自分のクリニックに外国からの患者をマッチングさせる手助けをする仲介業者に手数料を払っているが、この行為は国内の患者については違法とされている。患者は仲介業者に一切の金を支払う必要はない。手術の間いてくれて、麻酔から覚めたときに最初に対応してくれる世話係のような人を用意する、コンシェルジュサービスさながらのサービスも無料だ。こういうサービスの料金はすべて病院が払っていて、患者が殺到するのをあてにしている。ことわざにあるように、あなたが製品の代金を払わない場合、あなたという人間そのものが製品になるということだ。

韓国の形成外科業界は国際的なメディアからさまざまに形容されてきた。「強迫観念」、「破壊行為」、「疫病」などと。一般的な批判のひとつは、形成外科業界によって勧められる顔がみな同じであることだ。美容整形の人気が高まるにつれて、多くの韓国女性が不気味なほど互いに似ていると気づき始めた人たちが韓国でも国外でも出てきた。(6)

この現象は2013年に英語圏のメディアで「ミス・コリアGIF」が広まったことで、それが、インターネット上でバズるまで48時間もかからなかった[7]。最初はある日本人のブログに登場し、それからソーシャルニュースサイトの「レディット」に取り上げられ、その後、韓国内外の新聞に出た。「ミス・コリアGIF」は美人コンテスト参加者たちの何枚かの静止画像を、デジタルの「フリップブック」形式に圧縮したものだ。すると参加者の顔の画像が次々と表示、高速再生され、ひとつの顔が別の顔へとよどみなく変化する。それは目をそらせない画像だった。数秒のうちに、参加者の顔は互いに区別がつかなくなった。アメリカのウェブサイトの「ジェゼベル」はこんな見出しをつけてそれを載せた。「整形手術によって多くの美人コンテスト優勝者が生まれたが、どの顔もみな同じ[8]」

だが、この話には嘘があった。美人コンテストの各参加者の画像は、女性同士がいっそう似て見えるようにと、GIFを作成する前に「フォトショップ」で加工されていたことがわかっている。「韓国の女性が美容整形に異常なほど執着していることの客観的な物的証拠として示されたものは、韓国女性をそのようなものとして生み出して消費しようという、アメリカ人の異常なほどの執着を暴露している」と2016年にシャロン・ヘジン・リーは書いた。

美容整形の流行に対して広まっている批判がもうひとつある。研究者のジョアンナ・エルフヴィング＝ウォンによると、それは望ましい外見が「何も考えていない感じの、〝マンガ〟ふうのものになること」だ。「大きく見開かれた目や透明感のある白い肌や尖った顎といった顔になるのは、人々がこのような美の理想に抵抗できないからだ[9]」。しかし、整形手術を受けた韓国女性が何も考えていないわけではない。彼女たちはたいてい、自分が溶け込めそうな美を選んでいるのだ。

美容整形ですべてを得られる

興味本位に眺めるだけの人は韓国社会の階級的な側面を見落としている。そこでは最低限の外見の基準を満たすことが礼儀正しさだと見なされる。こういう基準を満たすために形成手術を受ける韓国女性は、自分のためだけに良く見られようとしているのではない。彼女はコミュニティのほかの人々への敬意を示しているのだ。さらに、彼女は自分がどの階級に属しているか、または属している可能性があるかを示している。だから、美容整形や身体改造は下層階級の女性が中流階級、あるいは上流階級の人間として「通用する」ための助けとなることもある。

Kビューティーの民主的な面は単なるスキンケアから韓国美容整形にまで拡大した。形成手術を選ぶ女性は、かつての「ファクトリーガール」や「モダンガール」が化粧を利用して成功したのと同じように、厳格な階級のヒエラルキーを飛び越えられる。

美容整形をすることで、社会経済的な利益やアイデンティティの構築、対人関係の強化といったすべてを得られる。それは社会的な利点のほとんどと言っていいくらいなので、女性が美容整形に金をかけるのは当然だろう。しかも、普通の人間の手が届かないほど法外な価格ではないのだ。

実際、エルフヴィング゠ウォンはこんなことに気づいた。「比較的手ごろな価格で美容整形を受けられるので、優れた判断力がある人は富や中流階級の経済的地位を示すあらゆる象徴を提示できる。その場合、外見以外にステータスのしるしとなるものがなくてもかまわない」と。「上流階級のステータスを示す外見」は「成功を示すほかのしるし」よりも先に来るとさえ言う。「たとえば、消費財、車、おそらく高級なアパートメント」のようなものよりも優先されるということだ。こう考えると、美容整形は韓国の社会という背景では民主的な行為だろう。個人が社会的にも経済的にも成功するのを助けてくれる。形成手術を受けることを選ぶ女性には、一種のフェミニスト的な決意が読み取れるかもしれない。美容整形をすれば、女性は仕事や結婚の市場で目立って価値のある存在でいられるし、現代の韓国ではそれがとても重要なのだ。

美のための労力とは、本質的には体への取り組みだ。それは体や精神の尊厳を主張する女性を取り巻くさまざまな問題の中でも際立っている。形成手術は女性が自分に負わせた暴力的行為のようなものなのだろうか？　人々が自ら望んで金を払う美容整形が、組織的な暴力と見なされることはわたしにも理解できる。だが、韓国のように競争が非常に激しいところでは、「醜い」ことは感情面でも制度面でも、そして精神面でもトラウマになりうる。見た目の基準が具体的で、ルッキズムが蔓延した文化ではなおさらだ。

社会に属しているように見えることによって、患者は心理的な苦痛を軽減できると外科医たちは主張する。感情的な苦痛を防ぐためにそんな努力をすることは、論理的に筋が通るというわけだ。美に手間をかけたり美容整形を受けたりする理由を説明してくれたどの女性も、どんな意味だったにせよ、もっと見た目を良くしたかったからだと言った。美容ジャーナリストのオータム・ホワイトフィールド・マドラーノはこう主張する。「どんなときでも、休息して食事をとり、水分を補給して、満足できる性的経験をして、きれいに手入れされた自分の姿でありたいと夢見ることは現実的だ」と。「言い換えると、わたしたちが美に労力を費やすのは、長期にわたって希望を持てるようにするためである」[10]

結婚生活の終わり

わたしが2度目に〈オラクル・クリニック〉へ行ったのは、最初の訪問から5年後だった。あと1年で40歳になろうとしていて、毛穴吸引以外の何かを試す気になっていたし、誰の生活にも大きな影響を与えた新型コロナウイルスに対抗するワクチンを3回、打っていた。

２０２１年の後半にはあまりにも多くのことが変わってしまった。韓国保健福祉部からのモバイルアプリがわたしの行動を監視していた。人々は終わりそうにないパンデミックの中にいたままだったからだ。

毎朝、ありふれて窮屈なソウルのホテルでひとりきりで目を覚ました。完璧な温度の床暖房があり、やかましくてにぎやかな娘たちがいる、かつてのソウルのマンションではなかった。孤独なせいで、解放感と寂しさを同時に味わった。マットは子どもたちの面倒を見るためにロサンゼルスへ帰っていた。だが、帰国後、こうしてパンデミックのさなかにソウルを再訪しに来るまでの数年間に、マットとわたしは別れた。新型コロナウイルスによる初期のロックダウンと不安という試練のさなかに、16年間の結婚生活に終止符を打ったのだ。

空港から街までタクシーに乗っていた50分間、わたしの AirPods からはテイラー・スウィフトの最も悲しい破局の歌が流れていた。涙が頬を伝い落ちるのを感じながら、家で電話を待つ夫がいない状態で地球の反対側にいるのだという心細さに初めてひたった。

リジュラン注射との出会い

わたしは本書のために、〈オラクル・クリニック〉をまた訪ねて、美容の進歩のためにどんな新しいものがあるか、次はどんなものが来るのかを調べたかった。クリニックのロビーは、小さな丸テーブルを挟んで座る患者や受付スタッフで相変わらずにぎわっていた。今では顔の下半分がマスクで隠れた彼らは、やはり問診票の上にかがみ込んでいる。韓国の有名人が**〈オラクル・クリニック〉**の施術を推薦する宣伝ビデオが、壁掛け式のテレビで無音再生されていた。テレビの下には3列になったパンフレットがずらりと並び、さながら低価格のホテルのロビーで見られる観光案内の冊子のようだった。そういうパンフレットはわたしが一度も聞いたことがなかったさまざまな施術を紹介していた。

「**アラジンピーリング**［海洋成分を主としたピーリング］」「**テンセラ**［高密度焦点式超音波］」「**Vビーム**」「**ウルトラ・パルス・アンコア**［炭酸ガスレーザー］」。「**ブルーピール**」。「**コグ付きスレッドリフト**」。「**炭酸ガス**」。いくつかのパンフレットには、現在は一般的になった美容注射の詳細が載っていた。さまざまなブランド名のボトックスやフィラーといったものだ。

韓国での注入治療は、この数年で格段に進歩していた。今や同クリニックでは侵襲的な鼻整形や頬の脂肪除去、脂肪吸引の成果をあげられるようになった。韓国に着いてから、わたしは「**シャネル・フェイシャル**」について何人かが口にするのを耳にした。これは高級服のメーカーに因んで名づけられた注入治療で、アメリカでは受けられない治療だ。尋ねてみると、「**シャネル・フェイシャル**」はもう流行遅れだと受付スタッフは答えた。今流行している顔用のカクテル注射［複数の成分を調合した美容注射］は**〈リジュラン〉**だという。**〈リジュラン〉**は「ヒーラー」だ。このような注入美容はやはりアメリカで受けられない。ヒーラーは「レスチレン」や「ジュビダーム」のような、顔の部分にボリュームを加える充填剤とは違う。**〈リジュラン〉**はサーモンのＤＮＡ（人間のDNAと非常に似ていると言われる）成分を使用して肌の弾力性を改善し、ダメージを受けた肌を回復させる。ボトックスのように顔の筋肉に打つのではなく、皮下に直接、注入するのだ。

「あなたは使っているんですか？」わたしはドクター・シン・ヘウォンという**〈オラクル〉**のベテラン皮膚科医に尋ねた。

「ええ、もちろん、使っていますよ。3カ月か4カ月ごとに注入しています」彼女は言った。

「**〈リジュラン〉**にはほとんどの人が痛みを感じると聞いていますが」わたしは応じた。

「そう、その点が最悪ですね。とても痛いんです」しかし、と彼女は言った。自分がそれを選ぶのは「効果があるからですよ」と。

わたしはドクター・シンをまじまじと見ながら考えた。おそらく**〈リジュラン〉**の効果だろう、チョークのように白い肌となめらかな顔。それを表現するのに最適な言葉は、彼女が防腐処置を施されているように見えたというものだ。「とても痛い」というサーモンのDNAのシロモノをわたしが試したがらなかったので、**〈オラクル〉**のコーディネーターと皮膚科医は相談して、眉間に現れ出したシワと、額に見えているシワには従来のボトックスを「ほんの少量」注入しようと決めた。

ボトックスはシワをつくる、額を上下に動かす筋肉を緩める効果がある。だが、彼らはその後、眉から下のすべての部分に「**スキンボトックス**」と呼ばれる、認可されていないボトックス注射を勧めてきた。**スキンボトックス**はボトックスと同じ成分をごく少量、皮膚の深い部分にではなく、浅い部分に注射するものだという。顔の筋肉にではなく、皮膚組織に注入することで毛穴が引き締まる。

そのうえ、彼らは**〈ピンク注射〉**と呼ばれるハイドロインジェクションを打つつもりだった。これは保湿剤やビタミン、それに肌が若返って栄養が与えられるのを助けるヒアルロン酸と呼ばれる流行の保湿剤を混合したもの。ハイドロインジェクションは実質的に保湿剤を肌に注入し、皮膚に擦り込む手間をなくしてくれる。

目標は常に「もっと若く」見えるようにすること。哲学者のウィドウズが指摘しているように、世界じゅうの美のプロジェクトが目指す方向は細さ、引き締まっていること、なめらかさ、若さなのだ。[11]

麻酔クリームを顔じゅうに塗った患者でいっぱいの、見覚えのあるロビーを歩いていったあと、わたしは既視感を味わった。5年前、毛穴吸引を受けたのとよく似た狭い施術室に案内されたのだ。わたしは施術台によじ登り、横たわった。

「準備はいいですか?」ドクター・シンは手袋をはめた手で最初の細い注射器を取り上げながら言った。

わたしはたじろぎながら「オーケイです」と言った。

どこにシワができるか見たいので、顔をしかめてくれと言われた。それからドクター・シンは念入りにわたしの額全体に注射し、目の下の部分に移り、鼻以外は顔のすべてに針を刺して、手を休めたのは吹き出た血をティッシュで軽く叩いたときだけだった。注射が1本終わるごとに、金属製の皿に置かれた注射器のカチャカチャという音がした。医師は**〈ピンク注射〉**(どうにか耐えられた)から、別名を**スキンボトックス**というダーマトキシンの注入に移り、顎の輪郭に沿って打った。火のついた小さな短剣で突き刺されているように感じ、顔の左側が終わったとき、わたしはやめてくれと言いそうになった。

「成分によって痛みも変わります」と医師は説明した。「これは**〈リジュラン〉**に最も似ているものです」

ドクター・シンは合計で２７４回、針を刺し、わたしの顔には目の下から顎の輪郭まで隆起した小さな点が線となって残った。この注入治療は合計で６２５ドルだった。イギリスやオーストラリアで（アメリカでは合法な治療ではない）かかる金額のごく一部にすぎない。ドクター・シンの話によると、効果はせいぜい2カ月ということだった。だから、人々は特別なイベントの前にここに来て注入してもらう。髪をブローしてもらうとか、プロにメイクアップしてもらうようなものだ。

最後に１００回ほど針を刺されたときは、あらかじめ**麻酔クリーム**を顔じゅうに塗られていたのに、耐えられないほどだった。「こんな思いをするのは何のためでしょうね？」わたしは最後に泣き言を言った。

「ほんの少し美しくなるためじゃないですか？」ドクター・シンはどうでもいいとばかりに肩をすくめて言った。

顔に現れた「浮き彫り模様」

クリニックから出たとたん、わたしはスマートフォンの画面で顔を調べてみた。ふくらんだ部分が線のように何列も並び、盛り上がったところの真ん中に小さな赤い点がいくつもついている。それを見て気分が悪くなった。ホテルの自室に戻るなり鏡を覗いて、ずいぶん傷だらけに見えるねと大笑いし始めた。浮き彫り模様でも施されたみたいだ。腫れた部分はどれくらいで治るのだろう？　痕が残ったらどうするの？　どうやって人前に出たらいい？

〝みんなが常にマスクをつけている状態で良かったね〟パニックに駆られて携帯メールを送ると、通訳のソジョンがそんな返事を寄こした。ひどくおぞましい姿になっていることになおも驚きながら、わたしは笑っている自分の動画を数秒間撮影し、「すばやい効果」と皮肉な見出しをつけて友人たちとシェアした。

韓国の形成手術の現場で、注入治療は目新しい機器のように急増している。最新モデルのスマートフォンの入手を楽しむのと同じように、今度は顔に何を注入しようかと顧客が期待するのは珍しいことではない。誰もが一度は注入治療を試したことがあるという、社会的グループもあるだろう。

Kビューティーの化粧品会社が最初の存在となることを目指して競争しているように、韓国の注入治療は先駆者的存在である場合が多い。さまざまな化学物質を混合したものを皮膚の下に注入する技術の先駆けとなっている。トップバッターになろうとする競争は皮膚の上で行なうスキンケアから、皮膚の下で行なうスキンケアに移った。苦痛やリスクに耐えたり、費用を払ったりするほどの価値はないからと選択的外科手術を拒む人々が、もっと手頃な価格で、表面上はより危険が少なそうなボトックス注射やフィラー、レーザー治療のような美容の「テクノロジー」を利用することがますます増えている。

〈オラクル〉のような多くの形成外科や皮膚科のクリニックで、人々がレーザー治療や注入治療を受ける未来が来ると、韓国では信じられているのだ。侵襲的な施術かどうかが、自分の見た目をこれ以上治さないという限界を決める点だとしたら、テクノロジーの進歩によって限界は消えるだろう。

注入治療はごく当たり前のものなので、形成手術のクリニックは激安価格で提供し、顧客を引き込むためにコストを下回る価格をつけている。大手の美容外科センターはボトックス注射を10ドルから提供すると宣伝している。韓国では、アメリカで不可能な美容注入やレーザー治療を経験できる。アメリカで不可能な理由は、この分野を所管する食品医薬品局［ＦＤＡ］の承認プロセスがあまりにも時間がかかって官僚的なため、回避する医薬品メーカーが多いからだ。

近年、韓国には何千種類ものさまざまなボトックスやフィラー、それに「ブースター」や「ヒーラー」と呼ばれる、注入治療薬を混合したものが存在し、顧客はそこから選ぶことができる。たとえば、**〈ピンク注射〉**や、サーモンの成分を用いた**〈リジュラン〉**などだ。ドクター・スーによると、これに対して２０２１年のアメリカで医師が提供できるのはたった4つのブランドのボトックスで、そのひとつは韓国の製薬会社の**〈ジュボ〉**なのだとか。わたしが受けた「**スキンボトックス**」という少量注入はアメリカの大半の医師がやろうとしないか、少なくとも、やっていることを認めない、ＦＤＡの認可外の注入治療だ。

このような施術による副作用や体への害を完全に避けることはできないが、人々がどれくらいの頻度で被害を受けているかに関するデータは突き止めにくい。韓国消費者院は事故や失敗した手術の公的記録を保持していない。「最近では非常に多くの事故が起きており、ほぼすべての病院で重大な事故が発生しているので、あまり問題にされません」と２０１５年に医療過誤専門の弁護士が「ザ・ニューヨーカー」誌に語った。「形成手術を受ける人々は、それは自分が負うリスクだと納得しています[12]」

1日あたり10件の手術を行なう韓国の外科医の場合、ミスが発生する可能性は増えている。２０

20年に韓国消費者院に報告された、施術の失敗に関する苦情の数は172件[13]に達し、10年の71件よりも増加した。[14]毎年の実際の施術数は不明だが、分母となる数字がなくても、172件はかなり少なく聞こえるし、韓国への医療観光の成長率はそれを上回る。

一般的にはこんなことがわかっている。脂肪吸引術やヒップアップ手術のような形成外科手術は、外来だけで済む外科手術よりもはるかに高いリスクがあるということだ。いっぽう、世界的に見れば、豊胸手術は次第に安全性が高くなっていった。アメリカ形成外科学会の世界的なオープンアクセスジャーナルの数字によると、脂肪吸引術で死亡するリスクは、患者10万人あたり2・6人で、扁桃摘出術とかヘルニアの修復といった一般的な外来外科手術の10万人あたりおよそ0・25人という死亡率よりも約10倍高い。[15]

同じ情報源からわかったが、豊胸手術や整形手術での死亡率はゼロだ。整形手術の合併症における正確なデータは突き止めるのが困難だが、韓国で受けられる、外科手術をしない大量の施術のデータを特定するのはさらに難しい。具体的に言うと、美容目的で使用された場合、驚くほど安全だという歴史をボトックスが誇示していることは知られている。何億件もボトックス治療が行なわれたうちで、1989年から2003年の間、重大な副作用があったとFDAに報告されたのはわずか36件だった。[16]

顔の下半分に異変が

見た目を良くする方法がますます侵襲的でなくなり、かつては不可能だった変化が可能になったとき、どこが限界だと考えればいいのだろうか？　美容外科クリニックに何年か身を置いた研究者のイム・ソヨンは、それは最終的に人間が決めることではないと言った。極端なほどの変身を望んだとしても、体は限界を訴えるだろう。自然が最終決定権を持っているのだ。

「〔美容業界の〕成長を止める唯一のものは体自身でしょう。もっと美しくなりたいという人間の欲望を止めることは難しいですね。しかし、クリニック内部での経験から学んだのですが、人は自分が望むとおりの体には変われません。体には自身の力があり、自分なりの方法も意志も備わっているからです」

美容注入をして1週間後、ロサンゼルスに帰ったわたしは友達と何枚か写真を撮った。スマートフォンの写真をじっと見て、自分の微笑がぎこちないことに気づいた。頬の下側は前よりもふくよかだったが、いかにも人工的だった。ふっくらした顔の下半分がそんなにこわばった笑みを浮かべていることにたちまち苦痛を覚えた。

「**スキンボトックス**」を注入されたせいで、満面の笑みを浮かべられないのだろうか？　何が起こったの？

美容注入によってわたしの顔は変わった。とても大事な部分、喜びを発する部分が変わってしまったのだ。こんなふうになるとは誰も警告してくれなかった。それから数日間、わたしは顎を左右に動かしたりしながら、顔を引き伸ばして元に戻そうとした。

わたしはなめらかでもっと艶のある肌になるための努力をし、自分自身としてソウルから帰ってきたつもりだったが、やや違う自分だったのだ。街灯に照らされた車の中に座り、バックミラーに映った顔を覗き込んで自問した。どうして、こんな美容の施術を簡単に受けてしまったのかと。

美容注入が「なんでもないこと」とか「日常のこと」で、誰もが頻繁にそんな施術を受けているという一般的な考えをわたしは受け入れた。確かに、人々はよく美容注入をしているが、わたしはやるべきだったのか？　注入を受けたのは、そうしたかったから？　それとも、そうしろと言われたからなのか？　前よりもなめらかになった肌をうれしいと感じたが、罪悪感もあった。少し違う結果になったが、自分が何を期待していたのかもわからなかった。気に入らない点をドクター・シンに説明する方法さえわからなかっただろう。わたしの目には大きく見えても、傍から見ればごく小さな変化だったからだ。

おそらく、そういうことが美容整形に伴う重荷なのだろう。手術を受けることを選んだ人は、その影響の重さを耐えなければならない。修正した顔が気に入らないって？　そもそも、その治療を選んだのはあなたなのだ。けれども、美が一種の義務だと考えられている場合、施術後の心や体のケアをひとりで行なっていると、途方もなく孤独に感じる。流行に合わせるべきだという義務は社会の共通の認識になっている。だが、施術を受けるリスクやそれに伴う責任感や罪悪感は共有されない。

体の部分を作り直すことで患者の自己イメージは修正され、治療を受ける人々は容姿が良くなることで自信が持てるようになると、形成外科医はもっともらしい主張をしている。それは真実だし、美容整形した結果が他人から「良い」と見なされれば、報われた気がするだろう。とはいえ、見た目とアイデンティティが変わったという複雑な思いには、自分だけで対処しなければならない。今の外見を維持しようとしない人にとって、こんな手術は意味なんてあるだろうかと、わたしは自問している。外見を維持しようとすることさえ、世の中の裕福な人々にしかできない。

韓国の美容整形を研究するイム・ソヨンは、10年ほど前に顎の輪郭を整形したいという誘惑に自分も負けたと告白した。決断を後悔したが、選択の余地はなかったと思うと彼女は言った。

わたしは彼女に、そう呼ぶ学者もいるように、美容整形が「ジェンダーに基づく暴力」だと思うかと尋ねた。

イムは少しの間考えた。「はい」彼女はとうとう答えたが、詳しく説明しようとはしなかった。

「どうしてですか?」わたしはなおも尋ねた。

「それは結婚のようなものですね」彼女は言った。「結婚がとても自然なものだと考える人もいます。つまり、結婚した女性の全員が、みじめだとか不幸だというわけではありません。だから……美容整形を受ける女性が犠牲者だというわけでもないのです」

もちろんそうですね、とわたしは言った。選ぶのは自分です、と。

「ただの言葉遊びのような説明になるかもしれませんが」イムは言った。「でも、わたしは選択肢があることが、自由意志があることだとは思わないのです。おそらくあらゆる選択は社会に関係があり、影響を受けているのでしょう。だから実を言うと、わたしは〔二元論的な〕自由選択vs.構造というものは好きではありません。人間の選択はすべて構造的だと思います。要するに……たとえば〈**サムスン**〉にしようかアイフォンにしようかとスマートフォンを選ぶ場合ですら、自分の自由選択ではないと思います」

その選択をするには、そもそもスマートフォンを持たなければならないというわけなのだ。

今のように美容整形が盛んなのは、結局のところ、市場主導型のセルフケアと体の管理の重要性が「選択」と表現されてはいても、必要なものだという暗黙の意味を人々に伝えているせいだ。医師たちは身体醜形障害と思っている患者を受け入れないかもしれない。そのような患者は決して満足しない可能性が高いからだ。

だが、もっと大きな視点で自分の仕事の倫理観に疑問を持つ医師はほとんどいない。彼らはこんなふうに尋ねないのだ。「これは必要だろうか？」とか「不可能な美の基準を強化することに、自分たちはどんな責任を負うのか？」と。その代わりに、美容整形業界は違う疑問を提示する。「テクノロジーの進歩と利益という名目で、美容整形をどのように進化させられるだろうか？」と。

"江南美人"はどう見られているか

体の改善や変化の可能性はソーシャルネットワークを通じて拡散される。そこでは美容注入や整形手術が、「進歩」という名で人々の手に入る、機能を高める多くのものと一緒に売られている。カルチャーライターのヘイリー・ナーマンが述べているように[17]、現代の生活の主な要素は、どんな場合でもテクノロジーは少ないよりも多いほうがいいという信念だ。そのため、無害に見えるいくつかの「進歩」の例が実際には状況を悪化させ、その裏にいる企業がさらに利益を得ることになる。ナーマンはウェブサイトの〈ターボタックス〉や顔認証、セルフレジを引き合いに出し、こう書いている。「疑似的な進歩の例は簡単にあげられるが、増え続ける『最適化された』、問題がなくて単純な思考の世界にわれわれが急速に向かっていないと想像することは難しい。このようなものを追ってきて生まれた状況、つまり孤立、過度の正常化、大きな不平等はますます厳しさを増すだけだ」。ボトックスはこんな枠組みに収まっていて、またの名を老化と言うべき額のシワへの個人的なストレスをやわらげるために売られるが、集団全体の利益になるものではない。それは中年でも、それ以上の年でも、シワがない状態であるべきだという世間の考えへの投資なのだ。そして、そんな投資をしていない人を不安にさせている。

注射や、いっそう普及している人工的なもの（シリコン、スレッド、サーモンのＤＮＡ、または流行のものは何でも）の移植が標準的になることによって、整形下層民が生まれている。手術やレーザー治療や美容注射を受ける金銭的余裕がない人のことだ。いっぽう、富裕層が支配的な文化の一部と見なされる機会は増え続けている（実際の下層階級の人々については触れない。彼らは初めから、こういう取引の対象外にされている）。規範に合うような行動をとる人がいっそう増えるにつれ、テクノロジーの視線は美の基準をさらに狭めて、少しずつ手が届きにくいほうへと動かしていく。やがては、完璧なサイズの毛穴が求められるところまで達するだろう。

このテクノロジーの視線は「顕微鏡で見るように、肌の欠点を細かく調べることを促す」と、哲学者のヘザー・ウィドウズは２０１８年に著書で述べている。「肌をこのように観察できるのはテクノロジーによってのみ可能だ……いったん自分の欠点に気づくと、人々は適切な製品を買ったり的確な施術を受けたりして、それを修正できる。テクノロジーによる強制は、完璧さ（基準の上位にいること）を目指す競争を駆り立てるだけのものとして過小評価されるべきではない。また、最低基準を引き上げ、標準（基準の下位にいること）の範囲を狭めることに影響力を持つものとしても、過小評価されるべきではないのだ」と。(18)「欠点を修正すれば、特定の個人に向けられる偏見は減少するが、それによって一般的な偏見は増加する」と彼女は次の章でつけ加えている。(19)これは「共有地（コモンズ）の悲劇」［過剰摂取によって共有資源の劣化が起こること］と呼ばれるものだろう。

ソーシャルインターネットに関する最大の懸念のひとつは、大きすぎることだ。これほどの規模のコミュニティ、誰もが隣人になるような場に全員が参加するとは考えられていなかった。ソーシャルインターネットは人々を一握りの同じプラットフォームに押し込めて、自分を表現させる。このようなプラットフォームはあらかじめ決まったフォームやプロフィールオプションに合わせることを人々に強制し、個々の違いを取り去ってしまう。

また、人間はインターネットに接続するようになる前から、視覚的な要素によって自分の欲望を形作るように設定されている。フランスの哲学者のルネ・ジラールの理論によると、人間は互いを模倣するのが非常に上手だという。そして自分が何を求めているか、何を求めたいのかは、隣人の欲望に基づいて知ることになる。[20]「われわれは欲望を客観的とか主観的と仮定しているが、実際には、欲望はものに価値を与える第三者によって影響されている」と彼は書いた。「この第三者はたいていの場合、最も近い人間、つまり隣人である」[21]

インターネット上の全人類が隣人だという状態は争いのもとになる。模倣理論を研究している学者たちは、模倣によって生まれた同一性が、激化する競争や対立状態につながると主張する。「すべてのユーザーが互いを潜在的なモデルや分身、ライバルに変えて、アテンション・エコノミーの欲望という無形の対象を巡る永遠の競争から逃げられない」状態を生むものがプラットフォームだと、ジェフ・シュレンバーガーは書く。[22]そういう競争の存在や人間が模倣を好むせいで、美容整形の進歩に伴って、現実の生活や物理的な空間で競争が行なわれるのだ。そのような現実の空間では、整形された顔や体は、誰が集団に受け入れられ、誰が追い出されるかを決定するために、他者にシグナルを送っている。

ちなみに、典型的な**江南美人**（カンナムミイン）と呼ばれる、複数の整形手術を受けて「人工的な」顔になった若い韓国女性は、一般の人の目から見てやりすぎだという批判をされる。人々は、彼女たちが互いの外見を交換してもかまわないほど個性がないと信じている。デジタル写真フィルターを使用したときの効果に似て、誰もが同じ選択肢を与えられる、ソウルで最も人気の美容整形を受けたような外見なのだ。どの女性も肌がなめらかで、目が大きく、顎はほっそりしている。

江南美人の顔は魅力的に見える場合が多いが、二次元的に思われる。整形を受けた患者に感情がないはずはないのに、顔には質感や非対称性や驚きが欠け、あまり人間らしくない存在のように見えてしまう。イム・ソヨンが述べているように、それはやや意図的なものだ。

3Dモデルを使い始めているところもあるが、多くの形成外科クリニックは理想的な顔の比率を二次元の画像から推測していることを思い出してほしい。これも、実際のものよりも仮想的な表現のほうが優先されている例だ。

ドクター・ソの特別アドバイス

カンナムでわたしと面会中だった、紫色の手術着のドクター・ソがデスクチェアで身じろぎした。彼の口調には、世界でもトップクラスの韓国の美容整形業界が成長を追い続けることに対するあきらめがうかがえた。もっと手術を受けたいという欲求を作り出して、売り込むために次の流行を探し求めることは不快なうえ、危険な場合もあると彼は考えている。

修正する体の新しい個所を探し求めて、韓国の専門家の知識は頭蓋骨再形成のような手術にまで及んでいる。これは髪の下に隠れた、後頭部にある生まれつきのくぼみをなめらかにしたり、形を整えたりする手術だ。ソウルの医師は「処女膜再生」や陰茎増強といった、倫理的に疑問のある手め込むことも含まれる。

術にも特化している。そういう手術には、シリコンの挿入や患者自身の脂肪を陰茎の軸まわりに埋め込むことも含まれる。

わたしの訪問中ずっと、ドクター・ソは慎重さの見本のように振る舞っていた。患者がセカンドオピニオンを求めにきた場合、「驚かれるのだが、何も変えなくていいと助言することが多い」と彼は述べた。自分の手術を、美容院のように顧客が定期的にやってきて、何度も追加手術を受けたがるものにしたくないという。「患者が来て手術を受けたら、それでもう終わりというふうにしたいんですよ」と彼は言った。

面会を終わりにして立ち上がったとき、ドクター・ソは足を止め、それから通訳のソジョンに近づいた。明らかにわたしには聞かせたくない様子でソジョンにかがみ込む。彼の口調は親しげで、身振りで漠然と何かを示していた。ソジョンはぽかんと口を開け、両手を衝動的に頬に当てた。「え、本当ですか?」と韓国語で言う。その言葉はわたしにも理解できた。ドクター・ソは何か別のことを言って大股でオフィスから出ると、午後に予定された手術へ向かってしまい、わたしたちふたりだけが残された。

わたしはソジョンをじっと見つめ、疑問を込めて眉を上げた。「先生の話では、わたしの目の下のクマには**フェイスリフト**手術がいいそうです」ソジョンは言う。

「ほんの少し切り込みを入れるだけで、怒ったような顔が改善されるだろうと」。そのあとは一緒にいた間ずっと、彼女はこのことを考えて落ち着きをなくしていた。もしかしたら、今でも動揺しているかもしれない。

第8章　マネジメント会社の「46キロ」ルール

肥満率は先進国中ほぼ最低

若く見えること、毛穴が目立たない肌、輝くネイル。どれも大事だが、体のサイズが許容範囲内にあることは何よりも重要だろう。痩せていると韓国で言われたら、比較するものがないほど体が細いということだ。

韓国は先進国の中でほぼ最低の肥満率で、人口のわずか6パーセントほどしか医学的に肥満の者はいない（OECD加盟国のうち、27の先進国で最も肥満率の高いアメリカの場合、その数字は40パーセント以上だ[1]）。

外見に対する差別、つまりルッキズムは韓国じゅうに広まっており、痩せていると見なされないほどの人間だったら、簡単にそのことに気づくだろう。大半のブティックの服はワンサイズしかない。「フリー」と呼ばれるサイズだ。フリーサイズはアメリカのサイズ2、あるいは英国のサイズ

6に相当する。買い物をしようとして、人気のある**カロスキル**のショッピング街に並ぶブティックのどこに入っても、色やスタイルはさまざまなのに、サイズはさまざまではないパンツやトップスを勧められるだろう。わたしたちのように大柄な「クン サイジュ（大きいサイズ）」は長年「外国」の領域である米軍基地近くの**梨泰院**(イテウォン)に追いやられた。**イテウォン**では妊娠していないときのわたしのいつもの体型でも、約175センチの身長とアメリカサイズの8の体格に気づいて、店主が「ビッグサイズ！ ビッグサイズ！」と店の前から大声で呼びかけたものだった。

わたしの体は巨大だと思われたのだ。アメリカサイズの8は韓国の66サイズに相当するのだから。このサイズ以降は特大サイズ、またはエクストララージサイズとなる。[2] 百貨店ではアメリカサイズの4よりも大きい、西洋でデザインされた既製服をめったに販売しない。わたしは服を買いに行くたび、小さい服しかないことへのいらだちでいっぱいになり、それに体が合う人は誰でもうらやましいと思った。買い物からの帰りは特に自分の胸が気になり、地下鉄に乗っている、ただでさえ小さな服がゆとりたっぷりに見える女性たちを称賛のまなざしで見たものだった。

「フリーサイズ」だけでは締めつけが足りないかのように、韓国のマスメディアや広告は女性の体の部分をアルファベットの文字に置き換える。科学的だとされる、顔の輪郭が**V**字に見えるような**Vライン**の顎という言葉と同様に、**Sライン**という言葉は横から見たときの女性の望ましい体型を表している。

胸は**S**字の上の曲線を形成し、お尻は逆方向にカーブする下の曲線を形成する。**Xライン**は砂時計と関連した体型を指し、正面から見たときの理想の形を示している。つまり、細いウエストと大きなバスト、それに豊満なヒップだ。

女性の胸は**W**の字になぞらえられる。**Y**の文字は深い襟ぐりのドレスを表現するときにも用いられる。**Y**はさらに女性の股や腰の下部、お尻を表現する場合にも使われる。このような状況は「現実の女性だという視点を容易に失いがちだし、女性をアルファベットになぞらえるプロセスは完全に還元主義的な見方である」と韓国在住で現地のフェミニズムに詳しい作家のジェームズ・ターンブルは書いている。彼は韓国のフェミニストのブログ「ザ・グランド・ナラティブ」を公開している。[3]

女性は概念的に分割されてしまう。そして山積みされた「完璧な」体の部分が市場に持ち込まれたり、消費のために売られたりするのだ。

何より重要なのは脚

韓国の美の文化で何よりも重要な体の部分は脚だ。西洋で胸に向けられる注目が、東洋では脚に向けられる。たとえば、K－POPの女性グループを視覚言語で表すと、最大の特徴は露出度の高い脚。人目を引くこの方法によって、韓国の女性アイドルは世界じゅうの有名人と区別されている。カメラは下から上へと撮影してスターを脚長に見せ、彼らは巧みに振りつけられた完全なダンスで動きを強調する。スカートはひどく短く、お尻がやっと隠れるくらいだ。顔の「黄金比」があるように脚にも理想の比率があり、**5：3：2**となる。[4] この数字は腿のいちばん太い部分、ふくらはぎのいちばん太い部分、そして足首の太さを示している。

韓国でボトックスを使う部位として、脚は3番目に人気がある。筋肉を弱くすることによって、ふくらはぎを細くするのだ。[5] ボトックスを使用する部位として顔の次に人気なのは首の付け根。僧帽筋に注入して筋肉を縮め、首が長く見えるような錯覚を与える。

ソウルでの最初の夏にわたしが地下鉄の中で学んだように、むき出しの腕は世間に受け入れられない。だが、むき出しの脚は歓迎される。どうしてなのか？　素足には特定の文化的な力があることにわたしは気づいた。韓流とその魅力的なアイドルたちが新たな国々に入り込んでいく中で、「女性の脚は、韓国の肉体美や商業的な力の成功を広く伝える見世物的なアイテムとなった」と韓国を研究している学者のステファン・エプスタインとレイチェル・チュは書いた[6]。イメージを作る人々は、文化的な支配を巡る韓国のソフトパワーの戦いで、女性の素足を武器として用いた。

このように脚はマーケティングのツールとして機能し、エプスタインとレイチェル・チュが書いているように、韓国で「魅力的に演出されて〝完璧に実行される〟ためのブランド化のテクニック」としての機能を果たしている[7]。そして歴史的には、興味深くて不運な結果につながることもあった。

２０１２年、タイの女性の間にデング熱の発生率が急上昇したとき、タイ政府やメディアは少女や大人の女性が韓国ふうのホットパンツを穿くことに懸念を示した。ホットパンツは脚の露出が多いから、蚊に刺される範囲が増えるのではないかとされたのだ[8]。だが、悪い評判でも、まったく知られない状態よりはましだろう。エプスタインとレイチェル・チュによると、このようなニュースを韓国のメディアが取り上げたとき、韓国のソフトパワーの高まりがさらに裏づけられただけだったという。

ソフトパワーの生きた象徴として、Ｋ－ＰＯＰのパフォーマーは自分の魅力を維持するための努力を求められる。彼らの所属するマネジメント会社が制作したプロモーションビデオは、アイドル練習生の生活をまことしやかに垣間見せてくれる。ドキュメンタリーやニュース特集では、アイドル練習生たちが寮のような環境で絆を結ぶ様子や、世界じゅうのファンにアピールするために外国語を勉強するところ、激しいダンスの練習で汗を流す姿、休憩時間にのんびりする様子を紹介している。

Bonus Babyと呼ばれた、もう存在しないガールズグループのメインボーカルになった**コン・ユジン**は、練習生時代の苦労について語った数少ない元アイドルのひとりだ。現在、彼女は15歳のときに結んだ事務所との契約から自由になっている。ビデオ通話で見た今の彼女はカジュアルな服装をして、ノーメイクで眼鏡をかけ、気楽な10代の大学生のようだった。だが、練習生だったときは何もかも容易ではなかった。

Bonus Babyの6人のメンバーはマルーエンターテインメントという小さなマネジメント会社によって集められた。その会社には**パク・ジフン**、**TEEN TEEN**、**GHOST9**も所属している。**コン・ユジン**の話によれば、マルーエンターテインメントは**Bonus Baby**のメンバー全員に46キログラムという体重制限を課していたそうだ。

さらに彼女が説明してくれたのだが、メンバーの身長は163センチから168センチの間であり、会社はその身長の差による調整もなしに、誰もが超えてはならない体重の数値をひとつだけ便宜的に決めた。

「もし、体重がほんの数グラムでも数百グラムでも46キログラムを超えたら、会社から何か言われたでしょう。だから、快適に食事をしたり水を飲んだりするために、わたしたちは46キロ以下でなければならなかったんです」

彼女は言った。メンバーの中には46キログラムよりもさらに体重を落としていた者もいたと。**コン**のエージェントのようなところは珍しくない。何年もの間にほかのK‐POPのアーティストたちからも、K‐POPのコットンキャンディーみたいにカラフルな音楽ビデオ並みに、体重管理は一般的だという暴露話が相当あげられている。ネット上にはK‐POPのアイドルが公演中に失神する様子を集めてつなぎ合わせた、素人作成の動画がたくさんあるが、彼らが倒れた原因は脱水と無理のしすぎだと考えられる。

1日10回もの体重測定

若いパフォーマーの体重を確認するため、驚くべきことにマネジャーたちは1日に10回も体重測定を行なっていた。**コン**はそんな典型的な1日の様子を説明してくれた。

「朝、寮で目を覚ますと、わたしたちは1度、体重を測ります。それからマネジメント会社に着いたら、また体重を測ります。10時から11時までは自由練習の時間です。その日最初の食事をする前に体重を測定します。それから最初の食事後、また体重を測るのです。その後、午後はたいてい歌の練習を2時間か、ダンスの練習を2時間します。ボーカルアカデミーに行く日は出かける前に会社で体重を測り、それからレッスンを受けに行きました。そして帰ってくると、また体重を測ります。そのあと、会社で夕食をとる前にもう1度、体重を測って、夕食をとったあともまた測ります。夜はダンスの練習と歌の練習があって、それから寮へ行く前に体重測定をします。そして寮に着くと、もう1度、体重を測るんです。毎日のスケジュールは以上です」

コンは毎日、一握りのアーモンドと紙パック入りの豆乳を1本と、「何個でも食べたいだけ食べる」ミニトマトのみを摂取して、体重を数キログラム減らした。体重は42キログラムまで落ちた。それでも、彼女にとってはまだ充分ではなかった。「画面では実際と顔が違って見えるので……そこまで体重を減らしても、わたしの顔はあまり細くなったように見えませんでした」**コン**は言った。「だから、自分の意思でもっと体重を落とそうと決めました」

話しているうちに、気がつくとわたしの体はすっかり冷たくなっていた。**コン**がそんなにわずかな食事で、毎日何時間ものダンスや歌をこなしていたことに驚愕した。すると、恥ずかしさがこみあげてきた。何十年もかかって、ようやく自分のこの体に満足したはずなのに、わたしの中のどこかに競争心が現れたのだ。

拒食症のときでさえ、**コン**ほど食べなかったことはなかった、とわたしは思った。なぜだったのか？　最も食事制限がきつかった時期でも、昼食と夕食としてそれぞれ4オンスずつのフローズンヨーグルトを食べていいことにしていた。

Bonus Babyのデビューにはさほど反響がなかった。グループが売れなかったので、心も体も壊れかけていると気づいた**コン**はいっそう脱退を決めやすかった。家族は**コン**がサインした、7年間という驚くほど長い契約を解除するための費用を支援した。そして、彼女はここにあげたような話を公にできることになった。「ああいう経験が楽しかったと言ったら、嘘になるでしょう」**コン**は言った。「わたしは仲間たちのように遊びたいだけでした。事務所に携帯電話や電子機器を取り上げられ、わたしたちはマネジャーと寮住まいをさせられました……刑務所みたいでした」

今日のZ世代のアメリカ人がキャリアに関する目標として「SNSのインフルエンサー」をあげるのと同じように、韓国の多くの若者はいつか「アイドル」になりたいと言う。とはいえ、特にそんな夢を求めないとしても、Ｋ‐ＰＯＰのエンターテイナーのように見られたいと望む者は何百万人もいる。永遠に子どものような顔をして、赤ん坊みたいに柔らかい肌で目が大きく、細いウエストをした彼らのようになりたいのだ。

となると、わたしと話した誰もが、女性の物体化も細すぎる体が常に標準になることも、伝統的なメディアとソーシャルメディア両方の責任だと言うのは筋が通る。Ｋ‐ＰＯＰの文化はあらゆる実空間に存在する。街角のＢＧＭに、等身大パネルの広告（有名人が商品を推薦する言葉が、広告の半分以上を占めている）[9]に。そして普通の韓国人の顔にも、Ｋ‐ＰＯＰの美意識を模倣した要素が刻み込まれている。「Ｋ‐ＰＯＰのスターが優れている点は肉体の美しさだけだ」と「ザ・ニューヨーカー」誌は断言した[10]。「多くの若い女性エンターテイナーが、韓国の男性によって『理想の』女性像として消費されていると思います。魅力的な肉体をして、楽しく従順な存在ということです」と、２０１８年に韓国女性政策研究院の研究者のアン・サンスは述べた[11]。

「シンスピレーション」

「折れそうな」細い脚によって助長される、痩せたい気持ちを強めるもの（シンスピレーション）、またはシンスポは、拒食症肯定（プロアノレクシア）（プロアナ）のオンラインコミュニティで広まっているだけでなく、Ｋ‐ＰＯＰが称賛されるあらゆる主流のプラットフォーム、たとえばティックトック、ＹｏｕＴｕｂｅ、インスタグラムでも広まっている。

世界的に活躍するＫ‐ＰＯＰのアイドルたちはティックトック上で「シンスポ」として頻繁に取り上げられており、Ｋ‐ＰＯＰカルチャーのファンなら、彼らのような外見になることに関するファンの動画や投稿を簡単に見つけられる。それはクラッシュ・ダイエット［短期間で体重を減らすための厳しいダイエット］や、倒れるまで行なうトレーニング、徹底的な絶食といったものと結びついている。「美の基準はますます狭く厳しいものになっているようです」とセラピストのキム・ユナは言った。彼女は幼少期の摂食障害がきっかけで、摂食障害の患者の治療を専門にするようになったそうだ。

「それはソーシャルメディアの普及が原因です。何かのコンテンツを見ると、関連するものが次々と表示されます。プロアナの投稿が現れ始めたのを目にすれば、わたしならますます過激で厳しいダイエットをするようになるでしょう」

これもまた、テクノロジーが需要を満たすと同時に生み出してもいる例だ。テクノロジーのプラットフォームは子どもやティーンエージャーに多数のコンテンツを提供する。そして、K－POPやK－POPのアイドルに関心のある人は、食事制限に関する動画を無限に見せられることになる。人間の認識はまわりの環境によって形作られるが、脳が発達途上の若者には特に当てはまる概念だ。知覚狭小化と呼ばれる心理プロセスは2通りに機能する。

まずは発達途上の人間が、何度も遭遇する刺激を知覚する能力を向上させるというもの。たとえば、その子どもの家族の言葉や人種についての知覚だ。だが、それはまた、経験のないもの、たとえば、家族が話さない言葉やめったに出会わない人種を子どもが知覚する能力を低下させることにもなる。[12] 子どもたちが夥しい数のシンスポの画像や情報に触れることをわたしは案じている。ソーシャルメディアのアルゴリズムによってそういうイメージが増幅されたら、標準体重についての若者の考えはゆがみ、がりがりに痩せるように努力することが唯一の合理的な方法だと思うのではないだろうか。

目標体重を設定しているのは、K-POPのマネジメント会社だけではない。恋愛関係にも目標となる体重が存在する。1000を超える数の、韓国の恋愛や結婚のマッチング会社は、女性の顧客に対して理想の体重の範囲を公然と示している。[13] パートナー紹介サービスは韓国の中流階級の独身者に長く信頼されてきて、そうした広告は地下鉄の車両じゅうで見かける。

最古参で最も評価の高い結婚相談所の〈ソヌ〉は、顧客の価値を3点の主なサブカテゴリーで数値化した配偶者インデックスを作成している。その3点とは、社会的能力のインデックス（教育、職業、給与）、家庭環境のインデックス（教育、職業、両親やきょうだいの資産）、そして体のインデックスだ。

体のインデックスは身長や体重、相談所によって決定された「魅力」が基になっている。女性が最高点をもらうためには、身長が163センチから168センチの間で、体重は45キログラムから50キログラムとなり、K-POPの練習生並みだ。この範囲から外れるごとに得点が引かれていく。[14] こんな状況は〈ソヌ〉だけではない。ほぼすべてのパートナー紹介サービスが同様のインデックスを開発しており、主な違いはサブカテゴリーをどれくらい重視するかということだけだ。

拒食症を肯定する韓国のコミュニティには、自分の体を管理するうえでの恣意的な（そしてもっと過激な）評価基準を持つ人々が集まっている。「理想の」体重をキログラムで求める場合、彼らは身長をセンチメートルで測り、そこから120を引いた数字としている。[15]

たとえば、わたしは身長が175センチメートル。プロアナたちの計算によれば、体重は55キログラムであるべきだということになる。だが、条件は変わり続けていて、最近、プロアナたちは身長から125を引いた数字の体重をお互いに推奨している。そうなると、わたしは175センチメートルの身長に対して、50キログラムという驚くべき体重でなければならない。

この身長と体重の組み合わせを肥満度指数(BMI)(欠点はあるが、健康的な体重の指数として広く用いられている)の計算式に入れてみると、BMIは16・3となった。それは「正常の体重」の範囲である18・5から25までの範囲よりもはるかに低く、拒食症の診断基準を満たしている。

このような数字はオンラインで共有され、野心的なキーワードでタグづけされて画像が載り、棒みたいに細い脚やがりがりに痩せた体の動画が配信される。アメリカで見られるプロアナのサイトと同様だ。韓国で人気のあるハッシュタグのひとつは何かって？「プロジル トゥッタン パルダリ」――つまり、「折れそうな手足」というものだ。[16]

32キロ減量して歌った「きれいになった」

こういう目標体重になるための過激な手段には次のようなものもあり、とどまるところを知らない。たとえば、薬物を大量に摂取すること。食べ物をこっそり吐き出したり、食べたあとに嘔吐したりすること。包帯で体をきつく巻いて圧迫し、ミイラのようになること。だが、最も一般的なのは、アイドルの練習生たちと同様に、女性や少女がわずかな食べ物しかとらないことだ。それは医療専門家が積極的な拒食症とする分類に入る。
パク・ボラムが最初に、年に合わないほどの声を持った「ぽっちゃりした」ティーンエージャーとして登場したときはそれほどの知名度はなかった。彼女は2010年、15歳のときに、エンターテインメントチャンネルの**エムネット**の「**スーパースターK2**」で上位の8人に選ばれた。これは韓国のテレビに多数あるオーディション番組のひとつだ。それから5年近く経ち、エージェントによってダンスや歌や演技の訓練を受けたあと、**パク・ボラム**はデビューした（デビューとは、K－POPアイドルがブランド化された人格として紹介される場合に用いられる言葉だ）。

彼女はデビューまでに32キログラムという驚異の減量をし、プロデューサーはEPのタイトル曲に「Beautiful」と名前をつけた。[17] もっと直接的に言えば、「きれいになった」と訳すことができる「Beautiful」のビデオで、**パク・ボラム**は体にぴったりした、ウエスト部分で広がるパステルカラーのドレスを着ていた。

お腹のあたりで手を組み、内側がマゼンタ色の青いオルゴールから現れるのだ。ゆっくりと回転する彼女はオルゴールの中の人形のように見えた。映像は何度かすばやく切り替わり、ビデオは彼女がキッチンで腰を下ろしている場面になる。そこで食べ物を秤で計量し、こんな歌詞を歌う。「バナナ1本、卵2個、ほかの子みたいにきれいになるのはとても大変」[18]

K－POPカルチャーの有名なスターたちは身長や体重を公開し、スリムになるために実行している方法を明らかにしている。**パク・ボラム**は自らの過激な減量についての話をデビューシングルに盛り込み、韓国の美の理想を達成するためにした努力をささやくように歌った。

ミニスカート、スキニージーンズ、問題ない
もうそんなの穿けるもの（わたしはすてき）
（堂々として、他人の目なんか気にしない）
1日じゅう、鏡ばかり見ているの

この歌には、無理した甲斐があったという歌詞もある。「この歌を聴いたあと、多くの人がもっとエクササイズして体重を減らし、ダイエットしようという気になったと思います」とインタビューで彼女はわたしに語った。

「その大きな理由は、わたしの体験を歌に込めたからでしょう。たとえば、バナナ1本、卵2個というように。それだけしか食べなかった結果は、わたしを見ればわかります。それが人々にやる気を与えるでしょう」。歌詞に書かれた内容は、歌のために誇張されたものではない。本当にそんなダイエットをしたのだと**パク・ボラム**は言った。ほとんどの食事はバナナ1本と卵1個だけだった。

この歌詞のメッセージは明らかだ。「きれいに」なることによって人生は良くなるというもの。それが実現するという、動く広告塔が**パク・ボラム**なのだ。「きれいになった」は韓国の音楽チャートを上っていき、2015年のシングルの上位20位に入った。[19] 同じ年、彼女は「ファットダウン」というダイエット飲料の広告モデルに起用された。[20] **パク・ボラム**は自分自身を商品化して利益を上げることで、見られる存在としての自己イメージを認めている。厳しいダイエットで体を管理したおかげで、愛や成功を手に入れられたというメッセージを発信しているのだ。このメッセージを受け取るK-POPの聴衆の大半は女性や少女だろう。

彼女とのインタビューの間、アイドルがどう見えるべきかについてプロデューサーがどれくらい口を出しているのかをわたしは探りたかった。インタビューに間に合わなかったため、わたしは自宅のオフィスでスピーカーフォンの前にかがみ込み、アシスタント兼通訳のヘリョンが**弘大**(ホンデ)のレコーディングスタジオ近くにあるカフェで、**パク・ボラム**とそのチームに会っていた。

「あなたの外見を変えることについて、マネジャーからどんな助言をもらいましたか?」わたしは尋ねた。ヘリョンはつかの間ためらった。この質問が際どいものになりそうだとわかっていたからだが、どうにか母国語で尋ねた。

相手がすぐさま見せた反応は沈黙だった。話の間、よそよそしいけれども、礼儀正しくて協力的だった**パク**の答えは突然、ノーを意味するように小さく首を横に振るだけになった。インタビュー中、横に座っていたマネジメント会社の代表者は彼女と無言で意思を伝え合っていた。永遠にも思えたほど長い間、ヘリョンとわたしは相手を急かさずに待った。監視役が同席していたことで、その質問はすでに阻止されていた。**パク**は無言を貫いたのだ。結局、わたしはほかの話題に移った。

[２０２４年４月、**パク・ボラム**が逝去したことが伝えられた。30歳だった。肝硬変などの持病があり、死因は急性アルコール中毒という]

EUで禁止されている食欲抑制剤

この歌の歌詞には出てこないが、痩せ薬は減量によく使われる。韓国のダイエット薬の消費量は世界のトップクラスだ。[21] ２０１７年の韓国保健福祉部の調査によると、中高生の女子の約４人にひとりが「不適切な」方法で体重を減らそうとしていた。それには食後に吐いたり、下剤や利尿剤を使用したり、蝶の形をした食欲抑制剤の「**蝶薬**(ナビヤク)」として知られるダイエット薬を使用することも含まれていた。[22]

このような薬は公的には処方箋がある場合しか入手できず、医学的に肥満の人のみが使用を推奨される。韓国の国会議員ナム・インスンのデータによると、活性成分として最も一般的なのはフェンテルミンで、いちばん頻繁に処方されている食欲抑制剤だ。ナム議員は2021年の国政監査でこうした薬物の乱用を取り上げた[23]。

韓国でのフェンテルミンの製造金額は2010年には約1700万米ドルだったが、2015年までには倍増して3400万米ドルになった[24]。アメリカでは肥満の治療薬としてアンフェタミンが使用されている。アンフェタミンは、フェンフルラミン（fenfluramine）とフェンテルミン（phentermine）を組み合わせた、略して「フェン（fen）・フェン（phen）」と呼ばれている薬の同族体［化学的性質が類似した有機化合物］だ。フェンフェンは「フェン（fen）」の成分が心臓弁に損傷を与えるという報告を受けてメーカーが市場から撤退したあと、1997年にアメリカの薬局から姿を消した[25]。

韓国では肥満治療用に処方されている4種類の食欲抑制剤を購入できる[26]（その4種類とはフェンテルミン、フェンジメトラジン、ジエチルプロピオン、マジンドールだ）。EUではそのどれもが健康上の理由で禁じられている。多くの研究によって明らかになっているが、これらのアンフェタミン系の食欲抑制剤が適応外の使用をされた場合、精神病的障害や依存症、自殺念慮を引き起こす可能性がある[27]。

「利用者はこういう危険な薬の副作用を知りません。1度だけ試してみようとか、友人がやっているからとか、両親にダイエットさせられているからと使用するのです」と、ソウルを拠点に活動しているセラピストのキム・ユナは言った。「とりわけ彼らが摂食障害の場合は体に大変な危険があります」

国会議員のナムのような人々によると、こういう薬が未規制のオンライン販売業者から簡単に購入できるため、多くの韓国人が処方箋なしで薬を入手していると言う。2021年、韓国食品医薬品安全処が食欲抑制剤の違法な転売をインターネット上で監査したところ、オンラインの調査員は5日間で147件の転売を見つけた。[28]

国会議員のチョン・チョンスクはこの問題に対処するための法案を提出した。[29] 彼は向精神作用のある食欲抑制剤が不正な処方箋を用いて大量に購入され、違法に転売されていることを指摘したのだ。[30] これまでのところ、提出された法案に進展は見られず、違法でも購入する気がある人は、相変わらず食欲抑制剤を簡単に入手できる。

あらゆるものにサイズ制限があるため、韓国では誰もがひどく痩せているような印象を受けるが、それは違う。韓国の企業は大きいサイズの服を作らない。そういう服を買う人はさほど多くないと推測されるからだ。既製服が合わない人、たとえば体重が90キログラムの、ソーシャルメディアマネジャーからプラスサイズモデルになったペ・ギョヒョンのような人の買い物の場はオンラインのみで、選択肢もかなり限られている。

「フリーサイズが大きなサイズを指すようになればいいのに」とペは嘆く。ビジネスの論理のせいでこのようなサイズ制限があるのではないかと彼女は疑っている。

だが、韓国人にもさまざまな体型やサイズの人がいる。わたしはこの事実を、韓国のデカトロン［フランスに本社を置くスポーツ用品メーカー］やナイキで働いた、ファッション業界のベテランであるイ・ギョンホとの会話で強く主張した。彼はワンサイズでは足りないほどの市場があることを認め、ひとつのサイズが誰にでも合うべきだとするシステムを、不幸な文化の遺物と表現した。

「少数派は考慮されていません。誰もが国のためにひとつの考え方に合わせられるはずだと想定されているからです」イ・ギョンホは言った。服が人々に合わせるのではなく、人々が服に合わせることが期待されているのだ。

韓国にいる外国の女性として、わたしは当然のように存在感のない人間だった。だが、韓国の基準からするとかなり大柄なせいで、さらに不可解な存在になっていた。わたしは服が売られているほとんどの店に入れなかった。韓国に4年近くいた間、買った服は「フリーサイズの」3枚だけ。前身ごろにボタンがついたネイビーの麻のワンピースと、ストラップが肩に食い込むキャミソール2枚だった。

大学進学率と「ウリ意識」

研究者によると、ファットフォビアや痩せなければというプレッシャーは西洋よりも韓国のほうが顕著だという。そもそも客観的に見て、韓国の女性は全体的に痩せているのに。

東アジア全体で摂食障害が増加しているのは、グローバル化、都市化、産業化、[31]それに、この地域全体で資本主義的な利益の追求が拡大したことと密接に関係する。[32]キャスリーン・パイクとパトリシア・ダンは「摂食障害ジャーナル」誌にこう書いている。「要するに、これらの国がより産業化されてグローバル化されるにつれて、摂食障害も増加してきたのである」。[33]この地域全体での摂食障害の増加は、アジアの経済を変えた国々と深くつながっていた。[34]日本が経済面で先頭に立ち、香港、シンガポール、台湾、韓国が続いた。その後、第二波が発生したが、それを構成するのは残りの東南アジアの国々だ。フィリピン、マレーシア、インドネシア、タイ。そして最後に中国とべトナムだった。[35]

とはいえ、韓国はひときわ目立っている。韓国での生活の独特な要因が、極端に痩せた体を目指す傾向を促進しているようだ。[36]たとえば、韓国在住の女性は、海外で暮らしている韓国人や韓国系アメリカ人に比べてかなり細身で、摂食障害になるパターンもいっそう多い。

中国と韓国とアメリカの女子大生を比較した研究によると、体に不満があって摂食障害の行動をとるのは韓国の女子大生が圧倒的に多く、中国の女子大生がそれに続き、最後がアメリカの女子大生だ。[37]また、韓国の女性は群を抜いて痩せている。世界の残りの国々では、韓国の男性も含めて全体的に体重が増加する傾向にある中で、20歳から39歳までの韓国の女性は逆の方向に進んでいる。ますます多くの女性が体重不足になっているのだ。

研究者の指摘によると、2000年代の初めごろの韓国で、「いい人生」を手に入れる手段として親が子どもの外見を重視し始めたとき、20歳から39歳までの韓国女性の間で体重不足の人の割合が著しく増加したという。[38]1998年から2007年までの間、体重不足の韓国女性の割合は60パーセントにのぼっている。[39]

近代化のあとで摂食障害が増加した原因のひとつは、女性の社会的地位が向上したことへの反動とされている。メディアの主導によって、伝統的なジェンダー観念が強化されたのだ。[40]韓国では74パーセントの女性が大学に進むが、これは大学進学率が約66パーセントという韓国男性よりもはるかに多い〔日本の大学進学率は57・7パーセント〈2023年、8年連続で過去最高を更新〉〕。法科大学院に入る女性の割合もますます増えている。[41]

これまで、経済危機の時期にはジェンダーの役割や男らしさに対するパニックがよく起きた。

「1980年代、〔ロナルド・〕レーガン大統領や〔マーガレット・〕サッチャー首相の時代に起きた」とフェミニストの作家のローリー・ペニーは述べている。「ヨーロッパやアメリカで同様のことが起きたのは1930年代だった。18世紀半ばに革命が次々に勃発してグローバルノース全体が混乱したときにも、パニックが起こった。今、同様のことが起こっている」[42]

サンドラ・リー・バートキーやほかの研究者がさらに主張したのは、社会がジェンダーの平等に向けて進む際、メディアによる非現実的なジェンダー規範の表現が伴う傾向があるということだ。[43] これを裏づける証拠がある。たとえば、1870年代にヨーロッパが産業化したとき、女性運動が成長した。[44] そのころ、神経性無食欲というものに関する記述が初めて現れた。

アメリカのファッション誌で最も痩せた女性が登場したのは、1920年代の女性の権利が勢いを増したころで、同様の傾向が1970年代にも見られた。韓国の状況が特に目立つのは、現代の生活が原因になっているだけでなく、この国の伝統の制約的で家父長制的な性質も原因だからだ。そこには儒教の理念の解釈も組み込まれている。

自分の体に不満を持ち、痩せ続ける女性が増えているもうひとつの理由は、韓国社会の「**ウリ**（わたしたち）**意識**」だ。自分のためではなく、他人のために見栄えを良くしようと努力することを意味する。韓国のように集団主義文化の人々は、摂食障害の影響をいっそう受けやすいかもしれない。ほかのみんなと同じに見えなければならないという圧力があるため、「内部の状態と外部の期待」の区別が難しくなり、そのせいで摂食障害が起きるからだ。[45]

2000年のウミ・パクによる研究では、韓国の女性は体が小さくても、自分の身体的特徴の多くについてアメリカの女性よりも否定的だとわかった。社会的な状況で高い感受性を持つ（すなわち、場の空気を読める能力のことで、集団社会では重要だ）人々は、社会的な批判に対してつらい気持ちになる割合も高いからだ[46]。ジョン・アーセラスと同僚による体系的な調査でも同様の結果になったと、「臨床心理学レビュー」誌で発表された。つまり、自分の感情をなかなか表せず、他人の気持ちを優先する女性は食事制限をする可能性が高いということだ[47]。

これは社会意識と感受性が高いという韓国社会の決定的な特徴が、過激なダイエットが盛んに行なわれる土壌にもなることを暗示している。この場合、「**ヌンチ**」という韓国の概念、つまり場の空気を読むのが上手なことは特別な力ではなくて呪いなのだ。女性は自分以外の人間をもっと快適にさせるため、自分自身を小さくしていく。

体重を減らすことや維持することが自分のためではなく、まわりの人のためという場合、自身の体からではなく外からの指示が、どれくらい痩せるべきかを伝えてくる。そのせいで、自分の感覚と体が一致しないと感じることがある。無数のトークショーや広告、デジタルメッセージ。48キログラムという勝手な数字を基準とする低体重が理想だと決めつけるソーシャルプラットフォーム。このような基準を、異性愛の関係では夫や恋人が女性パートナーに押しつけてくる。

「フリー」サイズに合うように痩せていないとか痩せる気がない場合、あるいはアルファベットで表現される体型に体のラインを合わせられない場合、今の体の形からはそれが無理だというのではなく、努力や意志の不足だと主に信じられている。韓国の調査によると、減量に失敗した対象者は強い欲求不満や怒りや自己嫌悪を感じ、その結果、自己評価が低くなり、自己コントロールの能力に対する自信が低下した。予想どおりだが、苦悩の感情は、痩せていないし魅力的でもないと判断されるのではという不安から生じていた。

「クムチョククムチョク」

批判というものは有害なばかりか、とても危険になる場合もある。わたしは初めて容姿を評価されたときの思い出を大勢の韓国女性に尋ねた。ほとんどの人が小学校や中学校でクラスメートから太っていると辱しめられた経験をあげた。

「わたしが10歳になったころ、男の子たちが近づいてきて言うようになったんです。『おまえの太腿、すげえな』って」大学生のチョン・ヘミンが話してくれた。「わたしは自分の体重について考えるようになり、そのときからダイエットを始めました」

韓国の「プラスサイズ(ほかのどこでも、たいていは標準サイズに該当するもの)」は明白な差別とその影響を物語っている。[48]成功したプラスサイズモデルのペ・ギョヒョンは、子どものときに街で出会ったいろんな知らない人から「象みたいな脚」とあからさまに言われたことを覚えている。

フリーサイズに合わない韓国人の中には、レストランで席を断られるとか、採用担当者から「その体で敏捷に働けますか?」と質問される者もいる。自分はスペースを取りすぎるのではないかと恐れて、バスや地下鉄で座らないようにする者もいるのだ。彼らはインターネット上で、肥満を侮辱する擬音語のターゲットにされる。「**パオフ**」は太った人々が呼吸するときに出すとされる音をからかうために使われ、「**クムチョククムチョク**」は肥満の人が食べる際に出すとされる音をばかにするために使われる。[49]

他人の体を監視する行為は、公の場で活動している人にはとりわけ壊滅的な影響を及ぼすことがある。たとえば筋肉のような望ましくない特徴(ええっ!)が、津波さながらの大きな辱めを引き起こすこともあるのだ。特に悲劇的で警告を与えられる例として、K‐POPグループ**f(x)**(エフエックス)の**ソルリ**(本名チェ・ジンリ)の話がある。**ソルリ**が16歳だったとき、国際放送局のアリランテレビが彼女を「すべての韓国男性の理想の女性」と評したが、「太い足首とふくらはぎの筋肉」を「致命的な欠点!」だと批判もした。[50]

健康的に発達した筋肉のせいで女性の魅力が損なわれるという考えには、当時としては意外なほど強い反発があった。予想外だが、これは体型に関する厳格な基準が韓国でも全面的に受け入れられているのではないことを示す。だが、それほど寛大ではない人たちもいた。

苦情が寄せられたあと、アリランテレビは問題の動画をYouTube上で非公開にしたが、謝罪はしなかった。[51] 小学校5年生のときから世間の注目を浴びていた**ソルリ**は、2017年の韓国で最もグーグル検索された人になり、当時の大統領だったムン・ジェインを上回った。[52] 2019年になると、**ソルリ**は悪意ある匿名の投稿者たちから、彼女が犯したと思い込まれた多くの違反行為に対して執拗なネットいじめに直面した。**ソルリ**が自分らしく行動したこと(たとえば、ノーブラや、酔ったように見える姿でソーシャルメディア上に載ったこと)も、彼女の人間関係(年上の男性俳優を、敬意を表してフルネームで呼んだり敬称を使ったりせずに、ファーストネームで呼んだこと)も攻撃されたのだ。[53]

世界で最初に完全なネットワーク社会になった国のひとつとして、韓国はネットいじめが相当盛んだ。おそらくどの国よりも盛んだろう。ほかの多くの国でネットいじめや晒し(ドクシング)が知られる前から、韓国にはこの類の問題があった。

2019年10月、**ソルリ**が自宅のアパートメントで死亡しているのをマネジャーが発見し、その後の調べで自殺と見なされた。[54] それを受けて、**ソルリ**の死は「社会的殺人」と表現され、大統領府には嘆願書が提出された。**ソルリ**への憎悪に満ちたコンテンツが彼女の死に影響を与えたこと、国家は蔓延するネットいじめの文化を考慮すべきであることを主張するものだった。[55]

力を得たいと心から願うこと

韓国の女性たちを調査して話すうちに浮かび上がってきたことがある。いずれも韓国が傑出している慣習である美容整形と摂食障害による体の改造には、似たような動機と表現があることだ。いっぽうは社会的な孤立に対する恐れで、もういっぽうは上昇志向の資本主義的な個人主義のシステム内で力を得たいと心から願うことである。

アジアの経済危機後の韓国では、誰もが勤勉な起業家になれと求められている。能力以上ではないとしても、能力並みに外見が重視されているのだ。極端なダイエット重視の文化が持続していることを、少女っぽい軽薄な傾向と片づけるわけにはいかない。むしろ、それは高度に視覚的で消費が盛んなシステムで自信を与えてくれるものだと、多くの支持者は見なしている。そうしたシステムにおける市場で人々は体を用いて労働し、競争しているのだ。K‐POPスターの卵だった**パク・ボラム**は言った。

〝結果は、わたしを見ればわかります。それが人々にやる気を与えるでしょう〟

現代化によって、韓国の女性の慣習は大きく変わった。主に母親としてのアイデンティティを持っていた女性は、主に妻としてのアイデンティティを持つようになり、消費文化の時代である現在は、自分自身の性的魅力を生かして競争できるようになっている。

社会学者のチョ・ジュヒョンはこう主張する。体の強化と改造は、母性のような「伝統的な倫理観という女性の美徳」に依存しない、人間という資本を向上させる手段である、と。それは「身長や体重、ＢＭＩ指数などの、測定が可能で数値化できる要素」に依存している。[56]または**１：１ｖ１**という比率の顔に依存しているのだ。

韓国のさまざまな要素は歴史や文化の点で独自のものだが、アメリカの考え方と共通するところもある。それは市場への無条件の信頼と、個人の責任に対する信念だ。わたしはそこから、韓国の地域的な圧力や影響は他の要因と無関係に発生するわけではないことを思い出した。シャロン・ヘジン・リーが記したように、「韓国の夢」は集団主義的な価値観と新自由主義の考え方が結びついたものだ。パワーアップした「アメリカンドリーム」で、そこでは市場のニーズと、人々が個人的に得られるものが何よりも優先される。努力と金銭で手に入らないものはない。

現代の文化は女性に「新自由主義的な起業家」になるようにと促し、体を管理することによって自分自身を管理するように勧めている。韓国人にとって、またはKカルチャーに影響された人や自分の外見を最大限に高めて競争力を引き出すという論理を取り入れた誰にとっても、Kビューティーや韓国の整形、そして食事制限は目的を達成するための手段だ。この場合の資産は人間だが、資産から最大限の利益を引き出そうとしている人は、それを達成する方法について説教するだろう。

たとえば、シム・ヘインは思春期に入ったころ、両親に食事制限をされて摂食障害になった。いったんシムが50キログラム未満の体重になり、以前の自分よりも小さくて細くて静かな人間になると、「**自己管理**がすばらしいねと、まわりのみんなが言ってくれました」。

「わたしはずっと空腹を抱えて、トレーニングをしていました。**自己管理**という状態にはほど遠いものでした。でも、韓国の社会では〝**自己管理**〟という言葉は体重を管理し、身だしなみの基準に従っている女性を指すのです」

自己管理は、目標の達成や従順であることという価値観の制約を受けている。

こういう枠組みでは、自分を向上させる行為は内面的なものではない。まわりの人に見える想像上の自分を手に入れることなのだ。想像力はほかの誰もが求めているものに影響される場合が多い。それは人為的に希少性を作り出す。ダイエット文化やファットフォビアによって、「美」や「健康」への人々の理解はますます排他的な領域に向かっている。

K-POPカルチャーのライターの中には、K-POPの初期の時代よりも、2020年代のK-POPの女性アイドルのほうがはるかに主体性を持っていると主張する者もいる。[57] 2000年代の初めごろは、作り上げられたアーティストのための、いわばマネジメント「工場」が大きく報じられた。現在、ガールズグループ**BLACKPINK**は売り上げの面で**BTS**に劣るとはいえ、世界で最も有名なK-POPグループのひとつだ。グループの4人はしなやかな体を持ち、肌はなめらかで若いといった、グローバルな美の模範のような存在だが、慎み深い女性というイメージではない。

彼女たちからは決然として自信に満ちた雰囲気がはっきりと感じ取れるのだ。ヒットチャートのトップにいる、別のグループの**Red Velvet**（レッド・ベルベット）の女性たちはフェミニストの象徴になることを恐れないため、伝統的に家父長制社会の韓国で議論を招き、反発を引き起こしている。ファンである多くの若い女性は、こういうアーティストを称賛する理由を、彼女たちが「力を与えてくれる強い」女性だからだと言う。彼女たちの性的魅力が理由ではない。だが、力を与える存在になるまでの道のりで、このようなアーティストたちが今の外見になるために費やす膨大な労力や、できるだけ太らないようにする努力についてはほとんど語られない。そうなったのは偶然だとされるのだ。

こうして「力を与える」女性としてのモデルの容姿、つまり手が届かないほどの美しさはごく当然のことと受け入れられ、内面化されるため、なぜか最低限の条件にされてしまう！　性の対象として見ること（男性にとって）が、自己の商品化（市場にとって）と絡み合って硬い結び目になっているので、解きほぐすのは不可能だと感じる。そんな見た目になるためには犠牲や自己否定があったはずだが、痩せているのは当たり前のことと見なされ、疑問視もされない。

3度目の出産とわたしの体

２０１７年４月の初め、北朝鮮は４回目の弾道ミサイルの発射実験を行なった。わたしは水曜の夜、ソウルの窓のない自宅オフィスからパジャマのズボンを穿いたまま、このニュースをアメリカの放送で伝えた。コムレックス社製のオーディオ送信機を置くのに、ふたたび妊娠していたお腹が棚替わりになってくれた。まさにその次の晩、やはり同じパジャマのズボンで、わたしは妊娠してから39週目の体でお馴染みの場所へ歩いていった。**ハンガン**の南にある助産院へ。

前のふたりの子どものときに比べると楽ではあったが、４時間にわたる陣痛後、３番目の娘が生まれた。彼女はルナと名づけられた。

ルナが生後８週間のとき、わたしは撮影の現場に連れていった。日帰りスパのロビーで、おくるみにくるまれたルナをフットボールみたいに片腕で抱きながら、カメラマンのジュンとおしゃべりしていた。ロビーの向こうから、小柄なスパの女性オーナーがジュンに向かって韓国語で何か大声で言った。マネキンのようにじっとそこに立っていると、わたしのまわりで韓国語が飛び交った。

「あなたが産後の体脂肪治療に来てもかまわないと、彼女は言っていますよ」ジュンは通訳してくれた。すると、オーナーは1枚のポスターのほうへ大股で歩いていった。大人向けのおくるみみたいにシュリンクラップのようなものに包まれた女性の写真が載っている。カメラマンは少しためらっていたが、恥ずかしそうに通訳した。

「彼女の話では、あなたは太腿と下腹部にこの施術を受けられるそうです」。オーナーとカメラマンはわたしの体のその部分にすばやく視線を向けた。わたしは軽く笑い声をあげ、「わかりました」という意味の「アルゲッスムニダ」と答えてから、「ありがとう」と付け足した。

これまで痩身用ラップというものを試したことはなかった。妊娠するたび、わたしは「健康の」ためのサービスを受けずに、体が自然に膨らんだり縮んだりするのに任せていた。けれども、妊娠して医師の診察室で体重を測るごとに、不安による胸の痛みを覚えずにはいられなかった。

体重の数値はキログラム単位で増えていったが、その数字はどれも(好都合なことに)2桁だったから、馴染みがないものだった。最後に妊娠したときの最終日まで、わたしはこうしてキログラムで測定された体重が、ポンドではどれくらいになるのかを能天気にも自覚していなかった。でも、そうして増えた体重を支えている内腿が痛むことはあった。妊娠中の最後の日、わたしは「81キログラムをポンドに換算」とグーグル検索に入力した。自分がどれくらい重くなったのかを知りたいという病的好奇心に突き動かされたからだった。

10代のときに飢え寸前の1年を生き延びた経験があったから、わたしは見た目、特にサイズを過大評価することが豊かさにつながらないと知っている。「幸福はさまざまな能力や可能性を重んじ、そういうものに価値を置くことから生まれる」と、哲学者のヘザー・ウィドウズは著書の『Perfect Me』に書いている。[58] けれども、手をミキサーに突っ込まなくても、手をミキサーに入れるべきでないことを知っているように、どん底まで落ち込まなくても、自己を認識できる。

ダイエット文化は人間の体にも心にも悪い影響を与える。英国の健康心理学者のニコラ・ラムゼイはそれをこのように表現している。「健全な自意識をひとつのパイだと想像してみてほしい。さまざまな大きさのパイのピースで全体の健康が成り立っている。もし、そのパイの中で外見が占める割合が多すぎる場合、そこで失敗すると、それがあなたという人間の自意識でもっと小さなピースでしかなかった場合よりも破滅的な結果になるかもしれない」[59]

だが、わたしが現代の韓国で目にしたように、美は満足感や可能性をもたらす手段になる場合がとても多い。痩せている少女は魅力的な少女で、魅力的な少女は幸福な少女なのだ。何らかの作用が働く法則によって、体が細いことは幸福につながる。この法則に惹かれて、数え切れないほどの若者が痩せることに時間やエネルギーを費やす。

運動や体重にこだわるせいで、どれほど無駄なものに注意をそらされ、心理的な負担をかけられるか、いくら強調しても足りない。鏡の前で「問題のある」部分を観察してぐずぐずしたり、心の中でひそかにカロリーを計算したり、毎日食べたものを記録したりして、どんなに時間を無駄にしたか、とても計算できないくらいだ。

2000年代初めの「シェイプ」だの「セルフ」だのといった雑誌をめくって、最もカロリーを消費できるワークアウトを覚えようとして失った時間はどれほどだっただろうか。17歳だったわたしはそれだけの時間を、もっと確かな人間関係を築くことや、さまざまな考えを取り入れることや、個人的なリスクを冒すことや、新たな経験を試すことに費やせたはずだった。そうする代わりに、当時のわたしは痩せることに取りつかれ、空腹でつらい思いをしていた。食べ物のことを考え、いつ食べるべきか、食べたものを燃焼させるにはどうしたらいいかということが心の中で太平洋並みに広いスペースを占めていた。

　痩せることや、ある程度のボディラインでいることについて韓国女性が感じるプレッシャーは、信じがたいほどだ。だが、体への不満や肥満恐怖的（ファットフォビック）な考えを捨て去るという取り組みは普遍的なものだろう。そもそも、ある種の体には価値があり、それ以外の体には価値がないという考え方をどうやって学び、標準化したのかを突き止めなければ、捨て去ることはできない。「このような考えが未来の世代に伝えられてしまうサイクルを止められない……また、そんな考えが引き起こした、心の奥のしばしば気づかれずにいるトラウマを認識せずには、これらのイデオロギーは解明できない」と、アメリカのカルチャーライターのアン・ヘレン・ピーターセンは、広範囲にわたる有害なファットフォビアについて書いた[60]。

「あたしの体が大好き」

　ここにあげたようなさまざまな力がわたしの娘たち、新しい世代の彼女たちが思春期に近づいたときにどう現れるのだろうか。先日、今では9歳になり、長い手足と柔らかな体を持ち、ダンスが好きなエヴァがじっと自分を見つめていた。わたしの寝室にある全身が映る鏡の前でだ。彼女は両腕を頭の上に高く上げ、鏡に映った姿から目を離さずにきっぱりと言った。

「あたし、あたしの体が大好き」。ノートパソコンで入力に没頭していたわたしは手を止め、目を上げた。エヴァの言葉がとても相容れないものに聞こえた。自分にはそんなふうに体を肯定して楽しんだ記憶がひとつもない。9歳のころなら、なおさらだ。体のイメージに関するこの本のためにリサーチし、執筆して自分の内面にある恥辱（山ほどある）を前よりも意識するようになったこのごろ、わたしは考えてしまった。エヴァはいつの時点で自分の体を愛さなくなり、批判的に見るようになるのだろうかと。

来年？　再来年？　それとも、わたしは子ども時代の悩みの種を、自分とは似ていない別の人間に投影しているのか？　わたしとはまったく異なった環境で育ち、完全に新しい世代の一部である人間に？

今日のティーンエージャーがあまりプレッシャーを感じなくなり、もっと自分を受け入れることをわたしは強く願っている。だが研究者によると、体への不満や恥ずかしさは若い女性の間に慢性的に、しかも広く残り続けるという。この状況を公的な健康問題として認識すべきだと訴える研究者もいる。そこには数え切れないほどの壊滅的な結果がある。低い自己肯定感、弱まった幸福感、摂食障害、活動の減少、危険な行動、体や心の健康の問題が伴っているのだ。[61]

痩せようとする行動によって時間やエネルギーが奪われ、心の健康が損なわれるだけではない。気まぐれな理想に基づいて行なわれるせいで、長期的にはさらに太る可能性があり、命を落としかねないほどの危険もある。[62]　理想の脚の比率が**5：3：2**だとか、**S ライン**や**X ライン**を描く体型が好ましいといった考えがどこから生まれたのかはわからない。だが、このような数値は、ボディラインや体の部分の比率を修正する商品を売りたい人間によって維持されていると、推測してもいいかもしれない。

「こんな状況から金儲けをしている人間に最大の責任があります」とセラピストで、摂食障害を克服したキム・ユナは言う。「ダイエット関連会社やエンターテインメント会社や、ダイエットを利用して金儲けをする人たちがいますよね？　こういう人々が美の基準を作っているのです」

２０２１年の時点で、世界のダイエット産業の市場規模は２５５０億ドルとされ、26年には３７７０億ドルに達すると予測されている。(63)

「マスメディアが女性の体の〔不可能な〕理想を宣伝することによって、女性の体についての男性の見解はゆがみ、結果として、女性に自分の体との戦いを促すことになる。この戦争での真の勝者は男性でも女性でもなく、美しい人、形成外科医、広告会社、マスメディア業界である」と韓国の記者ペ・グクナムは肥満恐怖症の自国について書いている。(64)もっとも、同じことがわたしの国、アメリカにも言えるだろう。

第9章 〝モルカ〟に狙われる女性たち

2018年の韓国人女性

2018年には、韓国の女性たちはもううんざりしていた。多くの不平等に我慢ができなくなり、世界的な「#MeToo運動」に触発されて、集団で反発を示した。大きな集団だった。オフラインでは、何万人もが通りに押し寄せ、韓国史上最大の女性の集会が行なわれた[1]。オンラインでは、英語で「#EscapeTheCorset［**#脱コルセット**］」運動として知られる、外見の基準に反対する持続的なキャンペーンが展開された。女性たちは憤りを覚えるさまざまな事柄に反対するために結集した。性的暴力、盗撮、今日のいわば「コルセット」である外見や行動についての制約的な規範に対する怒りだった。当時、わたしはまだ韓国に住んでいたが、彼女たちの集会のどれにも参加しなかった。金正恩（キム・ジョンウン）のせいだった。

その年の初め、北朝鮮の独裁者は平壌（ピョンヤン）での毎年恒例の演説を行なった。ライトグレーのスーツとそれに合ったネクタイを身に着けたキム・ジョンウンは整然と並ぶ黒いマイクの前に立ち、低いバリトンの声で宣言した。北朝鮮は核戦力を「完成」させるという「偉大で歴史的な大業」を果たした、と。[2] さらに彼は自分の机に核ボタンを設置したとさえ主張した。

それからキム・ジョンウンは方向転換し、長年の敵である韓国と対話を始める意向を示した。そのころ朝鮮半島での両国の関係は最悪で、北朝鮮と韓国は2年間にわたって外交を行なっていなかった。キム・ジョンウンのこの転換に全世界が驚いたと言っても過言ではない。とりわけ、翌月に韓国で開催される冬季オリンピックに北朝鮮の選手団を送ると発言したので、驚きはいっそう大きくなった。

夫のマットもわたしもそれぞれの放送局に現地報告を急いで送り、その間、うちの子どもたちは監督する人もいない状態で夜更かししていた。

ジェットコースターさながらに急転換する北朝鮮のニュースがその年の前半を占め、目まぐるしいスピードで新たな展開が続いた。歴史的な南北朝鮮の対話は、新年の演説から10日も経たずに行なわれた。[3] 北朝鮮と韓国は冬季オリンピックで史上初めての統一チームに選手を送ることで合意した。[4] 2月になると、北朝鮮の選手団が冬季オリンピックに参加するために国境を越えた。[5]

オリンピックが始まったある晩、わたしはホッケーの試合会場で北朝鮮のチアリーダーたちの中にいた。数列前には北朝鮮の指導者の妹である、そばかす顔の小柄な金与正（キム・ヨジョン）がいた。彼女はピョンヤンのプロパガンダの司令塔だった。3月、2011年に閉鎖的な国家の指導者になってから初めて、キム・ジョンウンは他の国家元首と対談するために国外へ出た。相手は中国の習近平（シュウ・キンペイ）主席だった。[6]

わたしは慌ただしくて狂乱状態の日々を送っていた。ノートパソコンにかがみこみ、暑すぎて肌が乾燥してしまうバスや、ソウルの混雑した通りを這うように進むタクシーの中で仕事をした。**韓国高速鉄道**（KTX）内で仕事したこともあり、東海岸へ向かって列車が田舎を猛スピードで走るせいで、窓からの光景はぼんやりした緑の幻影さながらにしか見えなかった。

そんなふうに家から長い間離れて不規則な時間で働いていたため、1歳になるまではルナを母乳で育てようと思っていたことも、あきらめる羽目になった。ルナは生後10カ月に離乳させられた。新築だが、ひどく孤立した**ピョンチャン**のメディア関係者用のアパートメントに3週間滞在したわたしが取材から帰ったあとのことだった。その冬季オリンピックは、1992年以来、最も寒かったという。

「ここには世界じゅうから人が集まっているのよ」わたしは友人に携帯メールを送ったものだ。「なのに、とても寂しいの」

「海を漂流していて、喉が渇いて死にそうな状態と似ているんじゃないかな」彼は返信してきた。

4月末、キム・ジョンウンと韓国大統領のムン・ジェインは1945年以来、朝鮮半島を分断してきた北緯38度線で握手し、共同宣言が発表された(7)。わたしの脳はボウルに入ったふやけたオートミールのような感じがして、髪の毛は塊になって抜け落ちた。産後の抜け毛というものは嘘ではない。「いつか北朝鮮の過酷な取材は終わるだろう」。当時、わたしは日記にそう書いていた。「でも、その前にわたしのほうが終わってしまう」。キム・ジョンウンが夢にまで現れていた。

江南トイレ殺人事件

わたしがこうして忙殺されていた間、韓国で長年にわたってくすぶっていたジェンダーを巡る緊張状態が激化し、女性の権利の見直しに発展した。女性たちは韓国の根深い家父長制的な構造が、デジタル時代でも「残酷な新しい形」を見つけたことについて「完全な反乱」状態だった。[8]

わたしは通りすがりに一瞬、こういう動きに注意を払ったにすぎない。その春の報道の仕事は、シンガポールでの取材に備え、そこへ飛ぶ準備をすることに重点が置かれていたのだ。アメリカと北朝鮮の現職の国家元首による初めての対談となる、ドナルド・トランプとキム・ジョンウンの首脳会談が急遽発表された。記事を送ったりラジオで報道したりする合間のわずかな静寂の時間、わたしは何かを見逃しているような感覚に苦しめられた。わたしのまわりでは女性たちが性的暴力に反対する大規模なデモを組織していた。それは韓国でかつてなかったほど大きな女性の集会となるはずだった。[9]

この歴史的な瞬間のきっかけとなったのは2年前の出来事だ。2016年5月、にぎやかな地下鉄**カンナム**駅近くにある「**ノレバン**」、つまりカラオケボックスのトイレで34歳の男が23歳の女性を刺殺した。[10] 犠牲者は犯人と面識のない人間だった。

防犯カメラの映像によると、犯人は6人の男性がトイレに入っていくのを見送ったあと、女性を被害者に選んだことがわかった。[11] 犯人はどう説明したかって? 女性が自分を「ばかにした」と彼は警察に話したのだ。[12]

ある女性が普通の1日を過ごしていたときに犠牲になった。加害者は女性を軽蔑し、彼女たちに暴力をふるいたがっていた。多くの韓国女性にとって、名前が決して公開されなかったその女性の死にはあまりにもお馴染みのものがあった[13]。この事件は悲しみと怒りを引き起こし、その後の数日間、韓国の女性たちは殺害現場の近くに集まって犠牲者を追悼した。

カンナム駅の入り口を覆うガラスドームの壁に、お悔やみの言葉、自分にも心当たりがあるといったメッセージを書いた、さまざまな色の付箋を貼りつけた。それらは虹を思わせた。「彼女を殺したのは女性蔑視(ミソジニー)だ[14]」とか、「わたしが生き延びているのは単なる偶然[15]」、「あなたに起こったことはわたしにも起こった[16]」といったものがあった。この付箋によるコラージュは仮の慰霊碑になり、驚くべきメッセージや性的暴力や恐怖の話で埋め尽くされた。画面越しに発言するほうが安全だと感じたさらに多くの女性たちが、オンラインで自分の経験について語った。

2018年には、性的違法行為についての告発が殺到し、著名な舞台演出家[17]、有名な詩人[18]、それにリベラルな知事の安熙正(アン・ヒジョン)が公の場から消えた[19]。韓国の女性たちはかつてないほどの規模で、集団の不満を組織化することに取り組んだ。

カンナム殺人事件から2年経った2018年の5月、性犯罪に対してさらに多くの責任を求めて、インターネットで組織されたデモに2万人の参加者が集まった[20]。参加者は赤い服を着ていたが、帽子をかぶってマスクで顔を覆い、サングラスをかけて身元がわからないようにした[21]。「デモでは身元を隠すのが難しいのです。目立つわけにはいきません」とキム・ジミンは言う。彼女はその年にフェミニズムを知るようになった。

「暴力を不安に思うせいで、自分が無力だと感じます」

さらに女性たちは匿名性を活用して、言いたいことを述べた。全世界の女性と同じように、韓国の女性も家庭内暴力やセクシャルハラスメント、レイプの脅威にさらされて暮らしている。だが、韓国ではテクノロジーの現代化により、女性は特殊なタイプの性犯罪という重荷を負わされる。それは「**隠しカメラ**（モルカ）」だ。

女性たちは**モルカ**と呼ばれる隠しカメラのネットワークによって、最もプライベートな自分を絶えずデジタルで監視されながら暮らしている。また、こういう**モルカ**は悪意ある人間によって、衣料品店の試着室[22]、公衆トイレ[23]、学校[24]、病院[25]、バス[26]などにこっそりと仕掛けられているのだ。教師[27]から医師[28]や公務員[29]にいたるまで、ありとあらゆる平凡な中流階級の加害者たちが個人の家や公共の場からコンテンツを収集するため、ひそかに**モルカ**を設置し、日常の個人的な活動をしている被害者の映像を撮る。インターネットに接続できる誰もが、そういう映像をアップロードしたり、売ったり、拡散したりできる。隠し撮りによるポルノ映像が国じゅうに蔓延しているということなのだ。

コンテンツの80パーセント以上は、知らないうちに撮られた女性たちの体だ[30]。たいていは男性によって撮影されたものだ[31]。

このような隠しカメラはリベンジポルノも撮影し、熱心な視聴者もいる。韓国のポルノの拠点では「隠しカメラポルノ」というジャンルもある[32]。２０１８年5月の集会で、マスクをつけた女性たちは「わたしの人生はあなたのポルノではない」と書かれたプラカードをそろって掲げていた。

国際人権団体の〈ヒューマン・ライツ・ウォッチ〉は**モルカ**を性的暴力のひとつの形と呼び[33]、このタイプの犯罪はここ10年間で6倍になっているという[34]。だが、**モルカ**に関する犯罪はめったに起訴されないため、事実上、合法化されているのだ。

アメリカでは、スポーツキャスターのエリン・アンドリュースが彼女の裸体を盗撮した男性から受けた感情的な苦痛に対して、陪審員が５０００万ドル以上の賠償金を申し渡した[35]。毎日、膨大な数の似たような状況に、韓国の女性も直面していると考えられる。韓国の法律では、デジタル関連の被害に対する刑罰は最大で5年の懲役刑だ。デジタル犯罪の被害に遭った場合でも、事件が追及される可能性はめったにない。

韓国の当局は、この類の犯罪は起訴するのが難しいとよく言っている。その例外的な事件が２０１８年の春に起きた。警察はデジタル性犯罪の加害者である女性を逮捕したのだ。[36] 逮捕されたのは美術学校の女性モデルで、彼女は裸の男性モデルをひそかに撮影していたという。もっとも、このように女性が男性を撮影する例は、女性が**モルカ**によって被害者になる、数万件と推定される例に比べれば非常に少ない。女性たちは通りで拳を振ってスローガンを唱えた。「男性器があれば無罪、なければ有罪……男だけが人間なのではない！」[37]

５月の集会と同様のものが7月の初めにも開かれ、参加者はさらに増えて約6万人にのぼり、ほかの抗議運動も続いた。「**プルピョナン・ヨンギ**」つまり「不都合な勇気」というあだ名がついた集団だった。[38]

コルセットを捨てた証拠

性的暴力に反対するオフラインでの抗議運動と同時に、急激な拡大を見せるオンラインでのキャンペーンも起こっていた。自分たちに課された外見への抗議に狙いを定めたもので、「**コルセットフリー運動**」または「**脱コルセット運動**」と呼ばれるこの運動は、２０１６年にわずかな数のハッシュタグから始まり、18年には数千人が参加するほどに広がった。ほとんどが10代か20代の推定30万人の韓国の女性が髪を切ったり、コンパクトを壊したり、完全なノーメイクで人前に出たりすることで、容姿の理想を拒否する姿勢を明確に示した。[39]

女性たちは切り取った髪の束や壊した化粧品という挑戦的な写真を匿名で投稿し、韓国語で「コルセットを捨てた証拠」というハッシュタグを添えた。[40] 化粧品を捨てた写真を投稿したとき、女性たちは深い安堵感と安らぎを表現していた。社会的に受け入れられる女性という自分を示す行為に休みはない。この女性たちは延び延びにしていた行動をようやくとった。美しくなるための努力に対する大規模なストライキに加わったのだ。

これはわたしがソウルで過ごした最後の年だった。韓国が卓越しているふたつのテクノロジーである、監視テクノロジーと自己改善が目的のテクノロジーへの反応が衝突し、女性の権利を求めるための史上最大の集会が開かれ、現代の解放運動と男女間の激しい争いを煽り立てることになった。

フェミニストの女性たちは身の安全を懸念し、はっきりとわかるリーダーも広報役も立てずに活動した。だが、多くの「**脱コルセット運動**」の活動家は大学のキャンパスや職場で気づかれてしまった。この女性たちはショートにした髪やノーメイクの顔という形で抗議を発信していたのだ。

韓国では身づくろいをせずに人前に現れることが、ほかの国の場合よりも難しい。美の文化が浸透しているせいで、それに従わない人はひどく目立つからだ。「**脱コルセット運動**」に加わった女性は迷惑な嘲りの対象となったり、公の場で辱しめられたりしている。「職場の人たちはわたしを名前で呼ばずに、〝男の子〟と呼びます」とホ・ジュヨンは言った。彼女は「**脱コルセット運動**」のメンバーであり、ポッドキャスターで、ある出版社の編集者だ。「『なぜ、そんなふうにしているんですか？』と彼らは尋ねるでしょう。家族からはそんなこと〔ショートヘアとノーメイクで人前に現れること〕をしていると危険だと言われます。誰もが自分なりの戸惑いを口にするんです。最初、わたしは自分の考えや価値観を説明しようとしましたが、彼らが聞きたがったのはそういうことではありませんでした。だから、今はただ無視しています」

「わたしはきれいではない。きれいでなくてもいい」

何人かの美容系ユーチューバーもこの動きに加わった。ペ・リナはそのひとりだ。以前のペ・リナは週に何時間も費やしてリングライト［光源をリング状に並べたライト。ネット配信でよく使われる］やデジタルカメラの前でメイクアップの指導をすることで、視聴者数を増やしていた。だが、「わたしはきれいではない」と名づけた魅力的な動画で、彼女は次から次へと慎重に化粧品を重ね塗りしていくところを見せた。その間、同じ画面には彼女の姿と並行して、オンラインで投稿されるコメントがスクロールして表示されている。[41] 社会によって定められた女らしい基準に合わせるため、彼女が全力を尽くしているのに、メイクの間じゅう、見た目についての侮辱的なコメントが投げつけられる。それから、ペ・リナはそこまでの手順を逆にたどり始める。塗り重ねた化粧品をすべて拭い去り、素顔をさらすのだ。そしてこの動画の中で初めて彼女は微笑し、画面は真っ暗になる。画面上に最後のメッセージが現れる。「わたしはきれいではない。でも、きれいでなくてもいい」

この動画はバズって、CNNとBBCの両方が動画の一部を紹介した。[42] 今ではネット上から削除されてしまったが、彼女は短い動画の中で韓国女性にとっての二重拘束（ダブルバインド）に巧みに注意を向けさせていた。美の規範を拒絶するとき、その女性はのけ者扱いされ、態度の悪さや「試みる」努力をしないことを非難される。けれども、真剣に努力しても、正しいやり方ではないとか、やりすぎだと言って非難されるのだ。または、外見に費やす金が多すぎて浅薄だと見なされ、「**テンジャン ニョ**」、つまり「**味噌女**」のようなばかにしたあだ名をつけられる。女性は社会が育めと勧める唯一の特質である外見に投資しようとするとばかにされ、投資しないと、さらにばかにされるのだ。

もしかしたら、一種の抵抗の形として化粧を用いた、1920年代の「モダンガール」や70年代の「ファクトリーガール」をゆがめた今日の形が、美の文化にまったく加わろうとしない「若い女性たち（ガールズ）」なのかもしれない。

もうひとりの「**脱コルセット運動**」のメンバーは26歳のチェ・ユジンだ。彼女は10歳のとき、男の子たちから「ダーキー」とか「ゴジラ」といったあだ名をつけられていた。チェの肌は「黒っぽい（ダーカー）」色（韓国では暗めのベージュを指す。または、明るい砂色に近い）だったからだ。現在の彼女は情報デザインの仕事を探すとき、黒い髪をショートボブにして長い前髪を下ろしている。彼女は日焼けしていないし、太ってもいない。けれども、子どものころの親友の少女にさえ、「ふざけて」猿と呼ばれたことを覚えている。

「美しくなり損ねたせいで、わたしは人生のすべてに失敗したように感じていました」とチェは言う。「彼らがあんな意見を言ったのはわたしを傷つけるためだとは全然思いませんでした。わたしのために言ってくれるのだと思っていたんです」。チェの話によると、容姿が合格レベルに達しない人はふたつの対応のどちらかを選ぶことになるという。姿を消して社会から脱落するか、社会を受け入れるかだ。社会を受け入れる場合は自分の尊厳を脇に押しやり、途方もない苦役を強いられる。「わたしは社会に属していたかったので、目に見える存在のままでいました。すると、まわりの人たちはわたしや体重のことをからかったのです」。チェは「**脱コルセット運動**」によって、見た目がどうであれ、自分には価値があるし、コミュニティに貢献できるのだと初めて気がついた。

「夫をつかまえられないぞ」

ソウルにある建国大学校の身体文化研究所の教授、ユンキム・ジヨンは「**脱コルセット運動**」をその始まりから追ってきた。彼女の話によると、「脱出する」まで外見重視文化の力に気づかないのはチェだけではないという。なめらかさが足りない肌や、痩せたり引き締まったりしていない体、若さの不足は自分が悪いのだと、女性たちは生涯にわたって教え込まれてきた。

「この競争社会で絶えず強迫観念に駆られ、自己嫌悪に陥り、疲労していると、その根本的な不平等の構造に取り組むエネルギーを奪われてしまいます」とユンキムは言った。

最初のうち、見た目がどうであっても、自分自身に価値があるのだと聞かされても、そういうことを耳にしてこなかった若い女性にはまるで異質の話に思える。「ダーキー」というあだ名で呼ばれていたチェは、初めて参加したフェミニストの会合でまさしく「意識を向上させられた」と言った。これはアメリカのフェミニズム第二波で言われていたことと同じだ。フェミニストたちは、チェが成長過程で受け取ったあらゆるメッセージを批判した。たとえば高校生のとき、チェは父親からよくこう言われたものだった。「もっと見た目が良くならないと、夫をつかまえられないぞ」。だが、「**脱コルセット運動**」に参加していたほかの女性たちは、驚くべき考えを口にした。どうして、それが脅しになるの？　なぜ、そもそも女には夫が必要なの？　「美しく」見えるようにするのは何のため？

韓国の女性は美が最大の資産だと伝統的に教え込まれてきた。美人なら結婚相手が見つかるからだ。結婚によって、女性は交渉の最大の切り札である自分の体を、社会的地位や経済的地位と交換できた。こういう考え方から、女性は結婚だけでなく、キャリアや母親になることに関連する意見や選択にも影響を与えられているのだ。今日では、もっと開かれた社会のおかげで、若い世代の韓国女性はほかにも可能な取引を見つけている。

一種のフェミニスト的な資本主義のもとで、女性は自分の事業ができるかもしれない。外見やプレゼンテーションによって競争相手よりも優位に立てば、社会的地位や経済的地位を得られるだろう。だが、女性はどちらの道でも経済のメカニズムや、終わりのない市場の競争で完全に自分が責任を負うべき、新自由主義の論理を超えられない。どちらのタイプの取引でも、美しさが足りない場合は無価値だと、韓国の女性は教えられている。

「**脱コルセット運動**」のようなものの中だけでフェミニズムを学んだ若い女性たちは、その運動を映画の「マトリックス」に出てくる「赤い薬」になぞらえる。自分は交換可能な商品にとどまらない人間だと、彼女たちが気づいた瞬間だった。この啓示によって、ジェンダーの抑圧やそれが無数の形で表れている事実を発見したのだ。彼女たちの多くはまわりの人間になんとなく従い、当時の有名人が先駆けとなっている美のトレンドを真似して、こう見えるべきだとされる自分を作っていたことを振り返っている。そんな行動をとっていたので、まわりの期待から自由になって自分で選択できるようになっても、どう見られたいかを理解することが難しくなっていた。

最近は女性の権利に関する活動がとても盛んになったおかげで、韓国の女性たちは規定されたジェンダーの役割の力を認識するようになった。教え込まれてきたことを、たわごとと指摘したことにより、力を制限できるようになったのだ。フェミニスト運動のリーダーで、長年にわたって活動を記録してきた作家のイ・ミンギョンはこう語った。美の理想の追求に「ほどほど」というものが存在しないといったん気づいた女性たちは解放された気分になり、安らぎを見いだした、と。「とりわけ、韓国では心の健康の問題がタブー視され、それに対する支援がほとんどないため、活動がわたしたちにとって一種のセラピーになっています」とイ・ミンギョンは話した。

韓国、人口減少で消滅する？

「**脱コルセット運動**」のような抗議活動は、美容産業を打破するための動きとして描写される場合がある。だが、実際の出来事はもっと根が深い。２０１８年のデモで、女性たちは監視されることと、その監視によって心理的な負担をかけられることのふたつの事実を拒否した。外見が何よりも重要だという、変わることのない概念を拒否したのだ。このレンズを通して見ると、**モルカ**によるデジタルの性犯罪への抗議と、美の規範に対する抗議は同じものと格闘していることがわかる。19年にユンキムがＮＰＲ［米国公共ラジオ放送］に語ったように。

「彼女たちの目的は、家父長制度と呼ばれる男性中心の巨大な土台を転覆させることです[43]」

女性は完全な自我を求めている。あらゆる監視から逃れたいと願い、ジェンダーに伴う期待から解放されたいと思っている。それが「**脱コルセット運動**」が男性中心の枠組みの批判にまで及んだきっかけなのだ。その枠組みでは、「理想の」または典型的な市民は男性の働き手で、一家の稼ぎ手であり家庭の長だった。この枠組みにおいては、男性の働き手の賃金が家族を支えるべきで、妻の賃金があるとしても、補足的なものにすぎない。こういう根の深い性差に基づいた、時代遅れの「家族賃金（ファミリーウェイジ）」［夫の稼ぎだけで家族を養うに足る賃金］の構造は朝鮮王朝時代から存在していたが、韓国の新自由主義的な（そしてアメリカの）理想の社会における現代の生活に再現されている。

　働く父親と家にいる母親から成る家庭は、伝統や社会的地位の上昇の象徴だ。そのような家族の構造はいまだに雇用や福祉、発展といった韓国の国家政策の基盤となっている。「交際する場合、若い世代でさえも、男性が恋人を人々に紹介するときには彼が良い印象を持たれるようにと彼女が手助けする必要があります。結婚では、良い母親で良い妻でいるために、女性は夫と子どものそばにいなければならないのです」とソウルの建国大学校の教授ユンキム・ジヨンは言った。

　外見の基準への拒絶は、その根本にある行動の基準を拒む韓国の若い女性の増加につながった。多くの者は「**非婚女性**（ビホンヨソン）」つまり「結婚しない女性」として、結婚や母親になることを拒否している(44)。彼女たちは独身で子どもを持たないという選択をすることによって、女性は献身的な世話人として役割を果たすべきだという期待に反抗しているのだ。

　わたしが話した20代のフェミニストの多くは、自分がその仲間に属すると見なしていた。今やこのような拒絶の動きは前よりも明らかになったが、韓国の女性は＃ＭｅＴｏｏ運動以前から、子どもを作ることや無報酬の家事を引き受けることを強制されまいとしていた。「**脱コルセット運動**」が主流となった翌年、韓国の出生率は過去最低まで落ち込み、その後も低下し続けている(45)。

　２０２０年には、出生率は世界で最低だった(46)。この出生率のままなら、韓国人は２７３６年ごろには絶滅するだろう(47)［２０２４年2月、韓国統計庁は前年の合計特殊出生率（暫定値）が０・72だったと発表した。世界最低水準だった22年からさらに０・06低下し、少子化が加速。また、多くの研究機関が韓国を「人口減少で地球から消滅する最初の国」と予想している］。

彼女たちが見たい未来

女性がかつての日常を初めて捨ててから数年経った今、フェミニズム運動に加わっている彼女たちに会うと、誰もがチェ・ユジンと同じように見える。大半は少年のような髪型で、男女の区別がない、ジェンダーニュートラルなゆったりした服を着ているせいで体型はわからない。眼鏡をかけ（韓国ではタブーだ）、顔に塗っているのはせいぜい日焼け止めか**BBクリーム**くらいだ。けれども、わたしが会った全員が以前の自分の写真を引っ張り出してきた。そこに写っている彼女たちは、社会で規定された役割を演じる女性そのものに見えた。ウエストまで届く髪、チェリーレッドやコーラルピンクの唇、完璧にメイクされた茶色の目、それにシミひとつない乳白色の肌。Ｋ－ＰＯＰの純情な少女のようだった。遠慮がちに見えるポーズをとり、両手はウエストのあたりに置き、視線は下に向けてカメラからそらすか、まっすぐレンズを見つめるかして、唇はわざとらしく突き出されていた。

昔の自分の写真を見せるためにスマートフォンをわたしに渡したとき、彼女たちの多くは元の自分をおもしろがり、驚いていた。「女装でもしているみたい」と、10代の自分の写真をじっと見つめながら言った者もいた。

彼女たちはスキンケアや美容サービスに費やしていた金額が、毎月５００ドルから７００ドルだったと計算した。人前に出るために、毎日どれくらいの時間を身だしなみや準備に費やしたかを手書きで記録していた者もいる。このような記録が思い出させるのは、自分を商品化して力を手に入れる「フェミニスト資本主義者」の夢をかなえるといった幻想を追求できるのが、金と優れた体を持ち、基本的にきれいな外見の人だけということだ。現在、彼女たちは金銭も時間もそんなケアやサービスに費やしてはいない。

こういう女性が韓国で目立っているのは、規範に忠実な何百万人もの女性に比べてかなり数が少ないせいだ。彼女たちはコルセットから脱出するために相当な代償を払った。解雇されたり、報道によると、暴行されたりした[48]。上司になる予定の人から「あまり女らしく見えない」と言われたりもした。だが、彼女たちはそれでも毎日毎日、自分の体で抗議を示している。

このようなフェミニストたちのショートヘアについてわたしが考えていたとき、韓国の人々の政治的な主張は髪型に現れることが多いと思い当たった。おそらく儒教が盛んだった時代、人々が年配者を敬うために髪を切らなかったことが理由だろう。韓国で、髪は抗議を示すために用いられる部分、ある大義への献身を示す手段とされてきた。1960年代と70年代、韓国が軍事独裁下にあったとき、反体制の人々は抵抗のしるしとしてよく頭を剃った[49]。このことを知ったのは、わたしが韓国に来て最初の月、抗議のしるしに頭を剃っている市民を見たときだ。

人々が集団で髪を剃った出来事のひとつは、ソウルの旅客船セウォル号の災難から1年後のことだった（船は2014年に**チェジュ島**へ行く途中で沈没し、修学旅行で乗っていた高校生ら300人以上が溺死した[50]）。

わたしはソウルの**光化門広場**で行なわれた追悼デモを報道していた。嘆き悲しむ母親たちは船が海底から引き揚げられていないせいで子どもを埋葬できないこと、事故の原因について徹底的な調査をしてほしいことを訴えた。アシスタントのヘリョンとわたしは、こういう父親や母親が調査不足への抗議として互いの頭を剃り、黄色のケープを身につけるところを撮影している多くのテレビカメラの下でかがんでいた。彼らの頬を涙が流れ落ち、悲しみのあまり、追悼のサイレンの音を圧するほどの声で泣き叫んでいる者もいた。式典の終わりには、40代から50代の大勢の父母たちが仏教の僧のように見えた。

髪は非常に大切であり、短く刈り上げることは大きな意味を持つ。人々は短い髪を短絡的に判断する。2021年の東京オリンピックで3つの金メダルを獲得したアン・サンは、ショートヘアが理由で激しいネットいじめに遭った。彼女は批評家からジェンダー政治（ポリティクス）について質問され、韓国では依然として致命的なレッテルを貼られた。「フェミニスト」であると。[51]

ボディ・ポジティビティの出現

だが、抵抗の表現方法もさまざまだ。なんといっても、ここにあげた女性たちが脱出しているのは象徴的なコルセットからなのだから。この前の章で紹介したプラスサイズモデルの29歳のペ・ギョヒョンは、現代韓国で発展途上にあるボディ・ポジティビティ運動の先駆者的な存在だった。彼女は自分が太っていると誇らしげに言い、期待される規範に当てはまらない体をできるだけ見せている。[52] ペ・ギョヒョンはメイクやヘアスタイルに無頓着なわけではないが、彼女やほかのプラスサイズの人々はこれまでと異なる美のモデルを確立しつつある。それは少しずつだが、受け入れられるようになっている。彼女が登場する前、韓国には「プラスサイズモデル」というカテゴリーが存在しなかった。

ペ・ギョヒョンはもっぱら**〈ジェイスタイル〉**というオンラインのファッションブランドのモデ

ルをしている。彼女は自信に満ちた様子で動き、ティックトックやインスタグラムでお尻を振ってみせたり、重そうな体にぴったりくっつく服やクロップトップを着てソウルをぶらついたりする。身長が160センチメートルで体重が90キログラムのぺは黒い髪を長く伸ばし、先端をカールさせている。顔はファンデーションで毎日、整えられる。彼女は淡々とした態度をとっているが、絶えず嫌がらせを受けるネット上や、体型を侮辱される街頭で、体にぴったりした服を着るのは過激な行動だろう。

「わたしはすべての美の規範を否定しているわけではないの」と彼女は言った。「美の基準を一種の参考にすることはできるでしょう。あなたに似合うものや好きなものを見つけてほしい。自分をじっくり見つめられれば、まわりのものを参考にして、自分自身を見いだせる。そうすれば、あなたなりの美しさを見つけられるのよ」。女性でいるための方法がひとつしかないわけではない、と彼女は強調している。

それは韓国のトランスジェンダーの女性に特に当てはまるだろう。トランスジェンダーの女性の数は公式には記録されていない。韓国はまだLGBTQ+の権利を認めていないし、性的少数者を保護するための差別撤廃措置を採用していないからだ[53]。

「わたしたちは目に見えない存在なのです」とトランスジェンダーの弁護士で活動家でもあるパク・ハンヒは言う。彼女のコミュニティは伝統的な女性らしい美の概念を称え、アクセサリーをつけたりメイクしたりしている。性的指向を公表し、内面で感じるとおりに外見を装っているという気持ちになれる、力強くて喜ばしい方法だ。クィアの視点からすると、メイクアップやハイヒールは彼らが追求しなければならないアイデンティティに力をもたらし、肯定してくれるものなのだ。

シスジェンダーの「**脱コルセット運動**」の女性たちは、一般的な美の規範に合うように自分を作ったとき、不快な変装をしている気分だったと表現した。韓国の社会の大部分でまだ受け入れがたいと思われているトランスジェンダーの女性にとって、女性らしく見えることは鎧を手に入れるような役割を果たす。両者の間にあるこのような緊張が、韓国のフェミニストのコミュニティで議論を引き起こし、意見の相違を生んでいる。

トランスジェンダーのアーティストのイ・シウンは、女性として通るように髪を長く伸ばしていた。だが、その後、そもそも女性として受け入れられようとすることを、ほかのフェミニストたち（その中には「ターフ（TERF）」もいた。「トランス排除的ラディカル・フェミニスト」のことだ）から批判されたという。美の文化が非現実的な理想を押しつけるという点に自分は賛成なのだから、これは残酷で不可解なことだと彼女は思った。

「わたしは飾り立てることが負担だと感じていますし、きれいに見えなければならないという圧力が強すぎるとも感じています」イ・シウンは言った。「でも、トランス女性にとって事情は違います。なぜなら、シスジェンダーの女性はメイクしなくても『全然、女に見えない』と非難されることはないからです。女性として通用することは、生き残ることと関連しています」

トランスジェンダーの人々が存在を脅かされるような事件は驚くほど多い。ある研究からわかったが、トランスジェンダーの人々は、シスジェンダーの人々の4倍、暴力事件の犠牲になっているという[54]。トランスジェンダーのふたりにひとりは人生のどこかの時点で性的虐待を受けたり、暴行されたりしている。

通りを歩き回るだけでも恐怖を覚えることがある。「外見に女性らしさが足りないと思われると、攻撃的なことをわめかれます」とトランスジェンダーの活動家で弁護士のパク・ハンヒは言った。彼女の説明によれば、トランス女性の中には性別適合手術よりも、整形手術を受けるほうが急を要する者もいるらしい。「女性として通らないと大変なストレスがあるので、整形手術〔女性らしい顔の特徴を得ること〕は不可欠なのです」という理由からだ。

それゆえトランス女性は多くの美容施術を利用してパス度〔自認する性別が社会に通用する度合い〕をあげようとすることになる。そのせいで、ジェンダーのステレオタイプが強化されるのだと主張する人たちに対しては、女性がどのような外見を選ぶかはトランスのコミュニティ内でもさまざまだとパク・ハンヒは指摘する。とても女性的な見た目を受け入れるトランス女性がいるかもしれない。それとは違うトランス女性もいるだろう。たとえば、パクはまったくメイクせず、何の手術も受けていないし、その必要性も感じていない。「あなたが目にするトランスジェンダーの人が、一部のステレオタイプに当てはまる場合もあるかもしれません」と彼女は言う。だが、トランスジェンダーのコミュニティは単一のグループではない。

女性としてのアイデンティティを持つ全員が共有しているのは、どのように見えるかとか、どう行動するかといったジェンダーに関する基準だ、とパクは語る。「トランス女性には、女性として通用しなければならないというさらなる圧力がかかっています。人間として否定されないためです。だから、（わたしたちの外見について）質問する場合、トランス女性に反対するものにしないでほしいのです。そもそもこんな差別を許している、ジェンダー化された社会構造に異を唱えるものにしてください」。韓国の社会においては「ただ人間だというだけでは、ほかの人を人間として扱うことがあまりありません。それはジェンダーと無関係にそうなっています」と彼女は言う。

弁護士のパクとモデルのペは、自己表現にもっと選択肢があることを望んでいるふたりの女性だ。また、きれいであることの定義を、みんなを平手打ちするような、市場によって定義された狭い規範以上のものにしたいと願っている。彼女たちの理想によると、女性や少女は社会的比較から逃れるべきだし、まわりから認めてもらうことに頼らずに自尊心を持つべきだという。

ペ・ギョヒョンは社会からの期待にまったく応えていない人間であり、まわりに認められたことがそもそも一度もなかった。だから、そんなことは彼女にとってあまり重要ではなかったのだ。「わたしたちはこの社会で生きなければならない」彼女は言った。「さまざまな基準を変えるのが難しいことはわかっています。でも、わたしたちは見るための異なった選択肢を人々に与えているの」

2018年、つまり、韓国で女性の権利に対する意識が登場してきたときから、いくつか目立った変化が現れていると彼女は指摘する。ペに対するSNSでのコメントは、もはや不快なものばかりではない。とはいえ、最近のコメントをざっと調べると、彼女と体重が多いほかの女性たちが一緒に踊ったときには「彼女たちのせいで床が壊れないのは驚きだ」といったメッセージが現れている。ペに言わせると、悪口を言う人が出れば、擁護してくれる人が押し寄せてくることも多いそうだ。ペが所属する**〈ジェイスタイル〉**には、同ブランドのモデルになりたいというプラスサイズの女性がこれまでの少なくとも10倍に増えたと、彼女は言う。

「わたしは自分が美しいと感じているの。そんな気持ちは、あるタイプの女性だけに制限されるべきではない」とペは言った。「そしてわたしを見ることによって、ますます多くの若者がそれを理解するようになっているのよ」

いくつかの消費データは、20代の韓国女性の美容関連の支出が減っていることを示している。企画財政部［日本の財務省に相当する韓国の国家行政機関］のデータでは、２０１５年から18年の化粧品、ヘア製品、ほかの美容関連商品の売り上げが20代女性の間で５３５億ウォン減少した。やはり韓国の若者にとって一般的な関心の対象である整形手術は、同じ年齢層の消費者の中で６４４億ウォン減少した。[55]

ここ数年の間、女性たちの集団行動により、苦労して獲得できたものはほかにもある。映画監督や俳優、神父、教師、コーチといった権力のある多くの人々、さらに、人気のある大統領候補もそれぞれ、性的虐待の被害者が声をあげたことで責任を問われている。

２０１６年、フェミニストたちは「**sora.net**」というウェブサイトを閉鎖させるためのキャンペーンを成功させた。このウェブサイトは**モルカ**による大量の動画や画像を掲載し、デートレイプドラッグの購入方法を説明していた。[56] **モルカ**への抗議によって、隠しカメラによる監視に対する新しい法もいくつか導入された。２０１９年、韓国の憲法裁判所は長年にわたって存在していた中絶禁止規定を違憲とする判断を下した。[57]

別の変化の兆しもある。かつてはＫ－ＰＯＰの歌手が「**センオル**」（すっぴん、メイクをしていないこと）でテレビに出るなんて向こう見ずだと思われていた。今ではスターたちが「**脱コルセット運動**」を支持しており、そうしたことは前よりも頻繁に行なわれている。ガールズグループの**ＭＡＭＡＭＯＯ**は最近のコンサートで、だぶだぶのトレーナーを着ていた。グループで最年少のメンバーの**Ｈｗａｓａ**は痩せるためのアドバイスをファンから求められたとき、こう言った。

「とにかく食べて！」[58]

そして過去10年の間、韓国女性の窮状を公に訴える本や映画は文化の試金石となっている。現代の韓国のあらゆる女性の暮らしを客観的に描写した、**『82年生まれ、キム・ジヨン』**［チョ・ナムジュ著、斎藤真理子訳、筑摩書房］という題のコンパクトな小説が２０１６年に出版されると、たちまち評判になり、その年に１００万部以上を売り上げた。海外の市場でも30万部以上売れ、過去５年に最も売れた韓国語の小説となった。翻訳権は、今はさらに増えているだろうが約20カ国で売れ、海外での売り上げの大半は隣国の中国と日本でだった。[59]

「もし、女性がみんなこのような経験をしているなら、それについて公の場で話し合われるべきです」と著者のチョ・ナムジュはわたしに語った。[60]

20代男性が「自分は政策の犠牲者」

社会的な原則をひっくり返すための最も有意義な方法は、それに巻き込まれた女性の声に耳を傾け、彼女たちに改革を主導させることだ。多くの女性は自分の声を見つけている。だが、その声は韓国で虐げられている若い男性にかき消される場合が非常に多い。このような男性たちも経済的に取り残されたと感じていて、女性に責任を転嫁している。

韓国のフェミニズムは、欠乏を背景にして進歩してきた。先進国のどこでもお馴染みの話だが、富の不平等が深刻化している。また、２０１６年と17年の若者の失業率は10パーセントあたりで停滞しており、これは韓国の平均失業率の３倍近くになる。[61]もっと豊かな時代であれば、協力し合うかもしれない（またはカップルになるかもしれない）若い男性と女性は、職を巡って激しく競争すている。不安や権利意識、そしてネット上の集団的なミソジニーが厳しいジェンダーの戦いを煽り立てている。

先進国の中で、女性の権利について最悪の記録を持つ国。男性の1ドルに対して、女性が68セントしか稼いでいない国[62]。企業の取締役のうち女性はわずか5パーセントしかいない国[63]。議会で女性が代表を務める割合が北朝鮮と同じくらい低い国[64]。暴力事件の被害者のほぼ90パーセントが女性の国[65]。そんな韓国の20代の男性のうち79パーセントが、自分は差別的な政策の犠牲者だと感じている[66]。

新型コロナウイルスのパンデミックの間、女性の自殺率が急上昇した[67]。だが、その危機に対応するために設置された自殺防止のウェブサイトは、このサイトが男性の命を無視していると主張したインターネットの集団によるサイバー攻撃の波で、一時的につながらなくなった。そして2021年、行きづまった韓国の男性たちは親指と人差し指で何かをつまむような画像（実際、それだけのことだ。指でつまんでいるような画像はどんなものも対象だった）に対する奇妙な運動を展開した。そういう画像は男性器のサイズを嘲る意味があると、彼らは主張したのだ[68]。主要な企業や国家機関は宣伝物からこのような画像を削除し、謝罪を表明した。

男性たちが現体制をしっかり握っているので、女性は政治的な力をなかなか手に入れられない。世界じゅうでそう見られているように、保守派は反フェミニズムを、勝利するための戦略だと確信している。2022年の韓国の大統領選挙では、保守派の候補者が公然と男性人権運動の活動家たちの機嫌をとった。彼はさまざまなことに加えて、シングルマザーや赤ん坊、移民のためのプログラムを支援している女性家族部を廃止すると誓ったのだ[69]。

女性家族部の廃止は、シングルマザーの支援が離婚を助長するということを根拠にした反フェミニストたちの目標だ。その候補者は検閲のひとつの形だとして、デジタル性犯罪の映像の取引を制限することを目的とした２０１８年以降の法律も批判した。[70]

そんな批判をした候補者、尹錫悦（ユン・ソンニョル）は20代から30代の男性有権者の大多数に支持され、２０２２年、僅差で韓国の大統領に選ばれた。驚くべきことに、リベラル派でもそうだったのだが、選挙での主要な政党の大統領候補には、女性の権利を政策の重要な部分に入れた者はひとりもいなかった。[71]フェミニズムは韓国でそこまでタブー視されているので、20代の男性の多くは、パートナーがフェミニストだと表明した場合には別れると答えるほどだ。[72]

女性は身動きがとれなくなっているわけではない。あらゆる逆風やジェンダーの葛藤は、女性が獲得しているものの指標だと解釈できる。有名な韓国の詩人のチェ・ヨンミは自らの被害者体験を通じて、初期の＃ＭｅＴｏｏ運動に勢いを与えた。彼女は韓国の女性による権利を得る戦いを、過去と未来との戦いだと表現した。

ジェンダー平等を支持する、数えきれないほど多くの韓国人は影の中に存在しているのかもしれない。韓国の女性嫌悪者（ミソジニスト）たちの辛辣な言葉は消耗させられるものであると同時に、暴力的でもあるからだ。[73]フェミニズム運動を展開する人々は、ジェンダー平等の支持者を公に引き入れようとしている。「もっと多くの人間がこの種の活動に参加しなければならないし、しかも目に見える形でなければなりません」と主催者のキム・ジュヒは言う。「なぜなら、現代では間違っていることでも、ただ間違っているとなかなか言えないと感じてしまうからです。だから、何か不当なことがあれば、『それは不当だ』と言わなければならない社会に変わってほしいと思います」

美にこだわる社会に組み込まれず、そこから出ていくこともしないで外見の基準に従わない女性たちは、永遠にそういう状態を拒絶したまま韓国人の間で生きる。このようなひとりひとりによる抵抗が、既存のジェンダー規範や世間からの期待を効果的に覆すことができるのかどうか、わたしにはわからない。けれども、これらの女性たちは確かに自分自身との関わり方を変えているし、そのことには社会を変えるほどの可能性がある。または少なくとも、別の方法を示すものとなる可能性があるのだ。

わたしはこの女性たちに形をいろいろ変えて同じ質問をした。美をどのように定義するとしても、自分がいちばん美しいと感じるのはどんなときですか？　家族や友人と最もつながりを感じるときだと答えた人がいた。そんなことを答えても無意味だと言った者もいた。

「すべての女性が美しいわけではありません。でも、女性は美しくなくてもいいのです」と26歳の活動家のチェ・ユジンは言った。「わたしはこんなふうだし、このままで生きていくつもりです。わたしの価値は髪やメイクにあるのではなく、自分自身にあります。こうして自分のことを話していると、自分が美しいと感じます。そう感じているから、わたしはほかの女性に手を貸してあげられるのです」

この女性たちは自分の人生が重要で、自分の幸せが大事だというふうに行動している。まさにほかの人間がどう思おうとかまわないという態度をとっているのだ。わたしは23歳の大学生のイ・ダヘンのように自己を把握する能力が自分にあったらよかったと思う。彼女が子どものころ、母親はスカートを穿くようにとか髪型を整えるようにと金を差し出し、もっと女の子らしく見えるようにしなさいと勧めた。イ・ダヘンは拒否した。今の彼女からは心の平静さがにじみ出ていて、年齢以上の成熟した雰囲気がある。

「自分がいちばん美しいと感じるのはどんなときですか？」わたしは尋ねた。

「いつもです」彼女は言い、満面の笑みを浮かべた。真実を語ったと、苦もなく信じられる笑顔だった。

第10章　制服にある「リップティント用ポケット」

生後8週でフェイシャルエステ

生後8週間になるわたしの娘のルナはフェイシャルエステに遅れそうだった。わたしは白い**ヒョンデ**に乗って地下の駐車場へとハンドルを切り、ソウルでよく行くスパのある建物の地下4階に停めた。ルナは〝んんん、ぶう、むー、あああ〟とぐずっていたので、空腹なのかもしれなかった。だから、チャイルドシートの横に体を押し込んでルナのベルトを外してやり、自分のセーターを鎖骨あたりまでぐいっと引き上げ、駐車場に停めた車に座ったまま娘に右の乳房をふくませた。母乳がルナの頬から、ジーンズのベルト部分に折り重なるように垂れているわたしのお腹の肉へと滴り落ちた。

何分か経つと（わたしにとっては長すぎる時間で、赤ん坊にとっては短すぎる時間だった）、セーターを元通りにして、おくるみ用のブランケットをわたしの肩に掛けて片腕で赤ん坊を抱き上げ、階段を上ってエステティシャンのところへ行った。

ルナを施術台の上に寝かせると、大きな目を動かして頭上の天井を見ていた。エステティシャンは仕事に取りかかり、赤ん坊のこめかみをそっとマッサージした。くすくす笑っているエステティシャンに、これまで施術した中でルナの次に若い客は誰だったかと尋ねると、消化器系の悩みに対処するため、定期的にフェイシャルエステを受けにくる顧客がいると話してくれた。3歳の男の子だという。

施術（くすくす笑いも）は続き、大きな朝食用ブリトーさながらにブランケットに包まれた赤ん坊の後ろ側にエステティシャンは立っていた。ルナの顔は新生児の肌にも優しいというクリアオイルで施術された。ルナはそれが気に入ったようで、嫌がる様子は一度も見せなかった。優しいスキンケアのサービスにくつろいでいるようだ。施術が終わると、お腹がすいたらしいルナは口をさまざまな形にずっと動かして、唇を舌で舐めていた。

これはわたしがソウルで暮らしてから2年以上が経った、２０１7年の夏のことだった。そのころには、フェイシャルエステ通いが幼児も含めて誰にとっても珍しいことではないとわかるようになっていた。わたしはスパが赤ん坊を顧客として受け入れるのかどうか、そのような経験が自分と赤ん坊のルナにとって絆と感じられるのかどうかに興味があった。正直な話、スパに電話をかけて、もちろん、赤ちゃん用のフェイシャルエステもご用意できますと言われたときは驚いた。言うまでもなく、赤ん坊にフェイシャルエステなど必要ない。けれども、スキンケアを求める韓国の習慣はわたしの考えにだんだんと入り込んでいた。スパで施術を受ける韓国の幼児の姿をインスタグラムの投稿で見て、とても感銘を受けたことがとどめとなった。

同じころ、ルナの姉である5歳にならないふたりの娘は、外見重視の環境にますます触れるようになっていた。彼女たちはアルファベットを覚えるよりも早く、見た目がどれほど重要かを理解し始めた。韓国で成長する幼い女の子として、娘たちは蔓延している外見重視の文化に直面し、「女の子」らしく見えるのはどういうことかという具体例に触れていた。

「キッズカフェ」の子ども用化粧台

娘たちがエレベーター内の鏡に映る自分の姿にほれぼれと見とれていたことを思い出す。エレベーターに乗り降りする見知らぬ人々から韓国語で「きれいだね」とか「かわいいね」と言われたあとのことだ。そういう言葉は、「こんにちは」と「ありがとう」以外に娘たちが学んだ唯一の韓国語だった。知らない大人から娘たちが聞く言葉は、見た目に関する感想だけだったからだ。

女の子は壊れやすいものだというイメージがある。甘いイメージ。ピンク色のイメージ。「何もかも、頭のてっぺんから爪先までピンク色なのよ」とパク・ミニョンは言う。彼女はアインという名のおしゃべりで快活な8歳の娘を育てている母親だ。「とにかくすべてがピンクなの。おもちゃ全部が。服も全部よ。小さい女の子たちは、限られた選択肢しか自分にはないと教えられるようなものね」と彼女は言った。

「キッズカフェ」では母親たちが座ってコーヒーを飲んでいる間、子どもたちはボールプールやトンネルや、ままごと用のキッチンを備えた、精巧に作られた室内遊技場で転げ回ったり、ごっこ遊びをしたりできる。小さい女の子のために、カフェにはドレスアップ用のラックがあって、シンデレラやエルサ、白雪姫、ラプンツェル、ベルなどの衣装が掛かっている。また、子どもサイズの化粧台があり、お化粧ごっこをするための化粧品が並んでいる。リップスティック、パウダー、さまざまなサイズのブラシなどだ。

韓国の女の子向けのおもちゃや子ども向け商品には、ドレスアップやメイクなどの真似をするための選択肢が無限にある。娘たちは誕生日プレゼントにプラスチック製のヘアドライヤーと付属品、美容道具、きらきらしたネイルセットをもらったので、スパに行く真似をする、ごっこ遊びができるようになった。とはいえ、本物の美容関連のサービスは幼い子どもも受けられるし、普通のこととされている。そのことにわたしが気づいたのはある日の午後、ふたりのママ友と「**キッズカフェ**」にいたときだった。就学前の子どもたちは車輪のついたさまざまな動物型の乗り物で追いかけっこをしていた。ママ友たちはうちのエヴァの長いまつ毛がエクステンションの施術をしたものかと尋ねてきたのだ。エヴァはまだ4歳にもなっていなかった。

もし、そのまま韓国にとどまっていたら、わたしの娘たちは小学校の低学年のうちに本物のメイクをしていたかもしれない。２０１６年、誠信女子大学校が２８８人の小学生の女子を対象に調査したところ、５人に２人は化粧をしていた。[1] それ以来、化粧をする小学生の数は増えていると考えられる。「子どもたちが化粧をする年齢は下がり続けています」と、この調査を実施した、誠信女子大学校で美容について研究している教授のキム・ジュダクは言った。[2]

別の研究でもそのことが示されている。[3] その研究によると、対象となった韓国の生徒の43パーセントが小学生のときからメイクを始めたと答えた。これに対して、彼らよりもいくつか上の学年である高校3年生を対象にした調査では、小学生でメイクを始めた割合は7パーセントと、はるかに少なかった。子どもたちは以前よりも低年齢でメイクを始めるだけでなく、化粧の量も増えているとキムはつけ加える。「前はリップスティックをつけたりネイルをしたりするだけだった子どもたちが、今ではマスカラやアイライナーを塗り、顔全体に化粧をすることもあります」

パク・ミニョンがアインを育てているのは、韓国でも教育に熱心な地域だ。そこの通りには「**学院**（ハグォン）」と呼ばれる学習塾や、若いK‐POP練習生のためのダンスと歌のアカデミーがずらりと並んでいる。彼女によると、小学校の卒業式のような特別のイベントがあるときや衣装の一部としてメイクする娘の友人たちを見たという。だが、1年生や2年生の子どもが毎日の生活でメイクをしているのはまだ見たことがないそうだ。彼女がそう話していると、隣に座っていたアインは甲高い声で指摘した。毎日、学校に真っ赤なリップだけはつけてくる7歳のお友達がいるよ、と。彼女の母親はしばらく考えていた。「ああ、そうね」パク・ミニョンは言った。

「最近では、化粧をしていない子どもは仲間にいじめられます。だから、彼女たちは最低でもリップスティックを塗って、薄くファンデーションをつけるのです」と研究者のキム・ジュダクは言った。彼の話によると、主な原因は過度に発達したインターネット文化だという。そのせいで子どもたちが幼いうちから、視覚メディアやメイクに関するチュートリアル動画が押し寄せてくるのだ。彼に言わせると、デジタル空間でも実際の空間でも最も重要なのは、子どもがほかの子どもの影響を受けることだ。そして、メイクアップは女の子の遊びに組み込まれている。

学校が終わると、韓国の子どもは別の学校へ送り込まれる。何時間も**ハグォン**で小さなデスクに向かってかがみこみ、夜の11時までいるときもある。古き良き時代のように戸外で遊ぶ余裕などない。その代わり、休憩時間には画面を見る時間がたくさんある。キムによると、顔加工アプリを使ったり、「ビットモジ」のような自分の顔に近いかアップグレードしたアバターをデザインしたり、自分の画像やさまざまな画像を飾ったりすることは、子どもたちが遊んでいるゲームの一部、そして多くのアプリの中心的な要素だという。

レッドオーシャン

YouTubeなどのソーシャルプラットフォームで、子どもたちはほかの子がメイクしているのを見る。未成年向けの化粧品の人気は、韓国の子ども向け化粧品のチュートリアル動画数の多さに現れていて、そういう動画では子ども自身が主演することも珍しくない。「これは一種の遊びの文化です。そのことをわたしは案じています」キムは言った。「小さいころから子どもが自分の外見に関心を持てば、大人になったとき、外見のことで頭がいっぱいになりかねないからです」

ある程度の範囲で、子どもの美容は美容産業が次世代と関係を築く機会を与えている。それは製品への長期にわたる忠誠心につながる可能性があるし、ビジネスとして即座に利益を得られる。わたしは報道で、既存のパーソナルケア市場を「レッドオーシャン」と呼ぶ業界関係者の声をよく聞いていた。レッドオーシャンとは血に染まり、鮫が群がっているような激しい競争を指す。資本主義の中心的な考え方は成長だ。だから、彼らは代わりとしてあまり競争がないか、まったく競争がない「ブルーオーシャン」を探し求める。「ブランドは新しい領域に拡大していこうとします」と韓国の美容産業アナリストのイ・ファジョンは述べた。「子どもの化粧はそのひとつです」

これまでのところ、より若い客層への進出を主導しているのはスタートアップ企業で、化粧品業界の大手企業ではない。「子どものメイクアップはまだとてもニッチな分野です」と、このアナリストは言った。「それは赤ん坊用の化粧とティーンエージャー（大人用のメイクをする）用の化粧との間の曖昧な〔部分〕です」。そのギャップを埋める主要な会社である**〈シュシュアンドサッシー〉**はかつて独立したブランドだったが、最近、子ども服のブランドに買収された。現在のＣＥＯはソウルじゅうに子ども向けの化粧品専門店を12軒、展開しており、そのうちの2軒には子どもを対象にした完全なスパがある。そこでは4歳から10歳の子どもが、その年齢の子ども向けのスキンケアやヘアケア、ネイルケアなどを受けられる。

　化粧品は子どもにとって安全で、あまりアルコールが含まれない成分で作られている。同社のベストセラー商品であるネイルポリッシュはすべて水ベースなので、アセトンを使わずに落とすことができる。[4] 店の若い顧客のアインは、スパではすべてが「ピンクと白」だと言った。「天井も壁も。ソファはもっと濃いピンクよ。それにウサギさんのローブがあるの。ピンク色のウサギさんのローブ。あたしたちは小さなヘアバンドをもらえるの。てっぺんにウサギさんの目や耳がついたヘアバンドよ」。このブランドの代表的なキャラクターは「シュシュ」と、その妹の「サッシー」というウサギだ。このブランドのネイルシールにウサギたちが描かれたり、ネイルポリッシュのボトルの蓋部分がウサギの顔になっていたりする。

　子どもたちはこのようなウサギのローブに心地よく包まれ、25ドルから35ドルの料金で**〈シュシュアンドサッシー〉**のサービスを楽しむ。最も一般的な施術は30分のもので、フットスパか、フェイスマスクとハンドマッサージか、フェイスマッサージと唇関係のサービスのどれかを客が選べる。もっと長い時間のサービスだと、脚とふくらはぎのマッサージに、マニキュアとペディキュアが含まれる。ヘアスタイリングとか、髪の編み込み、髪にキラキラのラメをつけるといったサービスも、追加料金を払って受けられる。

「あたしはネイルをしてもらうのが好きだったな。きれいになるから」アインはわたしに話した。今は8歳のアインが初めて**〈シュシュアンドサッシー〉**のスパの施術を楽しんだのは4歳のときだった。

子ども向けの美容業界でトップの座を維持するため、同ブランドはデザインと、明確なターゲットである小学生の顧客層に細かく注意を払っている。赤ちゃんっぽく見えすぎず、10代向けにも見えないという、最適な結果となる製品を生み出さねばならない。「その年齢の子どもたちは母親や大人が使う製品と同じようなおしゃれな化粧品を必要とするし、使いたがります。だから、わたしは安全な方法で子どもたちの要求を満足させたいのです」と**〈シュシュアンドサッシー〉**のCEOのイ・チヨンはわたしに話した。

彼女の話によると、今後に関しては健全な成長が見込めるし、競争が激しくなるだろうという。同社のスパは中国、シンガポール、東南アジアに進出している。5つ星ホテルでも**〈シュシュアンドサッシー〉**ブランドの子ども向けスパの提供を始めている。今後5年間で、同社は年間300パーセントの成長を見込めると彼女は語った。

子どもは真似することが得意だ。エヴァは料理の真似をすることが大好きで、2歳のときにスツールに上って卵をかき混ぜようとした。イザはうちのお手伝いさんが床を掃除するのを真似して、床じゅうにほうきを引きずって歩いていたものだ。もし、ほうっておいたら、赤ん坊のルナは赤い口紅で顔じゅうに落書きしてしまうだろう。小さな女の子が母親の真似をすることは成長のために欠かせないし、楽しいものである場合も多い。そして、こういう行動にマーケターや企業が飛びつく。長い間、美容は女性の仕事として位置づけてきたコマーシャルは、現在ではその考え方を子ども向けの市場で利用している。体の手入れをすることを、母親と娘が分かち合う絆となる経験と表現しているのだ。「ママのやることを見て真似するの。大きくなった気分」と6歳の子ども向けにメイクアップセットを売るデジタル広告はうたう。そこには学校の制服を着た幼い少女がリップスティックを塗る写真が映っている。[5]

7歳の子がリップスティックを塗っているYouTubeの動画には「ママみたいにメイクした い」というタイトルがついていたが、470万回、視聴された。[6] ほかにも小さな女の子たちが「小学生の毎日のメイク」とか「わたしの『ハローキティのメイクアップ・キット』を開けてみる」といったタイトルの、同様の動画を共有している。これらのブランドは美容にかける労力を「喜びや絆として偽装し、義務であるとして」売っていると、シャロン・ヘジン・リーは指摘する。[7]「母親たちは市場の要求に沿って子どもをモデル化し、型にはめ、形づくる」と。

そう考えると、わたしが赤ん坊のルナをフェイシャルエステに連れていったのは、彼女がまだ寝返りも打てないうちに、そのような市場の要求に応えたことになるのだと気づいた。わたしと赤ん坊との絆を作るためのお楽しみとして（そうだった？）、わたしたちは最低100ドルはかかる美容の儀式を一緒に経験した。子どもが思春期に入り、若者になると、定期的にフェイシャルエステを受けることは当たり前になる。

ブランドの抜け目ない戦略

〈トニーモリー〉や**〈バニラコ〉**、**〈エチュード〉**といった韓国の手ごろな価格の化粧品ブランドの多くはティーンエージャーや大人の市場向けに、果物の形をしたリップバーム、キラキラしたアイシャドウ、動物の顔をしたシートマスクといった商品をすでに製造して販売している。そういう化粧品が手に取りやすい価格で、遊び心に満ちたデザインなのは抜け目のない戦略だろう。こんな製品をかなり若いときから使い始めてもかまわないという暗黙の許可を、女の子たちに与えることになるからだ。

研究者のキム・ジュダクはそのような状況を目撃したという。「子どもがメイクアップ製品を使い始めたのは2000年ごろからです。そのころ、**〈ミシャ〉**とか**〈ザ・フェイスショップ〉**のような安価な化粧品ブランドが現れ始めました」と彼は言う。「こういう商品は中学生や高校生でも簡単に手に入れられ、安価で、販売する店自体も学生にアピールするように設計されていました」

こんな子どもたちが一人前のティーンエージャーになるころ、主な化粧品ブランドが彼らを熱心に取り込もうとする。ティーンエージャー向けの化粧品の市場は年間20パーセントの割合で成長していると報告されている。消費者保護団体の**〈グリーン・ヘルス・ソリダリティ〉**の研究によると、中学生の約74パーセントがリップやアイシャドウのような製品を使ったことがあるという。(8) 中学生になるころには、メイクすることが期待されるからだ。その結果、少女たちはかなり若いうちに物として見られ、自分を物体化することになる。

女子向けに販売されている学校の制服には、ブレザーの内側の裏地に「リップティント用ポケット」がある。これはリップスティックやリップティントがぴったり入るようにデザインされたものだ。(9) 2018年に10代の少女が「**脱コルセット運動**」に参加したとき、こんなリップティント用ポケットがあることや体にぴったりした制服のスカートを穿かなければならないことを、制約であるし、学習に対する障害だと、攻撃の対象にした。

「全体的に、女子向けの学校の制服は小さすぎる場合が多いと思います。これが女子にとって『正しい』サイズだと、わたしたちはよく言われます。ゆったりしすぎる服を着ることは学生にとって望ましくないと」と高校生のカン・ウンジは「コリア・ヘラルド」紙に語った。[10]

当時の女性家族相のチョン・ヒョンベクがこの問題について議論するために女子高生と会ったとき、もうひとつ上のサイズのブラウスを買おうとした経験を大声で話した生徒がいた。

「わたしは『正しいサイズ』のブラウスはきつすぎて、とても着心地が悪いと店員に話しました。でも、もっと大きいサイズのものを買えば、かわいく見えなくなるし、適切にも見えなくなると店員は言ったのです。わたしの学校では、女子がスカートではなくてズボンを穿きたい場合、目立つ傷痕が脚にあるといった『特別の理由』がなければなりません[11]」

学校でスカートを穿かなくても済むための唯一の方法は、人に見せられない脚をしていることなのだ。

こういう少女らしさのイメージを作っているのは誰なのか？ 文化の作り手や業界、小さな制服のためのルールを作っている学校か？ それとも、早いうちから好みを示す子どもたちか？ リップティント用ポケットであれ、子ども向けのスパの経験であれ、美容業界のリーダーたちは既存の需要を受けた結果にすぎないと言う。「われわれはデータや統計に従っています」と**〈シュシュアンドサッシー〉**のCEOのイ・チヨンは言った。たとえば、データによると、少女はピンク色に引きつけられる傾向がある。イ・チヨンはターゲットとする顧客層の少女の80パーセントほどがピンク色を好むと述べた。市場調査も、彼女たちがマニキュアやペディキュア、ほかにも自分をかわいくするサービスを楽しむと示している。「わたしはデータに厳しいのです」とCEOは言った。

このような見解が触れていないのは、美容業界が需要を作り出すことができるという部分だ。また、ソーシャルメディアのアテンション・エコノミーの無感情なアルゴリズムが、自身の利益のために需要を煽り、字も読めない年齢の子どもに美の理想について影響を与えている点にも触れていない。

娘が、幼稚園に行く前に

わたしはそんな状況をわが家で目にした。幼稚園児の娘が朝、出かける前に「おしゃれに見えるように」とこっそり顔じゅうに頰紅を塗ったときに。あるいは、長女がスキンケアの習慣を始めたいからと、顔用保湿剤を週末の間ずっとねだったときに。スキンケアやメイクアップに興味津々の娘たちにいらだちながら、数メートルしか離れていないところで、こうして美の文化に疑問を持ちつつ、かすんだ目でノートパソコンに向かっていたことは途方もないジョークのようだ。そして、それは文化の影響力を物語っている。

次世代の子たちはますます若いうちから、市場の需要に応えるために体を変えたり、交換したり、形作ったりすることを学んでいる。広告やソーシャルメディア、商品化されたセルフケアの文化が完璧さを示すせいで、不条理で逃げられないびっくりハウスの鏡の中にいるような感じがする。だが、まあまあきれいなだけでも、価値があるとわたしたちは教えられてきた。だったら、非常に美しいとしたら？　そう、美を維持し続ければ、あらゆるものを手に入れられるかもしれない。

さらに、人々は市場が売りつけたがるものに従うことによって、自分自身を変え、交換し、形作ることを学んでいる。人は消費すると同時に、消費されているのだ。将来の世代は達成不可能なだけでなく、いっそう不自然になる美の基準に、総合的なテクノロジーによって到達しなければならないという圧力の下で崩壊してしまうのだろうか？　基準を満たしていると認められない人々はどうなるのだろう？

体に行なうケアの多くは非常に親密で、とても人間的で、他人とつながりを持つものでもあるため、美容に関する作業は複雑だ。どの方法も商業化されているのに、体のケアという儀式は深い結びつきになる場合もある。お互い同士、または自分自身との結びつきとなる。

去年、父が1週間、わが家に滞在したことがあった。当時は3歳だったルナは2階へ行って、父に薄紫色のネイルポリッシュを持ってきた。「ちゃんと手を置けるところはある？　あたしにネイルを塗ってよ、おじいちゃん」。父は戸惑って驚いた様子だった。すぐさま承知したが、こう認めていた。「ああ、こんなものはやったことがないな」。ルナはひるまなかった。ルナは両手を前に出して立ち、おじいちゃんがマニキュアを塗ってくれるのを待って、支えとなる大きな本の上にてのひらを下に向けて載せる準備をしていた。

小さな指に薄紫色のキラキラ光るポリッシュを父が慎重に塗る間、ルナはじっとしていた。「ほお、こいつはずいぶん簡単だ。絵を描くようなものだな」父は言い、ルナの手に視線を据えてゆっくりとポリッシュを塗り続けた。ふたりは互いのつながりを感じて触れ合っているという楽しい時間を共有した。77歳になる父は新しいことを学んで喜んでいた。

ドレスアップの真似やごっこ遊びはとても楽しい。それは子どもであることの魔法の一部だ。小学校2年生にとって、子ども用の水ベースのネイルポリッシュはまったく無害に思われる。「わたしは子ども向けのスパに行くことを、こんなふうに考えたことは一度もないわね。『さあ、あなたじゃない人間に見えるようにする方法を教えてあげるわね』と。ただ、顔にローションをつけてもらい、足の爪にペディキュアを塗ってもらうと、子どもはそれが気に入るということよ」とソウルで暮らすハリー・ベイリーは、韓国人の娘を子ども用スパに連れていくことについて話した。

そんなわけで、人々はケアと商業主義との間で慎重に踊りながら、子どもを甘やかすことに伴う自由や保護と、発達を支援することのバランスをとろうとしている。子どもが大きくなるにつれて忍び込んでくる狡猾な商業的要素と戦いながら。ありのままの女性は美しさが足りないとか、見た目を良くするために商品をもっと買うべきだという文化的な力に対抗しているのだ。このような力はすでに空気の中に存在している。わたしがすべきなのは頭を上げてそのにおいをとらえることだけだ。正直なところ、それは誘惑的な香りがする場合もある。

インターネットが破壊されない限り

研究者のキム・ジュダクは子どもが化粧を始める年齢がだんだん下がっていくことを研究してきたが、若者向けの化粧品広告の規制を、タバコのマーケティングに制限を設けるのと同様に支持している。彼はそれ以外に、教育と情報公開を求めている。「子どもたちがよく利用する製品について、特定の物質が特定の副作用を引き起こす可能性がある事実を企業は公開すべきです」と彼は言った。

「政府は［子どもたちが］化粧するのを阻止できないため、わたしは食品医薬品安全処と協力し、指導者を教育することによって正しい化粧の方法を学生に教えられる教材を開発しました」

政策の変更はもちろん重要だが、営利目的の力が押し寄せているのを認識することは、それに対応したり抵抗したりするうえで大事である。韓国のような国では「美」の意味が狭められているため、選択肢とされるものは非常に限られる。「美は個人の選択の問題にすぎないと主張する人々に警鐘を鳴らすべきだ」と哲学者のヘザー・ウィドウズは書いている。

2013年の研究からの引用になるが、ウィドウズによると、韓国の少女や若い女性のほぼ90パーセントが「自分の言動よりも、自分の外見のほうが重要だと信じている」という。「われわれは今もなお娘に『大切なのは内面だよ』と言いたいかもしれないが、彼女たちは信じないだろう。検証結果を考慮すると、われわれは真実を語ってはいない[12]」

わたしは子どもの化粧に関する研究をしているキムに、このような状態が最終的にどうなるかと見解を迫った。

「こういう状況の終点になるのは何ですか?」わたしは訊いた。

「インターネットが破壊されないかぎり、終点はありません」彼は切り返したのだった。

第11章　男たちを惹きつける戦略

〈ジェニーハウス〉美容院

カンナムにある数階建ての**〈ジェニーハウス〉**美容院は『不思議の国のアリス』をテーマにしたピンクと白の壁で、王座のような贅沢な椅子があり、現代的な照明から温かみのある光が注いでいるところだが、5階に行くと雰囲気がガラッと変わる。女性らしい不思議の国のイメージがある1階から4階部分を過ぎると、突然、テキサスのステーキハウスチェーンのような内装になるのだ。

ダークウッドと石の壁、むき出しの天井のパイプ、装飾品となっている凝った額縁に入った写真から、**〈ジェニーハウス〉**の一部である「男性用美容院」に来たことがはっきりとわかる。男性客はここに来て髪を切るとか染めてもらい、眉の形を整えてもらったり、根元パーマ（ボリュームを出すため）をかけてもらったりする。美容院の提供するパッケージの一部として、スタイリストは**BBクリーム**や**〈ジェニーハウス〉**ブランドのリップバームも塗ってくれる。**〈ジェニーハウス〉**

を案内してくれた、勤務歴の長いマネジャーのホン・チェウォンとわたしがその空間を縫って進んでいくと、特殊なキャメルカラーの革張りの理髪店用椅子に横たわっている男性客たちが見えた（ホンの話では1脚あたり1万ドルだそうだ）。

彼らはヘッドマッサージを受けてのんびりしたり、カーブした数本の棒状のものが動く、未来的な装置に頭を包まれたりしていた。部屋の隅では擦りガラスに囲まれた細長いブースが音をたてている。それは客がもてなしを受けている間、服に蒸気を通して清潔にするものだとわかった。こういう男性美容院での髪の施術は、ほかの階にある女性用美容院でのサービスとほぼ変わらないが、内容が男性向けなのだとホンは話す。雰囲気やプライバシーを重視し、酒類も出していたという。「コロナ禍の前はウイスキーを提供していました」

〈ジェニーハウス〉の顧客は40パーセントが男性だ。彼らは20代の初めにここへ来るようになる。大学の卒業に続く、履歴書用写真のための大掛かりな撮影をする少し前だ。**〈ジェニーハウス〉**では大学卒業後に顔写真を撮る男性向けの整髪パッケージを、標準価格の33万ウォン（約250ドル）の半額で提供している。だが、1度来店した客の少なくとも1割がリピーターになる。「目的はこの美容院を試してもらい、仕事に応募するときや面接の前にまた来てもらうことです。そして彼らが会社に採用されたあとや、ブラインドデートに行くときにも来店してほしいのです」とホンは言った。ほかにもいろいろな場合に来てほしいそうだ。

Kビューティーの人気が爆発的に伸びている、この10年以上もの間、韓国の男性たちは世界の美容の流行を業界全体でリードしている。世界の男性向けスキンケア製品のおよそ13パーセントが韓国で消費され、韓国の男性は国民ひとりあたりの男性向けスキンケアにかける金額が世界一多い(1)。

彼らは新製品を出す場合の実験場であり、踏み台である。

SPF50の「カモフラージュ・クリーム」

たとえば、韓国の男性向けリップバームはアンチエイジングをうたったり、淡い色をつけたりして進化している。そんな製品には高級スキンケアブランド、**〈オフィ〉**の**「ザ・ファースト・ジェニチュア・フォー・メン」**シリーズの「ティンテッド・リップバーム」のようなものがある。[2] 去年、**〈イニスフリー〉**がギフトセットを本格展開したが、それには義務である兵役に就く男性向けに陸軍の緑と茶色と黒の**カモフラージュ・クリーム**が入っていた。マーケティング資料によれば、その**「エクストリーム・パワー・カモ・クリーム」**は敏感肌の男性用で、SPF50であり、**「チェジュ島**のブラックイースト」から作られているそうだ。買う人はいるのだろう。市場調査会社のユーロモニターによると、2011年から21年までの間、韓国の男性用スキンケア市場は25パーセント成長した。[3]

このように目立つ統計が出ている理由を最も簡単に説明すると、韓国が外見にこだわる文化だからだ。そこでは男性も、Kビューティーの義務という厳しい要求から逃れられない。2021年の市場調査会社ミンテルの調査では、韓国人の回答者のほぼ半分が「男性は毎日、美容製品や身だしなみの商品を使うことが重要だ」という項目に賛成したという。[4]

「グローバルデータ」の調査では、韓国の男性の4人に3人はスキンケア製品を使っていると言い、半数以上がメイクアップ製品を使っていると答えた。[5] 同様に、彼らは**カンナム**で美容整形を受けることも恐れていない。ある**カンナム**のクリニックが「ハンギョレ」紙に語ったところによれば、同院では2020年の患者の37パーセントが男性だったという。10年前は10パーセント未満だった。記者たちが連絡を取った10のクリニックすべてが、男性の顧客が大幅に増加したと答え、最も一般的な手術は鼻と目のものだそうだ。[6]

28歳のキム・ミンギにとってメイクアップは仕事であり、楽しみでもある。毎日のスキンケアの手順が自信になると、彼は言う。キムは化粧品の成分の研究者で、美容ユーチューバーでもあるので、生計を立てるうえでもさらにメイクには深く関わっている。オンラインでのキムの名は「グルーミン」だ。

朝のスキンケアの日課は、同年代のほかの男性と同じようなものだと彼は説明する。使うのは洗顔料、化粧水、アンプル、ローションかクリーム、日焼け止め、ファンデーション代わりの**BBクリーム**少々、トランスルーセントパウダー、ブロウフィラー、自然な色のアイシャドウ、彼に言わせると「唇を少し明るくするため」に軽く色がついたリップバームだ。そして髪をブローしてヘア用製品で形を整える。

さらに、キムは3カ月ごとにボトックスやほかの注入治療を受けに行く。「平均的な韓国男性よりも多くの施術を受けています」彼は説明した。「顔のワックス脱毛をしましたが、男の半数以上がやっていると思いますよ。それ以外にもレーザー脱毛、美容注射、それにレーザーリフティングも受けています」

そういうのは疲れませんか？　わたしは訊いた。

「もちろん、とても疲れます」グルーミンは言う。

「でも、それと同時に、ぼくたちは流行に敏感だから、自分を見ると満足するんです。これも化粧品の市場が毎年のように成長する理由ですね」

起業家のヘレン・チョーは10年以上前、自身の**〈スワッガー〉**の男性用美容ブランドを引っ提げて男性の化粧品市場に入っていった。製品ラインはヘア用ポマード、ジェル、スプレー、ボディウォッシュ、それに眉用ペンシルだった。そのブランドは今では大人気で、**〈オリーブヤング〉**で売られている。

ソウルの**マポ区**にある広々としたオフィスにヘレン・チョーを訪ねたとき、わたしが会ったのは小柄で、長い文を話すまじめそうな女性だった。体にぴったりしたスラックスを穿き、細いメタルフレームの眼鏡をかけていた。彼女は、投資家たちがチームと商談をまとめるために現場にいるので、製品のショールームで面会できないことを謝った。

ヘレン・チョーが早いうちに成功したのはデザインのおかげだと言う。「当時、わが社の製品は市場でおおいに目立ちました。つまり、新しいカテゴリーだったという理由と、デザインがとても優れていたという理由で、わが社はこの製品で5つの賞を獲得したのです。世界的な賞も受賞しました。そこで、さまざまな雑誌で取り上げられるようになりましたが、**〈オリーブヤング〉**に進出するのはそれとはまったく話が別です。**〈オリーブヤング〉**に入り込めれば、成功したと言えます」

ブランドデザインにおける彼女の経歴は、オフィスじゅうにはっきりと認められる。パーカーとパンツ姿の男性たちの鉛筆書きスケッチがデスクの後ろのホワイトボードに貼ってあったし、その隣にはさまざまな韓国男性のヘアカットの白黒写真がずらりと並び、雑誌から切り抜いたらしい、古い「ck one」のコロンのボトルの写真が1枚、貼ってある。

ウイスキー瓶のようなボディウォッシュ

ヘレン・チョーはいつの間にかサンプル用のクローゼットに行って戻ってくると、自分が話しているものをわたしに見せてくれた。彼女の男性向けのパーソナルケア製品も「男らしさ」を伝えるデザインが施され、美容の世界に男性の消費者が進出しやすいようにしている。

　彼女は**〈スワッガー〉**のボディウォッシュの容器を、ウイスキーの瓶をイメージしたデザインにした。重いプラスチック製のボトルは分厚いガラスのような雰囲気を出している。バーボンのような色合いのシャワージェルはブラック・リコリスの香りがして、正面には英語でＴＯＢＡＣＣＯ ＬＩＱＵＯＲ（タバコリキュール）と書いてある。

　別のシャワージェルは無色だが、ラベルにはＤＩＲＴＹ（ダーティー）と印刷されている。彼女によると、男性の顧客は「『男性用』とでかでかと書いてあり、いかにも男性向けらしい商品を求めます……」という。

「そんなわけで、男性がどれほど感情的にもろくなるかを見てきましたし、彼らは性別をはっきりと言葉に出してもらう必要があるのです。『そうだな、肌の手入れでもするか』と満足してその気になるように」

　アメリカのスーパーの〈ターゲット〉の男性向け美容製品の感じとあまり変わらない。〈ターゲット〉の売り場の色調は全体的に暗めで、製品には安心感を与えるように「男（デュード）」といった男性を表現する言葉が入っている（たとえば、〈Ｈｉｍｓ（ヒムズ）〉のビタミン剤や、ボディシートの「デュードワイプス」のように）。そして、髭に関連する商品のように、はっきりと男性に特有の関心事に焦点を当てているのだ。

問題は髪の毛

韓国で男性のスキンケアが広まっているとはいえ、相変わらず文化的な意味で中心となる問題は髪の毛だ。2022年、結果的に敗北したが、韓国の主な大統領候補のひとりは自分が当選すれば、男性型脱毛症の治療費への公的な医療保険を拡大すると約束した。[7]

「それがまともな選挙公約になるなんて、ほかの国では想像がつきますか?」と男性向け美容サイト「ベリーグッドライト」の編集者である韓国系アメリカ人、デイヴィッド・イは言った。

髪の手入れがさらに流行し、文化的にも重要であることを充分に心得ていたヘレン・チョーは、同社の焦点をスキンケアにではなく、ヘアケアに当てようと決断した。2020年の韓国ギャラップの世論調査では、外見に気を配ると答えた男性の半数がいちばんの悩みとしてヘアスタイルをあげた。次に関心が多かったものは服装で、1位のヘアスタイルと大きく差がついて26パーセントだった。体型については12パーセントで、肌は10パーセントだった。[8]「Z世代の若い男性の間では〔肌の〕美容クリームが人気だとわかっています」チョーは言う。「ただ、その製品ではあまり成功を収めていないのです。わたしは、つまりわが社は**BBクリーム**の販売促進に挑戦し、多額の投資をしました」

Z世代がジェンダーを流動的に考えるため、もっと若い消費者の間では男性向けブランドの化粧品への要求が減少しているのではないかと彼女は感じている。どっちみち、男性用化粧品は一般的に女性用と同じ製法で原料を混ぜて作る。パッケージが違うだけだ。チョーの観察したところ、非常に目が肥えてスキンケアの知識がある韓国の消費者、つまり化粧品を使う若い男性たちは伝統的に女性向けに販売されているブランドに直行することを気にしない。
「メイクする男性は女性用のメイクアップ商品を多く使います」チョーは言う。「たとえばファンデーションです。〔女性用のメイクアップ製品は〕非常に進化しているからです。男性用のメイクアップ製品にはさほど選択肢がないですよね？」

花美男「コッミナム」

韓国のポップカルチャーは伝統的な男らしさを再定義する「**コッミナム**」、つまり「**花美男**」という美学を生み出した（韓国語で、コッ＝花、ミナム＝美男）。**花美男**は優しい性格で感情に敏感であることによって、従来の男らしさが指し示すものを覆す。彼らが発する穏やかな健全さは男らしさを損なわず、むしろ強化している。

花美男の顔には髭がなく、彼らは無精髭が生えかけただけでワックス脱毛やレーザー脱毛をする。視覚的な資料として、**花美男**の美がどういうものかが見られるのは、K－POPのボーイズバンドである**NCT 127**の「Touch」という曲のビデオだ。パステルカラーばかりが使われ、花を思わせる。そして〈バズフィード〉のライターのローレン・ストラパジエルが表現したように、彼らは「一般的に言って、ちょっとかわいい存在」なのだ。[9]

花美男の起源をたどると、1990年代後半の韓流の台頭と、韓国と隣国の日本との間の文化的な衝突に行きつく。[10] 韓国政府が日本製品に対する規制を緩和したとき、しなやかな体つきで中性的な見た目の主人公たちが特徴の日本のマンガが韓国に流入した。テレビでは、古典的な作品の「花より男子」のような韓国ドラマで、以前よりも優しい感じの男性が現れ始めた。

音楽では、伝説的なK-POPの重要人物で**SMエンタテインメント**の創業者である**イ・スマン**[11]（「カルチャー・テクノロジー」という言葉を作り出し、韓国の音楽は文化的商品として販売されるべきだと述べた）[12]が最初の象徴的なK-POPのボーイズバンド、**H.O.T.**を作り、韓国の**花美男**は地域的に大評判となった。

イ・スマンはアメリカに住んでいた間に音楽専門チャンネルの「MTV」の台頭を目にして、[13]同様のモデルが韓国でも成功するだろうという鋭い感覚を持っていた。彼は数年かけて、どんな種類のポップスターが少女たちを魅了するか調査した。そして「男らしい男（ナムジャダウンナムジャ）」、つまり韓国の男性らしさのイメージである兵士タイプの男に対抗する存在の、少年らしいグループを引っ提げて登場したのだ。[14]

こういう典型的な**花美男**はアイメイクをして髪を染めており、現代のK-POPアイドルの前身となった。**H.O.T.**の最大のヒット曲である「Candy」（わたしが今でもカラオケで選ぶ曲）は、無邪気な恋についてのバブルガム・ポップの歌だ。

韓流の最大スターのひとりで、アイドルグループ**SUPER JUNIOR**のメンバーでもある歌手で俳優の**キム・ヒチョル**も初期の**花美男**の象徴的存在だ。2010年に韓国の学者のロアルド・マリアンケイは、K-POPの視聴者が「主に少女たちで構成されている」と指摘した。彼女たちは「自分を性的魅力の対象としてではなく、対等な存在として扱ってくれそうなアーティストを好む傾向がある」と。[15]

今日では、視聴者は「少女たち」だけでなく、はるかに幅広く多様性に富んでいる。だが、K-POPアイドルは清廉潔白な評判と、プライベートについては完全に沈黙することによって、ファンと相互関係を作れる可能性を発し、他と差別化を図っている。[16] ファンへの配慮を常に示し、絶えずコミュニケーションをとることで、彼らが単にうわべだけの性的対象としか見られない可能性はますます減少する。K－POPのアイドルたちは深みがあって多面的で、親しみやすい存在なのだ。

学者や文化観察者は、1997年のIMF危機のあとで韓国が経済的に不安定な状態だったことによって、**花美男**が男性の理想のタイプとして標準化したと信じている。経済的打撃の影響により、金銭的に信頼できる従来のマッチョタイプの男性が一家の大黒柱だという考えは排除された。「権力のそのような面は崩壊しました」と、社会科学者でアジアのジェンダー研究が専門のイ・ミンジュはわたしに話した。

彼女は1990年代の**花美男**と西洋のメトロセクシャルとを区別している。メトロセクシャルは自分の外見に気を配る男性として描写されるが、必ずしも女性的だとか、他者に性的欲求を抱かない存在だとは見なされていなかった。「1990年代のメトロセクシャルの象徴であるデビッド・ベッカムは『洗練された』人と解釈され、『女性らしい』人とは解釈されませんでした。さらに、**花美男**は主に美的な存在に関するものですが、それに加えて人々（特に韓国や東アジア以外の文化圏の人）は彼らを女性的だと解釈し、ややノンセクシャルだとかクィアだと解釈しています」と彼女は説明する。もっとも、**花美男**の美的な要素は性的指向と正確に一致するわけではない。

ほかの研究者の説によると、「ソフトな男らしさ」が好まれるのは、女性が経済力をつけてきた結果だという。「女性の社会経済的な地位が向上するにつれて、男性に対する彼女たちの見方が変わり、男性の女性化が促進されている。もはや女性はマッチョ的な資質や家父長制的な権威を必要としない」。研究者のジェイル・キムと他の研究者はそう書いた[17]。デイヴィッド・イも同様の考え方だ。「［異性愛者の］女性は別の憧れの男らしさを見つけなければなりませんでした。それが**花美男**だったのです。お金がなくても、自分の美学を大切にする男性です」

「人前で泣く」男たち

現在、**花美男**は「韓国のポップカルチャーで最も人気の象徴のひとつ」であり、それは全世界で同様だ[18]。日本では、彼らは「美少年」（美しい少年）として知られている。中国では「シャオシェンロウ」、つまり「小さな新鮮な肉［若いイケメン］」として知られる。このような現代におけるアジアの少年の典型は、西洋の進化する「ソフトボーイ」の定義と結びついて、経済メディアの〈クオーツ〉が伝えたように、２０１０年代後半に「出現した中でおそらく最も文化的に重要な10代のトレンド」となっている[19]。

「彼ら（Ｋ－ＰＯＰのスター）が男らしさをからかっている方法や、異性愛者的に、または非異性愛者的に美しい男性であることの意味が、普通の男性たちの可能性を広げている」と長年、韓国文化を研究するジョアンナ・エルフヴィング＝ウォンはＢＢＣに語った[20]。

わたしが韓国で暮らしていたころ、最初に**BTS**が世界的な注目を浴びたときは、懐疑的な見方をする者がいた。その多くはアメリカやヨーロッパの人々で、メンバーの男性たちの「美しさ」をまだ理解しがたいと感じていた。ある批評家は**BTS**のファンを「トゥインク［若くてスリムで体毛が薄い男性］なゲイのフェチ」だと主張した。これはアイドルやファンよりも、批評家自身のホモフォビア的な態度を暴露している[21]。そして、このような嫌悪感を示した人たちが、結局は歴史の流れに逆らっていたことが判明するのだ。

ソフトボーイのトレンドは、今やティックトックの「#softboy［ソフトボーイ］」というハッシュタグを通じて模倣されている。また、ティモシー・シャラメやハリー・スタイルズといった有名人の外見や、ストリートウェアを見習う人もいる。自分をソフトボーイと分類する男性が増えるにつれて、ソフトボーイという概念はファッションやスタイルを超え、まったく異なった、より繊細なタイプの男性像を体現するものとして高められた。「そして若い男性はその概念を受け入れている。彼らは感情的なもろさを表し、人前で泣き、セラピーに通い、女性的である」と〈クオーツ〉は述べた。[22]

世紀の変わり目ごろになると、アジアのマーケターはこの美学に乗り出し、それから20年以上経った今も世界のほかの地域ではまだ遅れを取り戻そうとしている段階だ。韓国の美容関係の企業は女性向けの製品ラインの販売促進となるように、男性や男性俳優、アイドルを積極的に起用し始めた。

どの製品も女性がターゲットなのに、**〈ザ・フェイスショップ〉**は韓流の第一世代の俳優である**クォン・サンウ**をキャンペーンモデルとして採用した。[23] それから間もなく、**〈ミシャ〉**も大勢の憧れの的である**ウォン・ビン**と契約を結んだ。[24] **〈イニスフリー〉**、**〈ネイチャーリパブリック〉**、**〈マモンド〉**などのブランドはセラムや保湿クリームのような製品を目立たせるため、宣伝用の看板に男性有名人をキャンペーンモデルにして呼び物にしている。

このような流行は韓国全体に広まり、国境を越えた動きを見せている。「わたしは韓国が男性の美容文化の先駆者だと思います。現在、世界での先駆者とは言えないにしても、アジアでは間違いなくそうです」とエルフヴィング＝ウォンはＢＢＣに語った。[25]

韓国のブランドが中国に進出したとき、マーケティング戦略は女性の消費者を引き寄せるために**花美男**を明確に強調するものだった。「長い脚の**オッパ**〔お兄さん〕である**イ・ミンホ**の等身大の看板が店の正面入り口に置かれただけで、中国の女性は群れを成してやってくるだろう」と２０１６年に中国のエンターテインメントに関する報道機関は報じた。[26] ちなみに、「花より男子」に出演してからアジアでスーパースターとなった**イ・ミンホ**だが、最近は太平洋を越えた広範囲で人気を集めている。「ＡｐｐｌｅＴＶプラス」のドラマシリーズ「パチンコ」で主演したおかげだ。

女性の有名人が化粧品のモデルを務めるのは珍しくない。男性がモデルになるという逆転の現象によって、女性を対象物と見なす男性の視線から離れ、通常の化粧品広告のメッセージを変えることができる。広告は今や女性の視線に配慮し、異性愛者の女性が見たがると想定される男性モデルを出している。

「少なくともポップカルチャーに関しては、韓国は女性の視線を通して定義され、考察されている」とデイヴィッド・イは言う。過去20年間の調査によると、**花美男**が現れ始めた時代は次のように示されている。

「ＣＪＫ〔中国、日本、韓国〕の文化で『ソフトな』男性の理想が出現したときは、インターネットを最も効果的に使う集団である女性や若者の購買力が増加したときと一致する」[27]

チョコレートバーのような腹筋

マーケティングにおける伝統的なジェンダー規範の逆転は、フェミニストと反フェミニストとの間の反発、韓国での激しいジェンダーの戦いとして起こっている。ソフトボーイの流行が著しいのは、Z世代がジェンダーの流動性を気楽に受け入れることを考えると、そこにはそれまでとは違う、もっと平等な道が反映されているように見えるからだ[28]。

産業アナリストたちはジェンダーニュートラルな化粧品に注目しているが、それはブランドにとって恩恵となるだろう。そういう製品は若い世代の男性消費者も利用するので、製品の潜在市場規模が実質的に2倍になるからだ。「男性に特化した美容製品は成長しないかもしれない」とミンテルのアナリストのイ・ファジョンは言う。「しかし、ジェンダーを特定しない化粧品の成長のおかげで、全体として男性の美容市場の将来は明るいと思われる」

だが、ジェンダーの構成概念が崩壊すると、または少なくとも混乱すると、体のケアに費やす労力における従来のジェンダー不平等が変化する。これまではおしゃれをしたり、余分なものを体から取り去ったりしなければならなかったのは女性だった。いっぽう、男性の身だしなみは朝、顔に水を適当に叩きつけるくらいで用が足りた。ソーシャルメディアが幅をきかせ、ますます多様なジェンダーが存在する状況で、自分の体を管理しなければという男性への圧力が高まっている。

髪を切ったりブリーチしたり、染めたり、ダイエットしたりといった体のケアは、男性も含めた誰に対してもいっそう要求されるようになってきた。普通の韓国の男性は腹部を平らに保とうとしてトレーニングにのめり込み、「チョコレートバーのような腹筋」、つまりハーシーのチョコレートバーさながらにくっきりと割れた腹筋を手に入れようとしている。**BTS**のあるメンバーは10日続けて鶏の胸肉ばかり食べていたと話したことがあった[29]。

男性たちの動画（美容ユーチューバーのグルーミンのものも含めて）は日々の入念なスキンケア

の手順を詳細に説明し、何百万とまではいかなくても、何十万もの視聴回数を集めている。

このような状況によって、外見の基準のせいで女性が男性の視線のもとに隷属させられるという考え方がより複雑になっている。利益重視で内面化されたテクノロジーによる視線がさらに広い範囲に向けられ、男性も隷属させられているからだ。美容に関する消費者文化が拡大し、男性用の美容製品の消費量が上昇しているので、韓国はふたたび流行の先行指標となる可能性がある。「彼らは完璧に見えなければならない」とデイヴィッド・イは普通の韓国人について述べている。「そういう圧力を女性が感じているとしたら、今は男性も同じように感じている」

それは一種のジェンダー平等なのだろう。だが、哲学者のヘザー・ウィドウズによると、望ましい終点ではない。この圧力によって、ジェンダーやジェンダーの役割という概念が消滅するとしても、「依然として道徳的な問題がある」とウィドウズは書いている。

「美への要求の増加に伴う問題は、いっぽうのジェンダーよりももういっぽうのジェンダーに多くが要求されることだけでなく、そのような要求の性質自体でもあるのだ[30]」

相変わらず女性のほうがつらい

現在、デイヴィッド・イやほかの研究者は性別二元論（ジェンダーバイナリー）があるかぎり、女性に対する圧力のほうが強いままだと警告する。それを認識する女性たちは、美の理想に達しないとか、そのための努力を怠った場合、どれほど痛手を受けるか本能的に理解している。美は男性にも利益を与える。たとえば、ジャスティン・トルドー首相のように見た目がいい政治家は有利かもしれない。とはいえ、外見が良くなくても、男性にとっては克服できない問題ではない（セクシーではない男性政治家の例はあげないでおく)。

女性の場合、最低限の魅力の基準に達しないと、まったくの不適格者とされることがある。研究者シャロン・ヘジン・リーがそれについてこう述べている。「女性にとって、美しくなる努力は義務とされている。男性にとっては軽薄な行動とされているのだ。男性の場合、『美容にかける充分な収入と時間とエネルギーがあること』を意味するが、女性の場合は『やるべきこと』とされる」[31]

女性の場合は引き締まって、肌がなめらかで、ほっそりして若いという世界じゅうで通用する理想に直面しているのに、男性の世界的な理想の基準はひとつではない。**花美男**はますます人気になっている美の理想かもしれないが、筋肉質で超男性的な外見も同様に切望されている。毛深くてずんぐりした木こりタイプの男性も求められる。一般的に、男性に対する規範は範囲が広く、女性に対するものほど要求が厳しくない。K-POPの男性は従来のジェンダー規範から女らしい方向へと逸脱しているが、女性のK-POPアイドルの大半には男らしさという別の方向へ逸脱する自由はない。ちょっと考えてみよう。刈り上げヘアで男らしい魅力を持つK-POPのガールズグループを、聴衆はどのように受け入れるだろうか?

〈スワッガー〉のCEOヘレン・チョーは、**花美男**の主流化や毎日メイクする習慣はZ世代の最も流行に敏感な一部にしか存在しないと指摘している。世代による差は根強く残っており、年齢の高い男性たちは顔の手入れなど石鹼と水でかまわないと相変わらず思っている。40代の会社員たちは、酒のボトルのような容器に入っているなら、ボディウォッシュを買う可能性が依然として高い。身だしなみを整える人は以前よりも多くなったが、化粧をしようという人は多くないと、彼女は数々の実験の結果、学んだ。

「大勢の男性やミレニアル世代やZ世代が、ファッションに夢中になっているのは目にします。新製品を手に入れるためなら、彼らはどこでも並ぶでしょう。でも、男性が化粧品を買うために並ぶところは一度も見たことがありません。どういうことかわかりますよね？　ですから、化粧品に対する熱心さはまったく異なっているんです」と彼女は言う。

だが、投資家たちは彼女の会社にもっと金を落とそうとオフィスにやってきていたのだ。わたしはそのことを指摘して反論する。

「実を言うと」ヘレン・チョーは言う。「わたしは女性向けのブランドをふたつ立ち上げたところで、それがうまくいっているから、最近の投資が保証されているのです」

第12章　アジュンマたちの知恵

アジア女性は「なかなか老けない」

数年前、アジアの女性の老化に関するミームが拡散されたことがあった。それは6つのコマに分かれたマンガだった。最初のコマには「18歳」と書かれ、その下に黒髪で、緑の服を着た、ウエストが細くて、穏やかな顔立ちで額の広い女性の絵があった。次のコマには「20歳から30歳」と表示され、1コマ目とまったく同じ女性が描いてあったが、服の色は青になっていた。3コマ目の「30歳から50歳」と書かれた女性はまたしてもこれまでと同じに見えたが、違っていたのは髪がアップになり、両脇に2人の小さな子どもがいたことだった。

4コマ目には「閉経期」という言葉だけ、マンガ本のスタイルでオレンジ色の星が描かれた上に、大きなバブル文字［線の端を丸くふくらませた字体］で書いてあった。

5コマ目がジョークの落ちだった。「60歳から70歳」に達すると、ほっそりして、50歳でも18歳のような魅力があった若々しいアジアの女性は突然、北朝鮮の元総書記金正日（キム・ジョンイル）みたいな不気味な外見になる。サングラスをかけてパーマヘアになり、顔はふくよかになって、トレーニングウェアを着ている。最後のコマの「120歳」では、彼女は縮みすぎてしまい、コマの下枠からかろうじて頭がのぞいているくらいだった。

　このミームは人々が直感的に理解していたものを暗示している。つまり、大人の女性はできるかぎり実年齢よりも若く見えなければいけないということだ。彼女は化粧品の助けを借りて若く見せようとするかもしれない。ご親切にも「年齢による衰えを感じさせない」とか「老化防止（アンチエイジング）」とラベルが貼られて売られている化粧品で。または「小ジワやシワをなめらかにする」ことを約束する化粧品で。それとも、彼女は体を鍛えたり整形手術をしたりして、若さを保つかもしれない。

　そのミームはアジア人がなかなか年を取らないという一般的な考えも伝えている。彼女たちは白人女性よりもシワができるのに時間がかかるとされているのだ。「アジア人は老けない」という表現もある。少なくとも、閉経までは年を取らないとされているのだろう。

　そしてこのミームによれば、女性はほぼ一晩で老けて見えるようになるらしい。韓国にいるわたしの友人たちは、これを「オバさん化する（アジュンマ）」と呼んでいた。若く見えるべきだという概念から解放され、（とうとう）老化している体をありのままに受け入れるという女性のプロセスだ。「**アジュンマ化**」した女性はウエストの締めつけから解放され、髪はもはや伸ばさなくてもよく、顔にはシワがあってもかまわない。

　韓国の年配の女性やおばさんを指す、**アジュンマ**たちとやり取りしていて、わたしは本能的に子どものように振る舞っている自分に気づいた。わたしは韓国の最年長の世代がさまざまな経験をしてきたことを知っている。第二次世界大戦前かその最中に生まれた人も多く、彼らは子どものころに祖国がふたつに分断されるのを目撃し、その後は朝鮮戦争による荒廃を経験した。

さらに70歳以上と思われる**アジュンマ**たちは、女性は優雅で美しくて礼儀正しくあるべきだという性差別的な期待から自由になっているように見えた。何をすべきかと他人に指図しても、彼女たちは許される。母親から赤ん坊を抱き上げてあやしたり、世話や授乳について助言したり（わたしには何度もこんなことがあった）、母親の態度を叱ったりする**アジュンマ**がいるだろう（わたしの場合、赤ん坊をちゃんとくるんでいないと怒られた）。

エレベーターに先に乗ろうと列に割り込むとか、ソウルの〈コストコ〉でカートをわたしの足首にぶつけてきて、大型ディスカウントストアでの買い物を、恐ろしい接触型スポーツに変える**アジュンマ**もいる。特に目立つのは、**アジュンマ**が派手なパーマをかけたり、薄くなった眉にタトゥーを入れたり、色とりどりのトレーニングウェアを着たりしていることだ。彼女たちは好んで「意表をついたアジアのヒップスター」風の格好をしたがる。ステータスなどというものを超越し、絶対権力を持つボスのように振る舞うのだ。わたしの友人のパトリックは、来世は**アジュンマ**に生まれ変わりたいと冗談を言っている。

アジュンマや**ハルモニ**（おばあさん）はいくつかの理由が組み合わさって、韓国で非常に敬意を払われる地位にある。儒教のルーツがある東洋の社会で、老いの兆候は恥ではなく、名誉や威厳を与えられる。[(1)]

そして韓国の「母の力」という独自の歴史も、年配の女性を強さの象徴とする社会の理解を強化している。高麗王朝（９１８年から１３９２年）は母系だった。つまり、一族の富が母親を通じて受け継がれていったのだ。朝鮮王朝（1392年から1910年）では、男性中心の体制に権力が移ったが、「母の力」は文化的な価値を保った。

朝鮮王朝の社会では階級を超えて、責任ある国民になるために必要な道徳的な基礎を母親が子どもに与えると期待されていた。もっと実際的な面では、息子や娘を育てるのに成功した（息子は一発勝負の国家試験に合格し、娘は裕福な家に嫁いだ）女性は、年老いたときに地位や権力を得られる。教育や夫によって成功が保証された子どもたちは、母親の地位を向上させたり維持したりしてくれる。

70歳を超えた現代の韓国女性は、大部分の美容のマーケティングにとって対象外となる人口の集団に入っている。最高の「ライン」とか「比率」といった、大量に送られるメッセージは彼女たちをターゲットにしていない。何十年も美容業界に狙われ続けたあと、その照準から外れたら、解放された気分になるのだろうかとわたしは考えた。あの老化についてのミームに描かれていた、トレーニングウェア姿の女性たちはとても気楽そうだった！

いったん社会で最盛期を過ぎたら、工場で作られたような一律の外見の基準から解放されるのか？　わたしも**アジュンマ**の年齢になったら、そんな新しい立場によって、行動を制約する枠を飛び越えられるのだろうか？

ロサンゼルスで聞いた「基本的な礼儀」

わたしはアメリカの、韓国以外で最も韓国人が多い街であるロサンゼルスに移り住んで数年後、韓国系アメリカ人の高齢者たちと話をする機会を得た。老後の美しさについてもっとよく理解するためだった。

毎週月曜日、オレンジ郡が計画した「活動的なシニア」を対象にしたコミュニティには、アリス・ハーンを含む100人ほどがラインダンスを習うため、広い多目的ルームに整然と並ぶ。クラスの全生徒が最低でも70歳には見えた。白髪でエネルギッシュな感じのインストラクターがヘッドセットをつけてクラスのみんなに韓国語で話し、音楽が始まる前に手本のステップを見せる。「大変そうに見えますよね」彼女は生徒たちに言う。「でも、そんなに難しくありません」。音楽がふたたび始まると、クラスの全員が調和したひとつの群れのように動く。

現在72歳のアリスは、朝鮮戦争が勃発した年にソウルで生まれた。戦争についての記憶はまったくないが、立て続けに起きたふたつの戦争から回復しながら急激に変化していたソウルでの中高生時代の思い出は多いという。彼女はくすんだ茶色の制服や、パク・チョンヒ政権が決めた一律の髪型、おしゃれをする余地などなかったことを覚えている。「見た目のことなど少しも考えなかったね」とアリスは言う。彼女はエリートの女子大である梨花女子大学校に進み、医学の学位を取得したが、1970年代の初めにアメリカに移住してからはその学位も利用していないそうだ。

アリスはラインダンスのクラス用に鮮やかなピンク色のスニーカーを履き、顔には日焼け止めしかつけていない。日々のスキンケアの手順は洗顔をして、ローションかクリームを塗るだけの「ふたつかみっつのステップ」だという。白髪になるままにしていた髪は、70歳で染めることにしたと認めている。オレンジ郡のコミュニティに入ったとき、「誰もが髪を染めていて、『あなたはそんなに年寄りなの?』とみんなに訊かれたの。だから、それからは髪を染めたのよ」と。

アリスの友人でラインダンス仲間でもあるエリザベス・クォンは73歳だ。元看護師で、やはりソウルで生まれ育ち、髪は自然な白髪のままだが、クラスに参加する前にメイクアップをする。ファンデーションを薄く塗り、スモモ色のリップスティックをつけて、アイシャドウを軽くつける。「わたしは礼儀を守っていると見られたいの。つまり、失礼だと思われない格好をしたいのよ」

エリザベスはこんな行動をとる動機を「**基本礼儀**（キボンイエウィ）」だと説明している。基本的な社会の礼儀のことだ。「それはほかの人に敬意を払うことよ。自分の身だしなみを気にしないことは、ほかの人に対してとても無礼なの。わたしはそう教わったのよ」。彼女たちは礼儀（イエウィ）について詳しい説明を続ける。

彼女たちは若かったころから、きちんとして、外見を整えることが社会常識の一部だと教えられてきた。絶対的な美の基準に達することが中心ではなく、コミュニティ内で配慮を示すことに焦点が当てられていた。競争ではなく、相互関係が大事だったのだ。受け入れてもらえる外見を維持することが、社会的な関係を円滑にするのに役立ち、双方にとって良い結果となる。

彼女たちの意見は、西オーストラリア大学のジョアンナ・エルフヴィング゠ウォンの調査と同様のものだった。彼女はソウルに住んでいる20人の年配女性（63歳以上）にインタビューした。人生の早い段階とは逆に、韓国人の年配女性は美容整形を必要というよりは選択と見なしていることがわかった。[2] それは職探しやパートナー探しといった、現代の生活で最も熾烈な競争の領域から彼女たちが解放されたせいではないかと、わたしは思っている。

「仲間のプレッシャー」を感じすぎている

インタビューした韓国系アメリカ人の大半は、わたしが生きてきた時間よりも長くアメリカ文化に漬かってきた人たちで、美容整形を全面的に否定した。これは韓国に住む韓国人と、ほかの国に移住した韓国人との見解や行動の違いのひとつを示している。

彼女たちは最近の祖国をあまりにも「物質主義的だ」と批判し、人と同じように見えなければという「仲間のプレッシャー」を人々が感じすぎていると非難した。「このごろの韓国では誰もが有名人みたいに見られたいと思っているのかもね。大きな目と高い鼻を持ちたいと思っているのよ。それに、韓国ではもう個性というものがなくなった」とエリザベスは言う。「ここ〔アメリカ〕に来てから、わたしはとてもいい気分よ。誰にもわずらわされないから。わたしが長い顔で大きな口をしていても、誰も気にしない。わたしはここの人間よ。とてもいい気分」

エリザベスは故国の韓国での美を求める努力と、自身の日々の習慣との違いを強調する。「わたしはいつも自然で清潔な見た目でいたかった。でも、自分がきれいだとかそういったことは思っていなかったの。なぜなら……どう言ったらいいかしらね？　わたしは不細工だからよ」

アメリカ人のわたしの耳には、自分が醜いというこんな率直な宣言は違和感があったし、気まずさを感じた。だが答える前に、1拍置いた。「成長していくときに誰かからそう言われたのですか？　不細工だと？」わたしは尋ねる。

「人から言われなくても、自分でそう感じるわよ。わたしが不細工だとわかっている。なにしろ韓国では誰もが口は小さくて、顔は丸いとかでしょう。でも、わたしはそういう女性たちとはちょっと違って見えるわよね？　口が大きいし、顔は長いから」

もちろん、あなたはきれいですよと、わたしはとっさに請け合いたくなった。けれども、エリザベスの友人たちが反論しなかったから、自分を抑えた。エリザベスの見た目を褒めようとする衝動は、彼女の戸惑いよりも、自分の戸惑いを示していることに気づいた。

残念ながら、わたしはここまでの間に外見の美しさを人間の価値に結びつけることを学んでしまっていた。美しくなければ、その人間に不足があると見なしていたのだ。エリザベスはそんなふうに考えていない。自分を受け入れ、苦もなくこう言える。〝ねえ、わたしはきれいじゃないけれど、そんなこと気にしていないわよ〟

彼女の友人のアリス・ハーンは美容に関する控え目なリストにひとつだけ、こだわりのある項目を入れている。それは毎月のフェイシャルエステだ。顔を優しく手入れしてもらって癒される美容液を塗られ、肩をマッサージされる気持ちよさを楽しんでいるという。

「とても心地よくてくつろげるの」アリスは言う。多くの人にとって、フェイシャルケアや足のマッサージ、あるいはマニキュアをしてもらうことはほかの人間から触れられる唯一の時間なのだと、アリスの話は思い起こさせてくれる。

人生の終わりに向かうと、パートナーがいない女性が多くなっていく。世界各地で女性は男性よりも平均4年半、長生きしている。(3) 美容従事者に触れられると慰められるし、前向きな気持ちにさせられ、人とのつながりを感じさせられるだろう。それだけの贅沢をする余裕があるならば、髪を切ってもらう前の頭皮マッサージほど気持ちのいいものはあるだろうか？　または、あなたを実によく知っていて、美容院の椅子に座るたびに人生の話を聞かせてきた美容師との交流くらい、いいものはないのでは？

アリスは最終的にフェイシャルエステを、こんな精神的な言葉で表現している。「施術を受けるときは、祝福されている気持ちになるのよ」

韓国の老婦人たちは美容ケアの中でもフェイシャルエステや美容注入のように、美を高める上で合理的だと思えるものと、**フェイスリフト**や鼻の整形手術のように、ある人の外見を激変させるものとを区別している。彼女たちの見解では、**フェイスリフト**や美容整形のような行為はやりすぎということだ。「今やボトックス注射はメイクアップみたいなものね」アリスは言った。「でも、わたしはどんな手術も受けたくないけど」エリザベスが口を挟んだ。

エリザベスは頭から整形手術に反対している。アリスの場合、少しは見栄えが良くなることはまだ魅力的に思えるようだ。韓国に行って、たるんできた上まぶたのプチ整形を受けようかと考えているらしい。それは健康のためなのか虚栄心のためなのかとエリザベスが尋ねると、アリスは視力に問題はないと答える。「昔は目が大きかったのよ」と彼女は言う。

アジアの女性の老化に関するミームを思い起こしながら、わたしは閉経後の老婦人たちに尋ねた。ある年齢になったら、見た目をまったく気にしなくなるのだろうかと。

「気にしなくなる？　まさか。もちろん、それはないね！」エリザベスは驚いたように声をあげて笑った。

「わたしは今でも気にしているわよ！　保湿クリームを塗っているし、ちゃんと目が覚めていると見えるようにアイライナーをちょっと引いてる」

アリスが割って入る。「絶対にないわね」彼女は少し考える。「そうね、70歳になったら気にしなくなると思っていた。でも、たぶん80歳になったらってことね」

彼女たちはできるだけ長く健康を維持したいと強調する。そうすれば人生を楽しめる時間が増えるからだ。

「もし、病院で寝たきりになったら、つまり、子どもたちに負担をかけてしまうってことよね」。アリスたちの友人である、子どもが2人いる71歳のチョヨン・リムが通訳を通じて言う。

「そうよ、死ぬまで健康でいたい」アリスが言った。

エルフヴィング＝ウォンは調査から、韓国の年配の女性は自分自身が肯定できる外見を保てれば、年を取ったときに健康や長寿や充実した人生を維持するための体をコントロールできるように思うという結論を出した。美容に手間をかければ、自分の体を用いてまだやれるものに楽しみを感じ続けられるのだ。

「楽しみの対象として、または他人の気持ちを認識するための儀式の対象として、老化していく体は老いを肯定的にとらえるという新しい重要な考え方を示している」。エルフヴィング＝ウォンはそう結論づけている[4]。

老いを受け入れることは体のケアが終了したという意味ではない。むしろコミュニティが作られたり、心の栄養を優先したりすることによって、ケアをする気にさせられるようになっていくのだ。

ラインダンスをする老婦人たちと話して新鮮だったのは、彼女たちが見た目に不安を感じていなかったことと、自由に自分を受け入れていることだった。彼女たちにとって、老化は充実した人生の一部にすぎない。「そうね、受け入れなくてはならないのよ。あらゆるものが垂れ下がってくることをね。目に顔、何もかもが」アリスが言った。

若さが終了しても、人生は終了しない。

「日本のおとぎ話は教えてくれる」と日本の優れた心理学者の河合隼雄は書いた。「美はわれわれが死の事実を受け入れる場合のみ完成されることを」[5]。変化は絶えず続くし、過ぎていく一瞬がつかの間だという概念があるから、こういう婦人たちは美しいのだ。

体を保護して称賛する方法

アメリカの婦人参政権論者であるエリザベス・キャディ・スタントンは有名な講演、「わたしたちの娘」で美容クリームの宣伝方法を描写し、こう述べた。

「またしてもその方法にはこう書いてあります。『マグノリアクリームは30歳のご婦人を16歳の少女のように見せるでしょう』と。30歳の分別ある女性、何年も時間を費やして得たに違いない知性や教養のあらゆるしるしがうかがえる女性が、未熟な16歳の少女に見られたいと思うはずがあるでしょうか？……知恵や経験は年齢を重ねないと得られないのに、なぜ、若く見られたいという、終わりのない闘いが続くのでしょうか？[6]」

若さが新鮮なもので、おおいに価値があるとされている証拠を得たいなら、年配の女性に対する最大の賛辞が、若く見えるということだと観察するだけでいい[7]。

若さの価値が数字で測られるからこそ、化粧品業界は不況知らずであることを指摘したい。化粧品市場の35パーセントはスキンケア製品で、アンチエイジング製品や引き締め効果のある製品も含まれる[8]。だが、老化に逆らう行為の絶対的な真実は、きわめて自然に反しているということだ。人間の体が活動的なのは生物学的な事実である。体は一瞬ごとに変化する。細胞が死に、皮膚がはがれ、筋肉が強くなったり弱くなったりする。だから、妊娠後の「あなたの体を取り戻す」という概念すべてが、わたしには無意味に思われる。
どんな体を取り戻そうというのだろう？　人間の体が固定化されることはない。自然界にある何ひとつとして、変わらないものはないのだ。

アリスは高校で教師のひとりから言われたことを覚えている。「今のあなたがたほど、姿かたちがいいときはないんですよ」

とはいえ、今日、鏡を覗いたとき、どんな姿が見えたらいいなと思いますか？　わたしは女性たちに尋ねる。わたし自身よ、とそれぞれが言う。「美容ケアにいそしむ女性たちに理由を尋ねると、いちばん多い答えは、自分の見た目を変えたいからというものではない。自分のいちばんいい姿を見たいからという理由が最も多い」と、美容ジャーナリストのオータム・ホワイトフィールド・マドラーノは書いている[9]。

アジュンマたちは厳格な規範を強いられなくても、自分の体を守って称える方法を示してくれる。工場で生産されたような標準的な美を拒み、どんな年齢でも、最高の自分に達する方法を示しているのだ。彼女たちのセルフケアは互いを気遣うことや運動の喜びを強調し、製品の購入よりも触れ合いを大切にする。年を取っていくことと、美しくなくてもいいことの両方を受け入れている。コミュニティや相互関係を考慮しているのだ。別の言い方をすると、高齢者のボディケアはその行為を楽しみ、それによって満足感を味わうもの。魂を育む、体へのいたわりの形なのだ。

この女性たちに教えてもらったのは、美とボディケアのパラドックスに対処するには、自分の努力が自尊心に突き動かされたものなのか、それとも魂に突き動かされたものなのかを自問すべきだということだろう。

それはもっとつながりを持つこと（自分自身や他人と）へ通じるのか？

それとも、つながりを持たないことに通じるのだろうか？

高齢になると、美容ケアはもっと誰かとつながりを持った、心が求めている作業へと変化していく。それはこれまでよりも金銭の負担が少なく、エネルギーや時間も使わない、わたしが切望しているのと同じようなものだ。体に対して積極的な選択をするため、そして必要な方法で自分をケアするために、心が求めている基準に従うと、人をそれぞれユニークな存在にしているものを尊重することになる。


「人間はみな違う」


ラインダンスをして笑い合い、同意や励ましを込めて互いの背中をふざけて叩き合う女性たちを眺めて、ひとりひとりがどんなに違うかということにわたしは気づいた。とても自然で、ありのままの自分に満足している。どの人も一緒にいて楽しかったが、それぞれがかなり個性的だった。彼女たちは完璧さを求めることが面倒なだけでなく、退屈であることも思い出させてくれた。美とは主観的なもので、何らかの理由で謎めいて見えるのだ。基準があるかのような業界の（成功することが多い）策略や、美を数式によって体系化し、商品化しようとする彼らの試みによって、若い世代は美に執着心や不安を抱き、疲労する方向へ導かれてきた。さらにひどいことに、73歳のエリザベス・クォンが言うような状況になっている。「誰もが同じに見えるわね。おもしろみがない」と。

人に魅力的だと思われるようにするものは、表面にたやすく見つかるわけではない。あるいは、魅力の理由を理想的な比率とか、**Vライン**や**Sライン**に分けて理解し、自由に操ることもできない。

工場で生産されたようなものとは違う真の美は、多様な大勢の人の中から生まれる。

「人間はみな違う」アリス・ハーンは言った。「見た目が違うのよ」

わたしからすると、この**アジュンマ**たちは楽しそうだ。自分という人間を心から享受しているように見える。彼女たちはくつろいだ様子で、１９４０年代の戦争の焼け跡で生まれたほかの大勢の韓国人の高齢者と動きを揃え、１９９０年代のビリー・レイ・サイラスの曲に合わせてブートスクーティン・ブギー［ラインダンスの振りの一種］を踊っている。

結論

帰国

わたしたちはアメリカへと太平洋を渡って帰国しようとしていた。韓国の引っ越し業者が来て玄関で靴を脱ぎ、柔らかそうな白い靴下でアパートメントを歩き回りながら、トラのロゴがついた厚手の白い段ボール箱に荷物を詰めた。そのころ、わが家でいちばん幼いルナは1歳8カ月になっていた。ルナはもう歩けたが、抱き上げられてカウンターのてっぺんに座らされるほうが好きだった。引っ越しの日、積み上げた箱のてっぺんに座らされてくすくす笑い、両脚をぶらぶらさせながら、踵で段ボール箱を蹴っていた。

引っ越し業者が最後の荷物を輸送コンテナトラックに積み込むのを眺めたあと、わたしはアパートメントの建物の外に立ち、韓国で生まれた3歳の次女のイザに尋ねた。

「みんなでどこへ行くのかな?」

「カリーフォーニーアー」イザは母音を伸ばしながら答えた。

「どこ?」

「カルフオーニャ!」さっきの2倍の速さのキイキイ声で言う。

骨まで凍りつきそうに寒い冬季オリンピックの取材後、わたしは上司たちに冬はもううんざりだと伝えた。2018年の末には、南カリフォルニアに異動することを彼らも承諾してくれた。1週間で慌ただしく荷造りして、飛行機に12時間乗ったあと、わたしたちは目をショボショボさせてロサンゼルス国際空港に降り立った。

カリフォルニアに着いてから最初の1カ月は、一時的にロサンゼルスのベニス地区の家で暮らした。いかにもロサンゼルスらしい雰囲気で有名なビーチから6ブロック離れたところだった。

グリーン・ジュース。砂まみれのスケートボード。トレーニングしている上半身が裸の男性。わたしはちょっとした逆カルチャーショックを受けた。飲み物の容器はなんて大きいのだろう! どの人もそれぞれとても違って見えた! 見知らぬ人たちが英語を話していた! 到着した日、わたしはエヴァが今週中に入る予定の幼稚園まで歩いた。ありとあらゆるサイズの女性たちがレギンスやワークアウトパンツを堂々と穿いて歩道をぶらついていた。

上半身にスポーツブラしか着けていない女性もいて、むき出しのお腹は誰にでも見える。ソウルなら、体にぴったりしたアスレジャー「スポーツウェアを普段着に取り入れたファッション」姿で歩いている女性を見かけることなどないだろう。ブラトップで歩き回っている女性なんて絶対に目にしないはずだ。

ロサンゼルスのよく知られた地域であるウェスト・ハリウッド、ベニス、サンタモニカでは特に、大勢の「きれいな人々」がまわりにいた。友人たちとわたしは「セレブ？　それとも、ただの金持ち？」という、当てっこゲームをすることがある。ハイキングでは、レスチレンを注入してぷっくりさせた唇をして、細いウエストで奇妙なほどシワのない額をしたハイカーたちがいて、実はハイカーの役を演じている俳優ではないかとたやすく感じられてしまう。

南カリフォルニア特有の日常のファッションやスタイルは、韓国のものよりも派手だ。そして伝統的な女性らしい要素ははるかに少ない（たとえば、ペンシルスカートは穿かない）が、それなりの努力が必要なことは間違いない。韓国に行く前にわたしが暮らしていたワシントンD.C.では、人々はキャリアを自慢し、どれほど睡眠が少ないかと話したり、会議のときは「絶対終了時刻」を伝えたりしたものだ。

韓国から帰って暮らしたロサンゼルスでは、人々は余暇やフィットネスを自慢した。ビーチのライブカメラで最高の波が来るのを調べるとか、試してみたおしゃれで新しいトレーニングについて大声で話す。けれども、見た目を良くするには、膨大な時間や莫大な金がかかるトレーニングが必要だ。わたしがロサンゼルスで最初に行ったジムでは、「メガフォーマー」というくだけた言葉で呼ばれる、パワーアップしたピラティス専用マシンの使用も含まれたトレーニングをするために、ミレニアル世代やZ世代の女性たちが1回のレッスンに50ドルを払っていた。

彼女たちは1マイルもありそうな長さにエクステしたまつ毛でエクササイズしていた。レッスンが終わって、滑り止め付きの靴下の上から靴を履き直すと、わたしは参加者たちが延々とする、情報に通じた会話に耳を傾けた。話題はダイエットやエクササイズの戦略、特定の体の部分の鍛え方、変わった脱毛方法やどこでその処置を受けるかなどについてだった。

わたしの友人たちは「インスタグラムのフィードから」知ったヘア用美容液を試したとか言うだろう。たとえば、「この水着はスポンコン〔スポンサー付きコンテンツ記事〕から買ったの」とか「アルゴリズムにわたしのことを見抜かれてるわね」と認めたりする。

自分の欲望を形作っているのはソーシャルメディアのマーケティングだとわかっているわけだが、それでも、標準とされるものを取り込もうとする。美に不可欠のものは、主に社会や文化の現象だと知っていても、人はマーケティングに影響された欲望を追い求めることをやめない。

ソウルから帰ってきたとき、わたしは人々の間に韓国よりも外見の違いがあり、誰もかれもが同じというふうには見えないと感じた。わたしはロサンゼルスの多様性を愛している。けれども、年を取ることや毛穴が目立つことを悪者扱いする美容業界からの同様の力がここでも働いていて、人々は世界的な美の定義の同じ枠の中でうまく立ち回っている。

その美の定義とは、痩せていること、引き締まっていること、なめらかなこと、そして若いことだ。

9歳が気づいた「暗黙の利益」

帰国してから2、3年が過ぎた。今では長女のエヴァは9歳で、次女のイザは6歳だ。先日の夜、わたしは娘たちを二段ベッドに入れて寝具でくるんでやると、忍び足で自分の寝室に向かって廊下を歩いていった。そのとき、イザがわたしの言葉を真似ている声が聞こえた。彼女はエヴァに言った。

「ママが言ってるよ。きれいなことなんかどうでもいいけど、頭がいいことは大事だって」

彼女の姉は答えた。「ママはね、自分がもう美人だからそう言ってるだけだよ」

わたしは廊下を歩いている途中で立ち止まった。そうではないと、わたしが絶えず断言しているのに、9歳の娘は成功者がものにしている暗黙の利益を嗅ぎつけている。エヴァがこんなことを理解するには、ただ生まれてきて、まわりに注意を払うだけでよかった。幼児のルナさえ、モンテッソーリ幼稚園から帰ってくると、標準中国語を話す先生たちから聞いたことを真似する。「ニー・ダ・イェン・ジン・ナー・メ・ダー！（あなたの目は、とっても大きいのね！）」と。

娘たちが本能的に理解していることは、どんな体型の女性もどんな肌色の女性もわかっていることと似ている。「人種差別がない」と信じても、人種差別は存在し、差別が害を引き起こす現実は否定できない。それと同じように、誰もが美しいとか、外見は問題ではないとか主張しようとしても、産業化された狭い美の基準やルッキズムの害を抑えることにはならないのだ。

「すべての女性が美しい、欠点も何もかも含めて！」というメッセージは「本当にすばらしいですが、問題の解決にはなりません」と〈ビューティ・リディファインド〉の共同責任者のドクター・リンジィ・カイトは言った。美の基準と自尊心に関する彼女の研究について話していたときのことだ。

「なぜなら、少女や女性は、美であると定義されているものを達成できなくて苦しんでいるだけではないからです。彼女たちの存在が美によって定義されるせいでも苦しんでいるのです[1]」

見た目を人間の価値と結びつけるという筋書きを個人的には拒絶できるし、そうしてきた人も多い。それはわたしが大人になってからの人生でずっと進めてきたプロジェクトだ。だが、すべての人に対する標準化された美の理想や利益中心の美の文化が、それによって変わるわけではない。

「わたしがどんなふうに感じているとしても、ウエストが太いとか、二の腕がたるんでいるとか、大根足だとか、セルライトがあることを突然、美しい状態だと、個人の力で思わせることはできないのです」と美容哲学者のヘザー・ウィドウズは主張した。

「わたしは外見の基準にことごとく抵抗するかもしれません……しかし……外見が以前よりも目立つようになり、文化がいっそう視覚的で仮想的になり、テクノロジーによる修正が利用しやすくて手ごろになり、美の理想が倫理的な理想として機能するようになるにつれて、抵抗はさらに難しくなっています。したがって、理想に抵抗し続ける人もいるかもしれませんが、現在の状況では、抵抗はしにくくなり、政治的なものとなって、異常だと見なされる場合が増えていくでしょう[2]」

4年近く韓国で暮らしたことでわたしは強烈な教訓を与えられたし、自分に変化も起きた。韓国での最初の夜、化粧品のメッカの**ミョンドン**でアパートメントを捜しながらネオンや騒音に圧倒されつつも、わたしは批判的な気持ちも抱いていた。整形手術後に顔を覆う肌色のカバーって、いったい何なのよ？　なぜ、誰もかれもが恥ずかしげもなくあらゆるところで自撮りしているの？

帰国するころには、現代の中流階級の韓国女性をもっと微妙な視点で同情を込めて見るようになった。彼女たちの選択の多くは、限られた選択の自由の中で行なわれているのだ。彼女たちは最も厳しい要求がされる中で活動している。特定の美の基準が存続し、階級の安定や経済的成功や社会的成功が、その基準を満たすことで決まるかぎり、外見を向上させる努力は理にかなっているのだ。

韓国は外見に焦点を当てた産業が繁栄するのにふさわしい、独特の地域だ。現代の韓国では、儒教的価値観の名残による社会的調和の強調、自己向上の技術に拍車をかけるハイパーモダニティ、そして裕福になることで「成功する」という、向上心のある韓国の夢が結びついている。

高度に視覚的なデジタル時代と経済システムの影響で、体と自己が結びつけられたあと、外面的な美を通じて向上するという考え方や、それを追求するために努力したいという欲求が産業を成長させ続けた。だが、このような影響力は韓国に限ったものではない。ただ、韓国ではほかよりも目立つだけだ。

狡猾で産業化された美の理想が多くの人の人生に、もしかしたら、すべての人の人生にどのような影響を与えてきたか、そしてどれほど多くを要求しているかを知るためには、地球の裏側に移動し、まったく馴染みのない文化の中で暮らすことが必要だった。受動的な場合が多いが、人々は自ら進んで参加することによって、そのような美の理想を助長しているのだ。

体は作業場である

美の文化は人々の絶え間ない努力によって拍車をかけられている。いったん始めたらやめられない脱毛や、ひとたび始めたら止まらないシワ取り、商品の購入を中止できないお決まりの習慣。何であれ、こういう美容のための努力は無料で行なうものではなく、金銭を払ってするものだとわたしは見なすようになった。女性の体は対象物であり、主体でもある。消費のための媒体であると同時に、作業場でもあるのだ。

さらに疲労させられるのは、「自然な」見た目を強調されること。何も手をかけていないように見えなければならないという意味だ。途方もない努力をしながらも、少しも努力していないような効果を生むように。

これを表現する韓国語の「**クアンク**」を文字どおりに訳すと、「盛ってそうで盛ってない」となる。スキンケアや美容注入、歯のケアや縮毛矯正や毛染めなどに費やす時間やエネルギーや努力を測る人はいないだろう。だからと言って、見た目を良くするための労力に費用や時間がかかる事実を覆い隠すべきではない。

さまざまな製品を調べて買い、いろいろなケアの予約を取って店に行き、体を計画的に管理すること。こういうすべてが積み重ねられていく。理想の美しい外見を目指して費やした時間を、勤務時間のように記録したらどうなるだろう？

「多くの女性（男性もいる）がジェンダーによる賃金格差を非難しているのに、美に費やす時間と金のジェンダーギャップを考えない場合が多い」。心理学教授のレニー・エンゲルンは著書の『Beauty Sick』で熟考している。「しかし、時間と金は重要である。権力と影響力の重要な源泉であり、自由の主な源泉でもあるのだ」[3]

わたしはインタビューした女性の多くが、これと同じテーマをさまざまな表現で伝えたことを思い返す。見た目を良くするために彼女たちが費やす労力は選択であるとともに、選択ではないということだ。韓国では特にそうなる。外見に費やす労力が仕事の市場や結婚の市場と結びついているから、なおさらなのだ。体のケアは、現代の競争の激しい個人的な資本主義を生き抜くために欠かせない。経済システムはさらに多くの体のケアを宣伝している。

人々は美しくなるという自己向上によって力を得たように感じ、自分に満足できるというメッセージを絶えず受け入れている。だが、それは幻想である場合が多い。労力を費やしても満足できず、認識もされなければ、どんなに孤独を感じるだろう。人々は増え続ける作業に、果てしない時間をかけて取り組んでいるのだ。カルチャーライターのヘイリー・ナーマンは美容に取りつかれたときの経験をこう書いていた。

「給料ぎりぎりの暮らしで、美しくなるための努力だけをして、報酬は自信を持てることのみだった」[4]。費用のかかる製品や施術や習慣は、セルフケアとして覆い隠される場合が多い。自らの体や時間や財布を疲労させているのに、ケアなんてものはどこにあるのだろう？

このような新自由主義の経済システムを受け入れて、自分は「勝利する」ために体を調整しなければならない個人の起業家なのだと信じると、助けが必要なときに厳しい自己評価をくだし、他人が助けを求めているときにも厳しく評価しがちになる。

人は「他人に対していっそう悲観的な見方をするようになります。ほかの人間とか、彼らが必要とするものは、自分の頑なな個人主義や自立にとって脅威のように感じられるのです。だから、わたしたちは本当に孤独なままです」と心理学者のデヴォン・プライスはＮＰＲ［米国公共ラジオ放送］のインタビューで語った。「［これは］仕事中毒と孤立の悪循環を生む可能性があります」[5]

美を考えるときに自分の話しか知らずに孤立しているべきではない。わたしがこの本を書いたのは、美がひとりひとりにどんな影響を与えてきたかについて、もっと徹底した知識を身に着けることが必要だからだ。さらに視野を広げ、女性の力を向上させることに心から集中できるように。

美への取り組みの多くは、他者に遅れをとるまいとして行なうものだ。階級での地位を失うとか、知名度や社会に対する価値をなくさないために。だが、精神的な概念として考える美と、消費主義によって表現される美学的な美との間には違いがある。魂が切望している美ははるかに豊かで、もっと独特で多様だ。単なる表面的なものではない。美容批評家のジェシカ・デフィーノは、美を芸術のように考えることを提案した。

「美しい絵画を目にしたとき、キャンバスだけを称賛するわけではないですよね？　美はその四角い形や鋭い角のうちに存在するのではありません。絵画が美しいのはその本質のおかげです。絵画がどんな感情を抱かせるかとか、どんなことを伝えているか、その絵についてわからない何かです。そして、部分的には美的な要素も含まれます。美はこういうすべての頂点にあるものです。それは画一化することができません」[6]

でっちあげの基準

新しい流行や基準に出合うと、わたしはもっと大きな力が働いていることを意識するようになった。つまり、美容産業や医療観光業界の略奪的な習慣だ。これらは人々の外見を問題視することの上に成り立っている。たとえば、V字型の顎がいいという考えは供給者が最初に需要を作り出した、でっちあげの基準だ。

「それはほんの15年ほど前に始まったのに、今では望ましいものとして受け入れられています」。韓国在住で現地のフェミニズムに詳しい作家のジェームズ・ターンブルは、利益志向の産業が基準を定着させる方法を説明しながら話してくれた。

わたしは体のケアを完全に避けるつもりではない。それは育てるもの、本質的に人間らしいものだからだ。人々の希望や努力の表れでもある。美容製品は喜びの表現や癒しのためのケアへの入り口とか、実験や表現の場として存在できる。韓国に住む北朝鮮の女性のように社会の周辺にいる人々にとって、美容製品や美容に関するコミュニティは自分への支配権を取り戻す道であり、有害な国家体制からの解放を意味している。

韓国のトランス活動家が言っていたが、トランスジェンダーの女性にとって、女性らしく見えることは自己表現や実験だけでなく、生存の問題にもなりうる。[7] だが、外見にこだわる文化に創造的に対処することで個人的にはどれほど力を与えられても、あらゆる人の状況に対処しようと個人で解決を図るのは無理だ。やってみたところで不完全にしか対処できないし、そのいっぽうで企業は報酬を得ている。

このような美容関係の製品やサービスは初めから高額で、進歩に遅れまいとすると、さらに費用がかかる。世界の美容医療市場は2024年までに210億ドル以上の価値になると予測される。これは16年の100億ドルよりも大幅に増加している。[8]

そもそも消費者は非現実的な美を期待し続けずに、ウエストラインを自己管理したり、美容整形や美容注入を受けたりできるだろうか？ そんなことができるとは思えない。わたしが個人的に自分を「もっと良く」見せようとするすべての行動は、コミュニティ内でどう見えたらいいかという期待に影響を与えてしまう。

ふたたびボトックス注入をすれば、わたしは見た目にもっと自信を持てるかもしれないが、それはほかのみんなの問題を増やすことになる。「美しい」ことによって、いっそう仕事の成功や個人的な成功のような特権を得られる社会で、わたし個人は勝利できるかもしれない。けれども、高度に進歩した資本主義のシステムの中で、自己最適化を通じて「勝利」を得ることは、社会の上位にいる人にとっても不安定な生き方だ。そして、この「勝利」は恵まれない人々の願望を利用して力を発揮している。

狭くなっていく美の理想を受け入れる何百万もの人々がいなければ、このシステムは存続できない。女性の外見をその人の価値と結びつけないことには、革命と言えるほどの可能性がある。美の文化から脱皮を図るために、自分の態度や習慣、購買行動を見直さねばならない。

そして注意を向ける方向を迅速に見直すべきだ。作家のジェニー・オデルが指摘したように、人が注意を払うものや払わないものが、現実を表現する方法や可能性を感じるものを形作っている。[9]

欠点とされるものの「修正」から注意をそらして、みんなの価値を称える、もっと肯定的なビジョンに目を向けることはできる。自分の時間は取り戻せる。今よりも自由になれるのだ。哲学者のマーティン・ヘグルンドの主張によれば、「自由であること」は規範を取り除くことではなく、むしろ規範について自由に交渉して変換させ、異議を唱えられることだという。[10]

わたしの考えでは、疑問も持たずにメイクアップやボトックス注入や食事制限を行なうことが最大のリスクだろう。また、レニー・エンゲルンが述べたように、「本当に時間や金銭を使いたいものは何か、あるいは使いたくないものは何かを決めずに、このようなコストを人生の不可欠な部分としてしまうこと」[11]が最大の危険だ。

今やわたしは体のケアを連続した流れで考えている。新しい製品を使い始めるたび、または美容文化に勧められた施術に費用を払うとき、自分がどれほどのケアに取り組んでいるかということに積極的に注意を払っている。人々からエネルギーを奪ったり、体に接近したりすることによって成長する産業を意識している。自分の娘たちにとって、流行の基準に忠実であることが何を意味するのかを絶えず問い続けている。それはわたしが彼女たちに果たしてほしいと思う務めなのか？　未来の世代にとって、わたしたちは良い祖先なのだろうか？

とにかく、人々の障害となる体への執着をひとりひとりが理解するよりも、手を取り合って、上部構造を完全に考え直したほうがいい。競争する代わりに、同意やコミュニティ、またはつながりといったものの倫理を規範に適用できるかもしれない。

それは単純な概念から始まるべきだ。つまり、どんな体も敬意を払われ、尊厳が守られ、大切に扱われる価値があるということだ。「フリーサイズ」に合わない人や健康な体ではない人、今日の支配的な外見の規範から外れている人も、同様に大切にされる価値がある。Kビューティーから得たわたしの教訓を道しるべとしながら、美容文化を大きな視点で考え直す方法をいくつかあげてみよう。

ビジネスの世界が止めるべきこと

メディアはもっと多様な人種や能力やジェンダーの表現、あらゆるサイズを伝えてほしい。「美しさ」という視野が狭くなればなるほど、「醜さ」という視野がいっそう広がるからだ。

企業によって売り込まれた思い込みではなく、驚くべき方法で異なった視点が反映された美が見えるように、視野を広げてみよう。たとえば、アメリカではアジア系の少女の描写がとても少ないため、アジアの女性像と言えば、K－POPのアイドルが代表のように感じられる。そのK－POPアイドルたちは、韓国の政府からも互いに区別がつかない外見だと指摘されるほどだ。それで思い出されるのは、フェミニスト作家のローリー・ペニーの言葉だ。

「これは新自由主義のフェミニズムの身近な面だ。あらゆることが可能で最も自由なこの世界では、どんな女性も自分が望むようになれるという、能力主義に基づいた幻想が存在している。ただし、まわりの人とそっくり同じように見せるため、顔を整形し、体を飾ることという条件がある」[12]。自然界や芸術の中で目にする種類の美は、同一のものから生じるのではなく、多様性やさまざまなものから生まれることを示している。

現在の美の基準は達成不可能なだけでなく、ほとんどは偶然によるものだ。形成外科クリニックは美を数値化するために数学や科学を適用しようとし続けている。美を特定し、数値化し、完璧な比率や「黄金比」に到達しようとしているのだ。だが、このような基準は何の役に立つかわからない解決策である場合が多い。

人は釣り合いが取れた顔に惹かれるものだという、いかにも社会通念らしい見解さえ疑問視されている。その見解はいくつかの研究によって裏付けられているが、逆の説を裏付ける研究もあるのだ。[13] とはいえ、対称性が魅力的だという理論はかなり定着している。あまりにも一般的になっているので、ティックトックには対称性の概念が山ほどある。「#symmetricalface」という、均整のとれた顔についてのハッシュタグがついた動画はティックトックに1億件以上あり、「シンメトリー」のような数多くのアプリによって、対称性への執着はさらに促されている。

ティックトックは、アルゴリズムによって今日の理想が決定されることが増えていることを思い出させる。そして、間違いやすくて侵略的で危険なテクノロジーによる視線に全知の能力を与え、ソーシャルフィードでは同じような情報ばかり表示させるのだ。これまでのところ、アルゴリズムは当たり障りのない中間的なものを追求しているように見える。アパートメントについては、基本的な「〈エアビーアンドビー〉ふうの美」を伝え、外見については「インスタグラム顔」という基本的で人種を超えた美しさを伝えている。人がほかの人間について褒めたり真価を認めたりするものは、こういうアルゴリズムがとらえるものよりもはるかに豊かで膨大だ。

女性の外見の理想という柔軟性に欠ける義務に挑むなら、世界にある美を否定するのではなく、美をもっと見たいという欲求が原動力になる。利益追求者の害に対抗するために、浅黒い肌や欠点のある顔、お腹の脂肪といったものを受け入れるべきだろう。そのような特徴が人間を個々の存在として発展させ、コミュニティをもっと包括的にするための独自性だからだ。自分の力で立ち、他人との違いを消さないことは、自らの独自性を主張することなのだ。

メタバース内のデジタル空間は、無限の美の可能性を突如として手に入れられる場かもしれない。メタバースのデザインは人々の好みを用いて同じような外見を繰り返し作るのではなく、視覚的な外見を、少ない選択肢から大量のものへと拡大できるかもしれないのだ。はっきり言うと、そのためには、現在の視覚文化に導かれている方向からの転換が必要だ。

もしも、価値を測る指標として体が用いられなかったとしたら、どうだっただろう？　そもそも、美というものが追求に値する対象でなかったとしたら？　文化の規範の拡大は美の側面だけに焦点を当てるべきではない。外見が重視されすぎる世界をもっと詳しく調べ、分析すべきだ。人間の道徳的な価値が見た目とこれほど結びつけられているのは奇妙だし、おかしい！　外見は自己の中心的な枠組みであってはならない。

ユニリーバの「ダヴ」の「リアル・ビューティ」キャンペーンには多様性があったとはいえ、このようなボディ・ポジティブのキャンペーンが外見の「美」に焦点を当てているかぎりは限界があるだろうと批評家は指摘した。作家のカイラ・プリンスが述べたように、こういうキャンペーンはそもそも女性が美しくなりたいと思うべきだという、長い間の規範を助長する恐れがある。[14]

韓国の人材採用の文化で最も悪名高い部分は、どんな仕事もモデルの仕事のように扱われることだ。身長、体重、それに顔写真が重視される。ビジネスの世界は、応募者の見かけと能力を結びつけることをやめなければならない。親や教師は美や価値について、幼いころから子どもに教え込むのをやめられるはずだ。そういう状況でなければ良かったのにという思いを口にした韓国女性は多い。

「他人の見た目について意見を述べてもかまわないという、一般大衆の間に広まっている概念を変えなければなりません」と26歳のチェ・ユジンは言った。「彼らは若い女性に対する話し方を変える必要があります。とても幼いころから、あなたの価値は見た目にしかないと女の子に教えるのですから。そんな言葉を用いてはならないのです」

美の文化を変えるには、少なくとも、他人の外見や自分の見た目について語る方法を変えるだけでなく、注意を向ける方向も変えなければならない。自分の時間やエネルギーを、産業化された美の基準を追うことに向けるか、そうしないかという選択だ。

ボディ・ニュートラリティ

体や肌のニュートラリティという枠組みでは、「良い肌」とか「悪い肌」のような分類をしない。肌は単なる肌だ。自分の肌を特に愛さなくてもいいし、失望させられるものだからと言って嫌悪しなくてもいい。南カリフォルニアの**アジュンマ**のひとり、韓国系アメリカ人のエリザベス・クォンがそのいい例だったが、「美しくない」からといって何らかの代償を払う必要はないからだ。

〈Hey Mavens!〉の下着デザイナーのアニカ・ベニッツ・チャロフは、オンラインプラットフォームの「ファッショニスタ」でこれについて述べている。「ボディ・ニュートラリティとは、『あらゆる体は単なる体である』ということです[15]」。つまり、体が美しいか美しくないかを気にせず、ありのままに受け入れるということだ。「外見はあなたの本来の価値に影響しません」とアニカは言っている。10代のときのわたしにはこの考えがわからなかっただろう。だが、中年女性として世界じゅうを動き回ってきた今は本質的に理解している。

ボディ・ニュートラリティとは、まわりを見てこんなふうに言うことだ。〝ねえ、もしかしたら今の基準からすると、わたしは特に美しくないかもしれないけれど、そんなこと問題じゃないわね〟。そういうメッセージはこう変えてもいいだろう。ニキビを抑えるためのいちばんいい方法から、肌の健康を保ついちばんいい方法へというふうに。外見を操作するよりも、もっと基本的な欲求に応えることを大事にするという意味だ。

自分を基準に合わせなくなり、理想に抵抗するようになれば、ほかの人にもやめさせることができる。「**脱コルセット運動**」の女性たちも見た目を良くする努力をやめて、美容製品を購入しないことを選ぶ道を示している。今のところ、そのせいで彼女たちは多大な社会的コストを払っている。外見を良くするために苦労しなくても、代償を払わずに済むようになれば、進歩だと言えるだろう。

フロリダ国際大学のセリーヌ・ルブッフの研究は官能主義と呼ばれるアプローチで、体を恥と思う考えから、適切に体に誇りを持つ考えへと移行する必要性を述べている。体にとって可能なことや、体が感じ取れる喜びを称賛するものだ[16]。

それは口笛を吹く行為を称賛するかもしれない。あるいは、健常者にとっては歩くことかもしれない。または、ラインダンスのクラスで一斉に動くことかもしれない。それとも、触れ合いを通じてつながり、互いにコミュニケーションをとる方法かもしれない。わたしは妊娠や出産、授乳を経験したあと、以前ほど自分の体との距離を感じなくなった。さらに、とても気持ちのいいストレッチをするような満足な状態では、自分の体との結びつきを感じる。

こういう枠組みはあらゆる規模の身体能力を称賛している。また、どんな年齢やどんな能力の人であれ、特定の障害を克服することを称賛する。さまざまな能力を持つ人々が身体活動を行なう機会を増やすことが必要なのだ。

「多くの人にとって、スポーツに参加することや、動きを伴うほかの活動（たとえば、ダンスやヨガ）に加わることは人生の有意義な一部である。したがって、身体的な障害を持つ人々がスポーツに参加したり、関連する練習に参加したりできるように支援し続けるべきである。さらに、標準的な成功の尺度には合わなくても、体を用いて何かを達成した人を称えるべきだ」とルブッフは書いている[17]。

官能主義は感覚の面で、感じるという感覚を使う体の能力を称賛している。資本主義的な競争の時代に過剰に甘やかされることや過労のせいで、自身の体と自分とのつながりが希薄になっているとしたら、官能主義は物事を単純化して対抗手段を提供してくれる。官能主義は体の内部にある源泉から、体を尊重する基盤を与えてくれるのだ。

この尊重の気持ちは運動やセックス、瞑想といった活動を通じて養われることもある。フェミニスト作家のベル・フックスの言葉を言い換えるなら、欲望の混乱や物質の散乱を取り除き、絶えず多忙な状態をやめれば、官能的な能力を取り戻せるということだ[18]。

なんてすばらしいのだろう。作家のジェイムズ・ボールドウィンがこう書いたように。「官能的であること……それは生命力や生命そのものに敬意を払って喜び、愛する努力をすることから食事を分け合うことまで、自分の行動すべてに参加することである(19)」

美の矛盾には社会的なレベルで立ち向かわねばならない。自分の体を大切にして称賛することで、人は癒される。工場で生産されたような標準的な美は、人を抑圧して痛めつける。苦痛も喜びも同じキャンバスの上に描かれている。だが、人は競争や強制に基づくのではなく、コミュニティやケアに基づいた生き方をともに実現できる。表面的な美ではなくて精神的な美、自分の体への真の主体性を通じて自由を見つける手助けをしてくれる美を発見しながら実現できるのだ。

操られやすく、受け入れやすくなる

わたしは太平洋の両側でこのようなことを探ったあと、ケアは自分自身とふたたびつながることを前提にしなければならないと思うようになった。体を何かの作業の場として考えるうち、すべての労働者が自分の労働に対する所有権を持っていないのと似たような理由で、人々は自分の体とのつながりを失ってしまうと気づいた。

体を完全に取り戻すには「具体化」が必要で、これは〈エンボディメント・インスティテュート〉のプレンティス・ヘンフィルが述べたように定義される。「自分の体の感覚、習慣、そしてそれらに影響する信念を意識することだ。具体化には体の感情を感じ、それを受け入れる能力が求められる」と。

これは重要だ。人間が体とともに行なう作業、または体に対して行なうか、あるいは行なうまいとして選ぶ作業は、中絶の権利の闘いと同様に、自己決定権を得て自分の体や精神の完全性を主張するための闘いだからだ。

現在の美の基準が美的労働［外見の良さや適切なふるまいを雇用主に要求されること］を求める（だが、選択として解釈される）かぎり、支配的な美の文化を変えるには、この労働の条件を再交渉しなければならない。体の自己決定権は人間の権利であり、実際の人々の中で集団行動をすることが必要だ。女性や少女が自分の体を恥じたり批判したりしているかぎり、体への不安によって商業が後押しされるかぎり、「彼女たちは現代社会で完全に成功した人生を送るために必要な、性的主体を獲得することが難しい」と、ジョーン・ジェイコブズ・ブランバーグは『The Body Project』で述べている。これは彼女が少女と体との関係を歴史的に考察した本だ。

「自分に満足できない少女たちは他者からの肯定を必要とする。そして残念ながら、この必要性によって男性の欲望はほぼ常に力を与えられる……彼女たちは求められたいという気持ちが強すぎるせいで操られやすく、お世辞や虐待すらも受け入れやすくなるからである[20]」

だからこそ、わたしは「**脱コルセット運動**」の女性たちの話が説得力のあるものだと思うのだ。彼女たちは自らを飾る理由を調べ、自分の生来の価値が男性や市場や他人によって定義されるのではなく、自分自身によって定義されるのだと理解するようになった。

具体的な存在になり、美的労働に反対する大規模なストライキに参加し、他者に影響を与えることは、心の健康を非難する国にいる彼女たちにとってセラピーになる行動だった。彼女たちのセルフケアの形はより大きなコミュニティに結びつく、個人的なものであるとともに共同体的なもので、そこには可能性がある。

余計なものをつけない70代の韓国人の**アジュンマ**たちも同様だ。彼女たちは愛と感謝を持って体を受け入れ、支え合いや自己表現の精神に基づいて、魅力的になれる場所にたどり着けることを示した。老齢に達したこの女性たちが見せる受容と思いやりは、人間が一生を通じて目指したいものを提供してくれる。自分自身とのつながりと同じくらいに、他人とのつながりを深いものにするのであれば、自分の体をどう扱うかを決める完全な主体性を持つことが基本的な一歩になる。

２０１５年に初めて取材で東京に行ったとき、わたしは渋谷に滞在した。渋谷は人々がＧｏＰｒｏカメラを頭につけて人ごみの様子をライブ配信しながら、密集する人々の中をなんとか進んでいかなければならない横断歩道があることで知られている。わたしはほとんどの夜、その有名な横断歩道を避けたが、ホテルに帰るため、毎日その近くの歩道橋を渡っていた。ある夕方、若い日本の女性の顔が載った巨大な広告板を見かけた。それには何の製品もロゴもなく、普通の空を背景にした青白い顔の女性が髪をゆるやかなポニーテールにして、はるか遠くに視線を向けている写真があるだけだった。

広告コピーは英語のみで記されていた。「人生は短い＋お金」と。

この当惑させられるメッセージを思うと、わたしは今でもくすくす笑ってしまう。あの広告が何を売ろうとしていたのか、いまだにわからない。もしかしたら、２０１０年代半ばの資本主義の集団的精神を表現していただけかも？　人生のはかなさとか！　それからお金、お金、お金！

売ろうとしていた製品が何であったにせよ、アジアでの任務を始めたときのわたしの不安な気持ちはその広告板にとらえられた。確かに、世界は戦争状態ではなかったし、飢えている人々は世界的に減っていたし、さらに10億人をインターネットに結びつけるキャンペーンが進行中だった。けれども、年月が進んでいき、人口危機や脆弱な経済、気候変動という存亡にかかわる脅威と人間が向き合う中で、相変わらず資本主義の車輪は回り続けた。

壊滅的な打撃を与えられたパンデミックの間、人々が消費を続け、自宅から商品を注文し続ける中で、サプライチェーンや地球の資源にはゆがみが生じた。その間、肉体的なものも精神的なものもある、さまざまな弊害への解決策が試されていた。

「人生は短い＋お金」という見逃せないメッセージを目にしたときから、この世でのわたしの40年間を支えてきた経済的で政治的な哲学である新自由主義と、システム的な問題を、個人の解決策に依存しすぎて失敗したという証拠が増えてきた。自然界は山火事や沿岸部のハリケーン、アフリカでのバッタの襲来などで急変している。２０２０年、公衆衛生システムは新型コロナウイルスに対して無力になった。介護制度も綱渡りの状態で、介護施設には入居者があふれ、学校は閉鎖され、親たちはあちこち奔走して全力を尽くしていた。

存在に関わる懸念は消えていない。この本を書いている今、パンデミックと、ヨーロッパでの地上戦がわたしの毎日のリズムに影響を与えている。けれども、興味深いことに、２０２０年の新型コロナウイルス危機の初めは、少なくとも一時的にだが、自己表現の不安から休息を取れることになった。もっと大きくて、より緊急性の高い不安、つまり生き延びることが優先され、パンデミックの最初の数カ月間はこれまで経験したことがなかったほど、自己表現に対する自由放任的な態度が広まった。

施術者が客の顔に接近して無駄毛を剃ったり、手足に触れたりするような店は最初に閉められ、復活したのは最後だった。店が閉められていた間、わたしは「上の部分」の毛も「下の部分」の毛も除去している脱毛の専門家たちが、取り乱した顧客から個人的な電話を受けたという話を聞いた。顧客たちはデリケートゾーンの毛を自分でワックス脱毛しようとしたあと、埋没毛や火傷、擦り傷といったさまざまな緊急事態について電話してきたのだ。

「陰唇の一部を切り落としてしまったという女性もいたの」。ロサンゼルスでのわたしのお気に入りのスパのオーナー、ジョディが言った。「どうしたらいいかと訊かれたので、言ったわよ。『緊急治療室へ行ってください！　膣の部分を縫って治してもらわなければなりませんよ！』とね」

眉毛が手に負えないほど伸びたり、女性たちが髪の根元を染め直さずに出かけたりしていたとき、鏡に映る自分を見て納得させられた。中流階級の人間でいるなら、絶えず体の手入れを求められるのだと。裕福な人間は裕福なままで、貧しい人間はますます貧しくなっている。そして西洋でも東洋でも、階級の地位を維持することは、カルチャーライターのアン・ヘレン・ピーターセンが書いたように「絶えず立ち泳ぎしている」状態なのだ[21]。

外見が重要でなくなったあの期間

パンデミックによって、人々はそれまでのシナリオを書き替えるための稀な機会を得た。ロックダウンの間、わたしは革新的な変化の可能性を感じていた。自分が自らの価値をどう判断しているかを考え直す機会、人間の命の価値を測る基準を調べ直す機会が来たのだと。

人々はメイクするのをやめた。そうしたくなかったからだ。ブラジャーを着けるのをやめた。わたしの友人や同僚の多くは髪を染めるのをやめた。友人のマヌーシュは２０２０年の民主党全国大会を見たあと、髪をもう染めないという重大な決断をした。「優れた女性たちが次々と登壇して、その多くは60代や70代だったけれど、白髪や白髪になりかけた髪で現れた人は一人もいなかったのよ」と、髪を染めることの愚かさに気づいたことがきっかけだった。

つかの間、見た目は重要ではなくなり、人々は見た目を良くする努力をしなくても生き延びるすべを学んだ。美の維持にこだわれという社会の要求から自由になり、多くの人はバートルビー［ハーマン・メルヴィルの小説『書写人バートルビー――ウォール街の物語』の主人公で、一切を拒絶する］のように、そんなことはしないほうがいいと決心した。

スキンケアや美容のための作業は、ステータスの象徴であるハンドバッグとか、レストランのオープニングイベントのようなものになった。以前は気にしていたものが、一時的にせよ、低俗に思えたのだ。

うわべだけのものを追求する代わりに、多くの人は精神生活に没頭した。これには多大なエネルギーが必要だったが、アメリカドルも韓国ウォンもまったく払わなくてよかった。わたしは「自力で困難を乗り越える」という倫理観のもとで育ち、どのようなものも最適化が可能で、生活を効率良くする手段があると思っていた。うんと努力して絶えず動いていれば、実力社会で「勝利」できるし、生産的になれて、どんな不満も克服できるという間違った信念を抱いていたのだ。

だが2020年、ロサンゼルスの自宅に閉じこもり、同僚や遠くの家族や友人から離れていたとき、わたしは自分の内面を見つめた。「生産性」という測定基準はあまり重要ではなくなった。精力的な活動をしても、わたしであれ誰であれ、災難から守られなかった。あるいは、外見にひとつも欠点がなくても、人々が災難から守られることはなかったのだ。

物事が静止していた1年間、自然から多くのことを教えられた。わたしは注意を払おうとして、以前よりも自然の中で時間を過ごしていた。急ぐのをやめて注意を向けるようになると、彼らだけが知っている方法で植物がコミュニケーションをとってくることに驚いた。「ねえ、わたし、しおれそうで苦しいから、水が欲しいの」と。

それは燃え尽きて疲れ切った人々であふれた西洋社会ととても似ているように感じられた。誰もが労働や家庭、公衆衛生、交通、育児、老人介護、環境といったシステムのもとで生き延びようと必死になっているが、水はあまりにも少ないし、日光も充分ではない。

だが、資本主義の原則は持続的な成長を認識して、それに報いるものだ。振り返って過去にとらわれるせいで絶望が生まれ、未来に焦点を当てすぎるせいで懸念が引き起こされるなら、人々が不安にどっぷり漬かっているのも無理はない。韓国が明確な実例である、この倫理観は、わたしたちが未来の世界に適した人間だと絶えず証明しなければならないことを意味している。

2020年の春、韓国の化粧品ブランドの〈ヘラ〉は、コロナウイルス感染症後の世界での化粧品のトレンドを語った。主な焦点は「健康的に見える」肌、中間色のアイメイク、それに淡い色合いのリップグロスだった。マスクを着けたときと取ったときのどちらにも通用する見た目を作るという発想だ。

21年の春、ワクチンが打てるようになると、美容院が営業を再開したが、需要に対応するのがやっとだった。あっという間に、資本主義的な単調な作業という昔の習慣が戻ってきた。人々は1年間、外見を気にせずに過ごしてきた。それから、多くの者がそれまでとは逆の方向にいきなり揺れ動いた。アメリカのメディカル・スパは、半数の国民が完全にワクチン接種を終えたあと、ボトックス注入の需要が大きく増えたと報告した。[22] 今日では、美容産業はかつてないほど価値が高くなっている。[23]

この不安定な時代に最も適した後期資本主義［1950年〜60年代以降の、国家が市場や市民社会に介入する資本主義］のエピソードのひとつだが、2022年の初めにティックトックで流行となったスキンケアは、「スラッギング」というKビューティーの習慣だった。顔にワセリンを何層にも分厚く塗り、1晩置くというものだ。これによって顔を保護するバリアができ、輝くようなうるおいを肌に取り戻せると考えられている。

美容批評家のジェシカ・デフィーノが指摘したように、「ペトロリュームジェリー［ワセリン］」は石油（ペトロリューム）だ。「わたしは産業として本当に危険だと思っている……現在、いちばんの美容製品として化石燃料を奨励するなんて危険である」と彼女は書いた。[24]

商業の車輪がふたたび回り始めると、美容業界は何カ月もの間失われた業績をどうにかして取り戻さなければならなかった。こういう経験全体が、作家のリサ・ローフェルが資本主義について描写したもののようだった。「人々の体の筋に入り込むことができ、心を操る能力がある、世界を変えるプロジェクト」という資本主義だ。[25] パンデミックを経験したことによって、ひとりひとりは変わったかもしれないが、人々を取り巻くシステムはまだ変わっていない。

東京やソウルの可能性

今よりも若かったころのわたしは近代都市の混沌や個人主義に惹かれていた。そして報道を行なう対象だったふたつの大都市である東京とソウルにはその2点があった。わたしは東京やソウルが提供する、あらゆるものが含まれた可能性に憧れた。

けれども、ある場所の強みは、そこの影となる場合もありうる。便利で超現代的で、個人に合った生活様式を、わたしは追い求める価値があるものだと思った。同じようにわたしたちミレニアル世代の多くは、揺れ動いている制度の中でそれぞれ働き、巧みに災害を乗り越えて進み続けられると信じていた。

友人や家族が亡くなって、一緒に悲しむ方法や思い出を分かち合う方法がなかったとき、シートマスクは効果を発揮しなかった。緊急治療室の医師をしている友人が、空気を求めてあえいでいる8人の患者に、2台の人工呼吸器をつなげてどうにか酸素を送る方法を考えようとしていたとき、わたしはKビューティーの製品が入った箱を送った。だが、彼女が本当に求めていたのはハグをしてもらうことか、大笑いできそうな話をしてもらうことだった。

ある集団の全員が疲れ切っているときや、心が危機状態にあるとき、その治療薬はオンラインで買えない。何よりの治療薬となるものは買うことができないし、売られてもいないからだ。治療法は人とのつながりなのだ。

全世界が同じ危機のいくつかのバージョンを同時に経験していたとき、人々は突然、互いに触れたくてたまらなくなった。わたしは数カ月ぶりに家族以外の人間とハグした際、相手に少しばかり長くしがみついていた。こんなふうにハグできるのが今度はいつになるか、わからなかったからだ。それに、美容従事者のお馴染みの手に触れられたかった。施術での彼らのケアや技術は、そういうものを利用できなかったときにはっきりと思い出された。

人とのつながりや慰めが、ときにはスパや美容院を中心に行なわれるケアという儀式を通じて残るのは望ましい。だが、工場で生産されたような、アルゴリズムを利用した美の基準への頑なな執着は残ってほしくない。美を求める作業は強制されたものだと感じられてはならないのだ。大変な作業だと感じられるべきではない。

「もっと根性が必要だと感じるとき、わたしが本当に必要とするのはさらなる支援です」と、2021年のスピーチで作家のエミリー・ナゴスキーは言った。ナゴスキーはつながりや相互関係を「基本的な文化の変革」だと言い、集団が疲労してしまうことに対処できるものだと述べている。わたしがつけ加えたいのは、それによって人々は体や顔、そのほかのどこでも、絶えず完璧さを追求する行為から少しは休息を取れるだろうということだ。

もし、夢は何かと尋ねられたら、わたしはこう答えるだろう。自分は美しいと誰もが信じることではなく、欠点も含めて、自分は価値ある人間だと信じるようになることだ、と。理想としては、優しい人が報われて懲罰的でない実力社会が望ましい。互いを思いやることによって、他人が苦しまないようにと助けるためだ。わたしは集団への思いやりを持ち、互いへの本当の責任を認識できるようなセルフケアの実践を願っている。アメリカに戻って、パンデミックを生き延びてからのわたしのモットーは、「人生は短い＋お金」という言葉とはほど遠い。それはこんな言葉になるだろう。

「人生はあなたのもの＋休息」

そのモットーのような状況は実現できる。生きていくうえで、何もかもが避けられないわけではない。人々は持続不可能だと感じられたハッスル・カルチャーの体制から、やはり持続不可能だとたちまち証明された、厳しいロックダウンの生活へと急速に移行した。別に、古い場所と同じように見える新しい場所にたどり着かなくてもいい。ノーベル賞受賞の心理学者であるダニエル・カーネマンはラジオでこう言った。「深い真実は、世界がわれわれの感じているものよりもはるかに不確実だということだ[26]」

それは運命論ではなく、希望だ。どう評価しているかと自分を見直す機会も、互いの価値をどうはかるかを再検討する機会もある。自身の個性的な力強い体で、思いやりを持って立ち上がる機会だ。自分自身とつながり、互いにつながっていると感じるために。欠点はあっても、価値があると思うために。

謝辞

毎晩、夕食のときにわたしは娘たちに「感謝している」ことを話してほしいという。それはある人に対してだったり、ある瞬間に対してだったりする。彼女たちは何でも思いつくから、ある生き物に対してということもある。娘たちが何を観察し、日々の暮らしで何をありがたいと思っているのかを聞くと、心が温かくなる。この謝辞の執筆は、わたしがうちの夕食のテーブルで話すことをみなさんに向けて話す、いわば拡大版のようなものだ。

この本を書くことができたのは、寛大に情報を与えてくれたすべての方たちのおかげだ。わたしに考えや好奇心や懸念を打ち明けてくれ、家庭やラインダンスのクラスやビジネスや日々の生活に迎え入れてくれた人たちがいなければ、取材したものに命を吹き込むことはできなかった。

時間を割き、洞察を与えてくれたすべての韓国女性に感謝する。誰もがそれぞれ教師となり、より良く理解できるようにと助けてくれた。

最初から協力してくれたハワード・ユーンに深く感謝する。そして出版社〈ダットン〉のキャシディ・サックスにも、ビジョンとわたしを理解してくれたことにお礼を申し上げる。忍耐強く、執筆についての知恵を無限に授けてくれたキャリー・フライにも感謝する。PRHのデザイナーや校正者、マーケティングチームにもお礼を申し上げる。才能ある彼らがみな、この本に携わってくれたのだ。

アメリカの忍耐強い研究者や事実確認担当者や、通訳のジャクリン・キム、ジュリー・キム、エスター・チャン、ニック・テイバーには言葉にできないほど感謝している。韓国のイ・ソジョンとクォン・セウンにも同様に感謝している。

さらに、本書のために学問的な枠組みを与えてくれた厳格な哲学者や研究者の方々、著名なジョアンナ・エルフヴィング゠ウォン、ヘジン・リー、イム・ソヨン、ヘザー・ウィドウズに感謝する。ヘザー・ウィドウズの2018年の著書である『Perfect Me』は、思考したり過程を報告したりする中で、最も重要な点を考えるための引き金となってくれた。

ソウルにいた数年間、わたしの右腕となってくれた女性たち、本当にありがとう（チョンマルコマウォヨ）。カン・ヘリョン、イ・ジヘ、クォン・セウン、そして長い間お世話になった韓国語の先生、イ・ウンキョンにも感謝する。

ＮＰＲ［米国公共ラジオ放送］の同僚たちに感謝を表する。ニシャント・ダヒヤ、ハンナ・ブロッホ、ディディ・シャンシュ、「業務スタッフ」のボブ・ダンカンとグレッグ・ディクソン、アヴィー・シュナイダー、ウリ・ベルリナー、ジャネット・ウジョン・リー、メーガン・キーン、ベス・ドノヴァンに。また〝Elise Tries〟チームのクレア・オニール、ミト・ハベ゠エバンス、ＣＪ・リクラン、ブロンソン・アーキュリに感謝する。ＫＰＣＣの頼もしい存在であるフィオーナ・ンに感謝を。上司のイーディス・チャピン、マーガレット・ロウ、クリス・ターピン、マドゥリカ・シッカにも感謝する。彼らはネットワークのために地球の半分をわたしに放浪させてくれ、実際に物語も進行させてくれた。

「Reasonable Volume」のパートナーであるレイチェル・スウェイビーとメーガン・フィリップスにも感謝の意を表する。彼らはわたしが本に没頭していた長い間、砦を守ってくれた。さらにTEDチームにも感謝を捧げる。アンナ、マーサ、ミシェル、コリン、オリバー、シモーヌ、デイヴィッド、コリー、ありがとう。

ランニング仲間のネイト・ロットとアマンダ・ノットケに感謝する。多くのアイデアがトレイルで生まれるからだ。さらに、励ましと支援を与えてくれた多くの優秀な方たちに感謝する。わたしの親友であるリズ・テイラー、スカイラー・スチュワート、ジェン・エリス、ドリュー・フォークマン、ハーパー・リード、エリン・バウドに。ソウルを拠点とする友人たちに感謝する。JB・アントン・ファ、シーラ・マリポール、ジョン・デルリュリ、ラファエル・ラシド、ルーシー・ハン、ミソラン・ソに。そして仲間の作家たちにも感謝する（彼らも優秀な頭脳を持っている）。マット・トンプソン、ジェンナ・ギブソン、キャット・チョウ、リーヴ・ハミルトン、スディープ・レディ、サラ・スヴォボダ、レイラ・ファデル、ニコール・チャン、デイヴィッド・グリーン、カル・ラウスティアラ、ケリー・ドムザルスキ、ベン・ドゥーリー、ロビン・スー、タマール・ハーマン、ティム・レオン、ローラ・ビカー、ヴィクトリア・キム、エリサ・チャン、シャオウェイ・ワン、ジェイク・アデルスタイン、ロバート・ドレイパー、ニコール・ジュー、ダニエル・キーナン＝ミラー、イヴ・ロドスキー、アンジー・キム、ドリー・シャフリア、フランク・アーレンス、アンナ・ファイフィールド、ジーン・リー、メーガン・ガーバー、ハイディ・ムーア、エイミー・フィスカス、エイミー・ウェスターヴェルト、セダーボウ・セージ、パメラ・ボイコフ、アレックス・フィールド、アンジー・キム、アリーシャ・ラモス、アリシア・メネンデス、ティム・レオン、アンドリュー・ヴァン・タッセル、ピーター・ブレイク、アレック・バーグ、クレイグ・マジン、ジェイコブ・ゴールドスタイン、マヌーシュ・ゾモロディ、アイデル・ペラルタ、ダニエル・ピンク、ミシェル・イェヒ・リー、ハンナ・ベイ。

最も励ましてくれた教師たちには恩義があるし、彼らはわたしを形作ってくれた。サンディ・シェルトン、サム・ルームコルフ、カール・コーツ、キャリル・ガッツラフ、キャシー・ブラックモア、JD・ワイアマン、ステーシー・ウェルフェルに感謝する。

わたしのセラピストたちに多大なる感謝を。ロサンゼルスのボビーとニューヨークのジョナサン、あなたたちの容赦ない好奇心と取り組みにお礼を申し上げる。

ロブ、あなたは本書の執筆中に「苦痛の王座」にいるわたしを見るたび、励ましてくれたわね。そしていつも自分をだしにして、大笑いさせてくれた。

マッティ、太平洋を渡る旅をして、最後までソウルで耐えてくれてありがとう。絶え間なく続いた驚きや困難があったのに。そして、長年、わたしがコンマの使い方を間違えても我慢してくれたことにもお礼を言うわね。(わたしの意味するところはわかった?)

3人の子どもたちのうち、ふたりは韓国で生まれた。そして3人とも女の子だという事実が、韓国でわたしが経験したり、考えを形成したりすることに間違いなく影響を与えた。エヴァ、イザ、そしてルナ、こうした取材の多くの時間、あなたたちはわたしと一緒だったわね。子宮の中とか腕の中で。そして本書を執筆しようと格闘していた間、わたしを支えてくれた。あなたたち3人はわたしのすべてよ。

永遠の感謝を、ナニー兼家事のヘルパーであるヤニに捧げる。大切な7年間、彼女はわが家の中心だった。この本はわたしの人生でいちばんの激動期に書かれた。ロックダウン中に子どもたちにズーム学習をさせ、車で課外活動に送迎し、5つのポッドキャストのホストを同時に務め、新規事業を経営する合間に盗み取れた時間を使って。ヤニの尽きることのない労働や忍耐、そして思慮のおかげでわたしは仕事ができたのだ。

最も重要なのは、わたしの生まれ育った家庭への感謝だ。母と父、そして弟のロジャー。あなたたちを心から愛している。

さらに、以下にも感謝を捧げる。愛する、そして今は亡き友である猫のシーザーに。韓国の〈ダイソー〉で1000ウォンで売られているハイライトペンに感謝を。塩味のアーモンド、スナックの「チーズイットエクストラトーススティー」、「トレーダージョーズバンバピーナッツスナック」、**BTS**、**BLACKPINK**、黒糖ボバミルクティーのアイスキャンデー、そしてたくさんの「ほんの少し甘い」オネストティーにも感謝している。

本書のご感想を、ぜひお寄せください

エリース・ヒュー　Elise Hu

アメリカのジャーナリスト、ポッドキャスター、作家。NPR（米国公共ラジオ放送）の韓国・日本担当局創設時の担当局長を務めた。海外特派員として12カ国以上から報道。現在「TED Talks Daily」のレギュラーホスト。ジャーナリストとしてエドワード・R・マロー賞やデュポン・コロンビア賞などを受賞。ミズーリ大学コロンビア校ジャーナリズムスクール卒業。ポッドキャスト制作会社「Reasonable Volume」の共同設立者で、３人の娘の母親でもある。ロサンゼルスに在住。Instagram：@elisewho TikTok：@whoelise

訳／金井真弓　かない・まゆみ

翻訳家。千葉大学大学院修士課程修了。大妻女子大学大学院博士課程単位取得退学。訳書に『幸せがずっと続く12の行動習慣』『わたしの体に呪いをかけるな』『欲望の錬金術』『#MeToo時代の新しい働き方　女性がオフィスで輝くための12カ条』『フェローシップ岬』などがある。

韓国語監修／桑畑優香　くわはた・ゆか

翻訳家、ライター。早稲田大学第一文学部卒業。延世大学語学堂、ソウル大学政治学科で学ぶ。訳書に『BTSを読む　なぜ世界を夢中にさせるのか』『BTSとARMY　わたしたちは連帯する』など、監訳書に『BEYOND THE STORY：10-YEAR RECORD OF BTS』日本語版がある。

装画　millitsuka

美人までの階段1000段あって
もう潰れそうだけどこのシートマスクを信じてる

発　行　2025年2月15日

著　　者　エリース・ヒュー
訳　　者　金井真弓
韓国語監修　桑畑優香

発行者　佐藤隆信
発行所　株式会社新潮社
〒162-8711　東京都新宿区矢来町71
電話　編集部　03-3266-5611
読者係　03-3266-5111
https://www.shinchosha.co.jp

装　幀　新潮社装幀室
組　版　新潮社デジタル編集支援室
印刷所　錦明印刷株式会社
製本所　大口製本印刷株式会社

ISBN978-4-10-507441-8 C0098